MON AMIE DE PLUME

DU MÊME AUTEUR

Un beau jour de printemps, Belfond, 2010 ; 10/18, 2011

Un millier d'années de bonnes prières, Belfond, 2011 ; 10/18, 2015

Plus doux que la solitude, Belfond, 2015

Cher ami, de ma vie je vous écris dans votre vie, Belfond, 2018 ; 10/18, 2019

La Douceur de nos champs de bataille, Belfond, 2019

Partir quand même, Belfond, 2023

YIYUN LI

MON AMIE DE PLUME

Traduit de l'anglais (États-Unis)
par Clément Baude

belfond

Titre original :
THE BOOK OF GOOSE
publié par Farrar, Straus and Giroux, New York

Retrouvez-nous sur :
Lisez : https://www.lisez.com/belfond/5
Facebook : www.facebook.com/belfond
Instagram : https://www.instagram.com/editionsbelfond/?hl=fr

Éditions Belfond,
92, avenue de France, 75013 Paris.
Pour le Canada,
Interforum Canada, Inc.,
1055, bd René-Lévesque-Est,
Bureau 1100,
Montréal, Québec, H2L 4S5.

ISBN : 978-2-7144-0361-2
Dépôt légal : août 2025

Belfond | un département **place des éditeurs**

place
des
éditeurs

À Dapeng et James,
et à Vincent, un enfant monumental

VOUS NE POUVEZ PAS couper une pomme avec une pomme. Vous ne pouvez pas couper une orange avec une orange. Si vous avez un couteau, vous pouvez couper une pomme ou une orange. Ou ouvrir le bas-ventre d'un poisson. Ou, si vous avez la main assez ferme et une lame assez affûtée, trancher un cordon ombilical.

Vous pouvez lacérer un livre. La profondeur peut se mesurer de plusieurs manières, mais peu de lecteurs mesurent celle d'un livre au moyen d'un couteau, en le découpant de la première à la dernière page. Je me demande bien pourquoi.

Vous pouvez confier le couteau à une autre personne en pariant dans votre tête sur la profondeur de la blessure qu'elle souhaite infliger. Vous pouvez être l'auteur de la blessure.

Une demi-orange plus une autre demi-orange, ça ne refait pas une orange entière. Et c'est là que commence mon histoire. Une orange qui ne se pensait pas assez bonne pour un couteau, et une orange qui n'avait jamais rêvé de devenir un couteau. Couper et être coupé, en ce temps-là ni l'un ni l'autre ne m'intéressait.

JE M'APPELLE AGNÈS, mais ça n'a pas d'importance. Vous pouvez aller dans un verger avec une liste de prénoms et les écrire sur les oranges, Françoise, Pierre, Diane et Louis, qu'est-ce que ça change ? Ce qui compte, pour une orange, c'est son orangéité. Il en va de même pour moi. J'aurais pu m'appeler Clémentine, Odette ou Henrietta, et quoi ? Une orange n'est qu'une orange, tout comme une poupée est une poupée. N'allez pas croire que dès lors que vous avez donné un prénom à une poupée, elle devient différente des autres. Vous pouvez lui donner le bain, l'habiller, lui donner de l'air à manger et la coucher au son des berceuses que vous imaginez être celles que chante une mère à son bébé. N'empêche, de cette poupée, comme de toutes les poupées, on ne peut même pas dire qu'elle est morte, puisqu'elle n'a jamais été vivante.

Le prénom qui doit retenir votre attention dans cette histoire, c'est Fabienne. Fabienne n'est ni une orange, ni un couteau, ni une chanteuse de berceuses, mais elle peut se métamorphoser en n'importe laquelle de ces choses. Enfin, elle pouvait. Elle est morte, maintenant. La nouvelle m'est parvenue par une lettre de ma mère, la dernière personne de ma famille qui vive encore à Saint-Rémy, bien qu'elle ne m'ait pas écrit spécialement pour m'annoncer sa mort, mais plutôt la naissance de son premier arrière-petit-enfant. Si j'étais restée auprès d'elle, elle se demanderait pourquoi je ne donne pas naissance à un bébé qui viendrait enrichir sa collection de petits-enfants. C'est là un des avantages de vivre en Amérique. Je suis trop loin pour être sa préoccupation. D'un autre côté, j'ai cessé d'être sa préoccupation bien avant mon mariage – ma célébrité s'en est chargée.

L'Amérique et la célébrité : aussi utiles l'une que l'autre si vous voulez vous libérer de votre mère.

Dans le post-scriptum à sa lettre, ma mère écrivait que Fabienne était morte le mois précédent – *de la même manière que sa sœur Joline**. Joline était morte en couches en 1946, à dix-sept ans. Fabienne est morte en 1966, à vingt-sept ans. Vous pourriez penser que, vingt ans plus tard, l'accouchement tuerait moins les femmes. Vous pourriez penser qu'une même calamité ne devrait jamais frapper deux fois la même famille. Mais si vous pensez de la sorte, il y a des chances pour que quelqu'un vous traite d'imbécile, comme Fabienne le faisait avec moi.

Ma première réaction, après avoir lu le post-scriptum : j'ai voulu tomber aussitôt enceinte. Je porterais un bébé à son terme et j'accoucherais sans mourir – je le savais aussi sûrement que je savais mon nom. Ce serait la preuve que je suis capable d'une chose dont Fabienne n'était pas capable – être insipide, ni favorisée ni défavorisée par la vie. Un être qui n'a pas de destin.

(Ce désir, j'imagine, ne peut être véritablement compris que des gens *qui ont* un destin, donc c'est un désir proche du vœu pieux.)

Mais il faut être deux pour tomber enceinte ; et encore, ce n'est pas une garantie absolue de succès. Tomber enceinte, dans mon cas, impliquerait que je me mette en quête d'un homme avec qui tromper Earl (et après ? Que je lui explique qu'un bâtard vaudrait toujours mieux qu'un mariage stérile ?), ou que je divorce de lui pour un homme qui sème et récolte mieux. Ni l'un ni l'autre ne me fait envie. Earl m'aime, et j'aime être sa femme. Le fait qu'il

---

* Les mots et phrases en italique suivis d'un astérisque sont en français dans le texte. *(N.d.T.)*

ne puisse pas me donner d'enfant le démoralise peut-être, mais je lui ai dit que je ne l'avais pas épousé pour devenir mère. En tout état de cause, nous sommes tous deux réalistes.

Earl a quitté le corps du génie de l'armée américaine après notre retour de France. Il travaille aujourd'hui pour son père, un entrepreneur du bâtiment respecté. Je possède un potager, que j'ai créé dans notre jardin, et j'élève des poulets, deux douzaines quelle que soit la période. J'espérais y ajouter quelques chèvres, mais les deux petits que j'ai achetés avaient la fâcheuse habitude de ronger la clôture en bois et de s'échapper. Lancaster, en Pennsylvanie, n'est pas Saint-Rémy, et je ne peux pas redevenir chevrière. « La fiancée française » : voilà comment les gens du coin m'ont d'abord appelée, et certains, longtemps après que j'ai cessé d'être une jeune épouse (nous sommes mariés depuis six ans maintenant), m'appellent toujours ainsi. Earl aime bien. Une fiancée française, cela donne du lustre à sa vie ; mais une fiancée française poursuivant ses chèvres dans la rue serait source d'embarras.

J'ai renoncé aux chèvres et décidé, à la place, d'élever des oies. J'ai eu mes deux premières au printemps dernier, un couple d'oies de Toulouse, et cette année j'ai acheté deux oies de Chine. Earl, lisant le catalogue, a dit pour plaisanter que nous devrions continuer et ajouter chaque année des oies américaines, africaines, de Poméranie et de Shetland. Créons une troupe de brigandes internationales, a-t-il dit. Il oubliait toutefois que les deux couples seraient bientôt parents. Dans un an, j'attendrai des oisons.

Les oies, plus que les poulets, sont mes enfants. Earl les aime aussi, et c'est lui qui a suggéré que nous leur donnions des noms français. Son français n'est pas aussi bon qu'il le croit, mais ça ne l'empêche pas de le parler avec moi dans nos moments les plus intimes. Je parle toujours en anglais aux gens de ma vie américaine. Je parle en anglais à mes poulets et à mes oies.

Le potager donne plus de légumes que nous ne pouvons en consommer. Je les partage avec ma belle-famille – les parents d'Earl, ses deux frères et leurs tribus. Ils sont tous gentils avec moi, même s'ils me trouvent étrange, et peut-être ridicule. Dans mon dos, ils m'appellent Ma Mère l'Oie. Cela, je l'ai appris par

Lois, ma belle-sœur, qui est malheureuse dans son couple et qui espère me retourner contre la famille Barrs. Pourtant, ce petit nom ne me dérange pas. Surnommer une femme sans enfant Ma Mère l'Oie trahit peut-être de leur part une forme d'insensibilité, mais je suis loin d'être une femme sensible ou sentimentale.

Quand Earl m'a interrogée sur la lettre de ma mère, je lui ai parlé de la naissance de ma petite-nièce, mais pas de la mort de Fabienne. S'il détectait quoi que ce soit d'inhabituel, il penserait que la naissance d'un autre enfant me rappelle ce qui manque à ma vie. C'est un mari aimant, mais l'amour ne mène pas souvent à la perspicacité. À l'époque de notre rencontre, il croyait que j'étais une jeune femme qui n'avait pas de secrets et pas beaucoup d'histoires liées à son enfance ou à son adolescence. Peut-être que ce n'est pas sa faute si je ne peux pas tomber enceinte. Les secrets que je porte n'ont guère laissé de place pour un fœtus.

J'étais tellement en transe que j'ai oublié de séparer les oies des poulets pour leur repas. Les oies étaient occupées à terroriser et à voler les poulets. Je les ai punies sans hausser le ton. Fabienne aurait ri de mon incompétence. Elle m'aurait dit qu'il suffisait de donner aux oies un bon coup de pied. Mais Fabienne est morte. Quoi qu'elle fasse, maintenant, elle doit le faire en tant que fantôme.

Ça ne me dérangerait pas de voir le fantôme de Fabienne.

Chaque fantôme a son talent propre : changer de forme, hanter, voir des choses que nous ne voyons pas, savoir comment finissent les vies des vivants. Si les morts n'avaient d'autre choix que de devenir des fantômes, celui de Fabienne ricanerait devant les tours habituels dont les autres fantômes sont si fiers. Le sien ferait quelque chose de complètement différent.

(Comme quoi, Agnès ?

Comme me faire de nouveau écrire.)

Non, ce n'est pas le fantôme de Fabienne qui a léché la pointe de ma plume pour la nettoyer, ou ouvert le cahier à cette page vierge. Il arrive néanmoins que la mort d'un être soit le certificat de libération d'un autre. Je ne jouis peut-être pas d'une liberté totale, mais je suis à peu près libre.

« COMMENT EST-CE qu'on fait pousser le bonheur ? » demanda Fabienne. Nous avions treize ans à l'époque, et pourtant nous nous sentions plus âgées. Nos corps, je le sais aujourd'hui, étaient sous-développés, comme le sont ceux des enfants nés pendant la guerre et ayant grandi dans la pauvreté, le cerveau rempli d'années en plus. Bien proportionnées, nous ne l'étions pas. Les enfants bien proportionnés sont chose rare. La guerre est un gage de disproportion, mais en temps de paix d'autres choses se passent mal. Je ne connais pas un enfant qui ne soit bancal, d'une façon ou d'une autre. Et quand ils grandissent, les enfants deviennent des adultes bancals.

« Parce qu'on peut faire pousser le bonheur ? demandai-je.

— On peut tout faire pousser. Comme les patates », dit Fabienne.

Je m'attendais à une meilleure réponse de sa part. Faire pousser le bonheur en haut d'un arbre de mai, ou dans le nid d'un troglodyte, ou entre deux rochers d'un ruisseau. Le bonheur ne devrait pas avoir la couleur de la boue et être caché sous terre. Même des pommes sur leur branche mériteraient davantage le nom de bonheur que des pommes dans la terre. D'un autre côté, me dis-je, si le bonheur était pareil aux pommes, il serait plutôt ordinaire et inintéressant.

«Tu ne me crois pas? demanda Fabienne. J'ai une idée. On va faire pousser ton bonheur comme une betterave et le mien comme une patate. Si l'un échoue, il nous restera toujours l'autre. On ne mourra pas de faim.

— Et si les deux échouent?

— On deviendra bouchères.»

Telles étaient les conversations que nous avions souvent en ce temps-là. Inepties aux yeux du monde, mais le monde, nous le savions déjà, était plein d'inepties. Autant nous amuser avec nos propres inepties. Si le pouce de la main gauche se faisait écraser par un marteau, est-ce que le pouce de la main droite sentirait quelque chose? Pourquoi Dieu n'a-t-il jamais songé à nous donner des paupières d'oreille, afin que nous puissions fermer les oreilles, autant que les yeux, au moment du coucher, ou chaque fois que nous ne sommes pas d'humeur à entendre le bavardage du monde? Si elle et moi priions avec le même sérieux mais avec des demandes opposées - cher Dieu, fais que demain il fasse beau; cher Dieu, fais que demain il fasse gris -, comment décidait-il quelle prière exaucer?

Fabienne adorait dire des inepties sur Dieu. Elle affirmait croire en lui, même si à mon avis elle entendait par là qu'elle croyait en un Dieu toujours là pour subir ses railleries. J'ignorais si je croyais en Dieu - mon père était athée et ma mère, le contraire d'une athée. Si j'avais été plus proche de l'un ou de l'autre, il m'eût été plus facile de choisir. Or je n'étais proche que de Fabienne. Elle se décrivait comme *perturbatrice** de Dieu et prétendait que je l'étais aussi, car j'étais toujours de son côté. En ce sens-là, nous n'étions pas athées. Il fallait croire en l'existence de Dieu pour semer la zizanie et bouleverser ses plans.

«Si on peut faire pousser le bonheur, on peut aussi faire pousser le malheur? lui demandai-je.

— Est-ce que tu fais pousser des chardons ou des séneçons?

— Tu veux dire que le malheur pousse tout seul, comme les chardons et les séneçons?

— Ou alors Dieu le fait pousser, dit Fabienne. Qui sait?

— Mais le bonheur, il peut pousser tout seul ?
— À ton avis ?
— À mon avis, le bonheur devrait être comme les chardons et les séneçons. Le malheur, lui, devrait être comme les orchidées exotiques.
— Seule une imbécile peut penser ça, Agnès. Mais on savait déjà que tu étais une imbécile. »

JE NE DIS PAS à Fabienne que, pour moi, notre bonheur devait être comme les pigeons de M. Devaux. Ils s'en allaient, ils revenaient, et ce qui se passait dans l'intervalle ne regardait personne. Notre bonheur ne devait être ni enraciné ni immobile.

M. Devaux: il faut que j'en dise quelques mots. Comme Fabienne, il est à l'origine de cette histoire, mais il avait déjà dépassé la soixantaine quand nous avions treize ans. J'imagine qu'aujourd'hui il est mort. Il devrait l'être. Fabienne est morte, et il ne devrait pas avoir plus le droit de vivre qu'elle.

M. Devaux était le receveur des postes du village, un homme laid et souffreteux. Fabienne et moi le regardions avec autant d'intérêt que nous regardions tous les adultes, c'est-à-dire très peu. En revanche, ses pigeons nous plaisaient. Pendant un temps, il fut même question entre nous d'en posséder deux. L'un irait avec Fabienne au pré le jour, l'autre m'accompagnerait à l'école; ils survoleraient champs et ruelles pour transmettre les messages de l'une à l'autre. Le stratagème, comme celui consistant à faire pousser le bonheur, nous occupa quelques jours, puis laissa place à un autre. Nous ne menions jamais véritablement nos projets à leur terme. Il nous suffisait de sentir que, si nous le voulions, nous pouvions provoquer des choses.

Un jour, Mme Devaux mourut. C'était une femme robuste, plus jeune que son mari, plus rustre et plus tapageuse. On racontait qu'elle n'avait jamais été malade un seul jour de sa vie, jusqu'à ce qu'elle soit terrassée par la fièvre. Trois jours plus tard, elle n'était plus de ce monde.

Je ne me rappelle plus s'ils avaient des enfants. Peut-être M. Devaux ne pouvait-il pas lui en donner. Earl ne peut pas être le seul homme sur terre à être frappé de ce sort. Ou alors leurs enfants étaient déjà grands et avaient quitté le village. Les questions qu'il ne me venait pas à l'esprit de poser à treize ans me paraissent aujourd'hui importantes. Je ne sais pas si Fabienne connaissait les réponses. J'aimerais pouvoir lui demander. C'est l'inconvénient de sa mort. La moitié de cette histoire a beau lui appartenir, elle n'est pas là pour me dire ce que j'ai loupé.

Si ma mémoire est bonne, Mme Devaux fut enterrée un jeudi. Un enterrement n'était pas une raison valable, dans l'esprit de Fabienne, pour ne pas mener au pré ses deux vaches et ses cinq chèvres, et dans le mien pour ne pas aller à l'école. Mais le soir nous nous rendîmes au cimetière pour y trouver la tombe la plus récente. Il y avait eu plus d'une tombe nouvelle, cet automne-là.

En chemin, Fabienne cueillit des marguerites, des giroflées, et me tendit le bouquet. Nous n'étions pas de ces filles qui piquaient des fleurs dans leurs cheveux ou faisaient des guirlandes par ennui, mais si quelqu'un nous surprenait en train de déambuler dans le cimetière, nous dirions que nous déposions des fleurs pour Mme Devaux.

Je ne crois pas que Fabienne m'ait expliqué la nécessité des fleurs. Je l'ai simplement comprise. À l'époque, nous savions souvent ce que nous faisions sans avoir besoin d'en discuter entre nous. Est-ce vraiment surprenant ? Nous étions presque une seule et même personne. Je n'imagine pas la moitié de l'orange tournée vers le sud obligée de dire à l'autre combien la lumière du soleil est chaude.

Une fois repéré le carré de terre fraîchement remuée, Fabienne me prit des mains quelques fleurs. Un bouquet avait été laissé près de la croix de bois ; elle répandit nos fleurs au pied de la tombe, une par une. « Quelques fleurs que tu pourras glisser dans ton peignoir, murmura-t-elle. Et celles-ci sont pour tes pantoufles. » J'imitai Fabienne, mais sans parler à la morte. Nous ne connaissions pas bien Mme Devaux. La plupart des adultes nous semblaient accessoires, certains plus pénibles que d'autres. Pourtant cette cérémonie nous plut, la tombe d'une femme morte récemment jonchée de fleurs mortes encore plus récemment.

Après cela, Fabienne s'allongea sur une pierre tombale toute proche. Je m'installai à ses côtés et contemplai le ciel bleu-noir et les étoiles, comme elle, pensais-je. Les astres, ceux que nous pouvions voir avec nos yeux et ceux que nous ne pouvions pas voir, avaient reçu des noms, mais que j'aie appris cela à l'école ne nous aidait aucunement. De ces étoiles, Fabienne n'avait pas fait une histoire ou un jeu, et je savais exactement pourquoi : elles étaient trop éloignées et elles se ressemblaient trop.

Nous ne parlions pas. Au-dessous de nous se trouvait un couple qui avait vécu et péri bien longtemps avant nous. Nous préférions le cimetière la nuit. Dans la journée, il y avait souvent du monde, des vieilles femmes tout en noir avec des balais, un gardien occupé à retirer les fleurs fanées. Nous ne craignions pas d'être vues, non, mais nous pensions que les fantômes, si toutefois il y en avait, ne se montreraient pas à nous en présence d'autrui.

Cela se passait en octobre 1952. Quatorze ans se sont écoulés depuis. Bientôt, plusieurs décennies me sépareront de Fabienne. Mais les années et les décennies ne sont que des mots, des noms inventés pour des unités de mesure. Une livre de pommes de terre, deux cents grammes de farine, trois oranges – mais quelle est l'unité de mesure de la faim ? J'ai vingt-sept ans cette année, j'en aurai vingt-huit l'année prochaine. Fabienne avait, a et aura toujours vingt-sept ans. Comment mesurer la présence de Fabienne dans ma vie ? Par les années que nous avons passées ensemble ou par les années qui nous séparent, son ombre qui s'allonge au fil du temps, sans jamais cesser de me toucher ?

Il faisait frais ce soir-là et, au-dessous de nous, la pierre n'avait pas gardé la chaleur de la journée. Je ressentais le froid jusque dans mon corps. Ce n'était pas le même froid que lorsque nous sautions dans le ruisseau trop tôt au printemps. L'eau atrocement glacée nous coupait le souffle, mais un instant seulement, après quoi nous hurlions de joie et l'air dans nos poumons nous faisait nous sentir fortes et vivantes. Sur les tombes, le froid était lourd, comme si ce n'était pas nous qui étions couchées sur la pierre, mais l'inverse. J'écoutais la respiration de Fabienne, de plus en plus lente et courte, et j'essayais d'y accorder la mienne.

Fabienne devait avoir aussi froid que moi. J'attendais qu'elle se redresse pour faire de même. Il nous arrivait parfois de rester allongées longtemps sur les tombes, jusqu'à ce que nos corps deviennent raides, si bien que nous devions ensuite sautiller sur place pour nous réchauffer, faisant claquer nos dents et nos os. D'après Fabienne, nous devions toujours éprouver les limites de notre corps. Ne pas boire jusqu'à ce que la soif nous racle la gorge comme du sable. Ne pas manger jusqu'à ce que la faim nous donne le tournis. De toute façon, il n'y avait pas grand-chose à manger. Un peu de pain et, si nous étions chanceuses, un morceau de fromage. De temps à autre, nous restions face à face et retenions notre souffle en comptant avec les doigts pour voir combien de temps nous résisterions avant de devenir toutes rouges et de devoir reprendre notre respiration. Étendues sur les tombes, nous ne bougions plus, jusqu'à ressentir la froideur et l'immobilité de la mort. Si on attend qu'une chose devienne absolument nécessaire pour la faire, m'avait expliqué Fabienne, on laisse peu de chances au monde de nous attraper. Nous attraper comment ? avais-je demandé, et elle avait répondu qu'elle ne voyait pas l'intérêt de me l'expliquer si je ne comprenais pas. Suis-moi, avait-elle ajouté, et fais uniquement ce que je te dis.

« À ton avis, qu'est-ce qu'il fait, M. Devaux, en ce moment ? » demanda Fabienne en se redressant.

Je ressentis une immense gratitude. Je n'aurais pas été surprise si elle avait décidé de ne pas bouger jusqu'à l'aurore. Je n'aurais eu d'autre choix que de rester allongée à ses côtés. Mes parents, contrairement au père de Fabienne, auraient remarqué que je n'étais pas rentrée à l'heure du coucher.

« Aucune idée, dis-je.

— Allons lui rendre visite.

— Pourquoi ? On ne le connaît pas.

— Il a besoin de s'occuper. Comme tous les veufs. »

Le père de Fabienne étant veuf, elle devait savoir de quoi elle parlait. « Qu'est-ce qu'on peut faire pour M. Devaux ? demandai-je.

— On peut lui dire qu'on vient lui offrir notre amitié.

— Il a besoin d'amis ?

— Peut-être, peut-être pas. Mais on lui dira qu'on a besoin qu'il soit notre ami.

— Et pourquoi ? »

À l'époque où Fabienne allait encore à l'école, certaines filles demandaient à être nos amies, mais elles apprenaient vite quelle humiliation c'était de vouloir quelque chose de Fabienne. Elle les observait avec une curiosité mauvaise, puis répondait lentement : *Je ne comprends pas comment vous avez pu penser un seul instant qu'on voulait vous avoir pour amies.*

« Un homme comme M. Devaux peut servir, répondit-elle. On n'a qu'à dire qu'on veut qu'il nous aide à écrire un livre.

— Un livre ? »

Cela faisait deux ans que Fabienne n'allait plus à l'école. Si elle étudiait parfois mes manuels de lecture pour ne pas décrocher, jamais dans notre vie nous n'avions vu un vrai livre.

« Oui, on peut écrire un livre ensemble.

— Un livre sur quoi ?

— Sur n'importe quoi. Je peux inventer des histoires et toi, les écrire. Qu'est-ce qu'il y a de si compliqué ? »

Il était vrai que je formais mieux mes lettres que Fabienne. J'avais même une belle écriture, et tous les ans je remportais le premier prix à l'école. Il était vrai aussi que Fabienne pouvait inventer des histoires où il était question de cochons, de poulets, de vaches, de chèvres, d'oiseaux, d'arbres, des rideaux de la mère Bourdon et de la charrette du père Gimlett. Et de Joline, sa sœur aînée, morte depuis longtemps. Je ne me rappelais plus à quoi Joline ressemblait, mais Fabienne avait plusieurs histoires inventées pour son fantôme, et le fantôme de son bébé. Elle l'appelait le « petit Oscar », bien qu'il fût mort avant même que quelqu'un ait pu lui trouver un prénom. Enfin, il y avait le fantôme de Bobby, l'amoureux américain de Joline. Après l'avoir mise enceinte, Bobby, qui était noir, avait été traduit en cour martiale et pendu.

Toutes ces morts s'étaient produites quand Fabienne et moi avions six ans, presque sept. Je me rappelais que Joline nous avait fouettées avec une botte d'orties, Fabienne et moi, la fois où elle nous avait surprises en train de les épier, et je me souvenais des chocolats que Bobby nous avait jetés à la figure pour nous empêcher de les suivre. Avec Fabienne, nous parlions de ce que Bobby faisait à Joline dans la Jeep, ou quand il l'emmenait quelque part où nous ne pouvions pas aller à pied. Nous essayions de rejouer ces choses en fonction de notre imagination. Nous nous sentions assez grandes pour tout affronter, y compris le bébé mort-né, à la peau plus sombre encore que Fleur, notre biquette. Fabienne et moi avions touché sa tête, collante, et grise, et tiède, pendant que l'attention de toutes ces femmes était sur Joline, qui saignait et mourait rapidement, en faisant des bruits terrifiants.

Dans les histoires de Fabienne, tous trois allaient bien maintenant. Pas tout à fait une famille heureuse, mais trois fantômes heureux, pris par leurs propres jeux.

Si les fantômes me donnaient parfois des frissons, le plus souvent ils me faisaient rire. Regarde, me disait Fabienne en montrant le ruisseau. Tu as vu ? Quoi donc ? répondais-je. Je savais que je ne verrais jamais rien de ce qu'elle voyait, ce qui explique que je ne pouvais avoir d'autre amie que Fabienne. Elle avait des yeux et des oreilles pour deux. C'est le petit Oscar, murmurait-elle ; il est en train d'embrocher des anguilles à la baïonnette. Oh, il a appris à nager, disais-je, et Fabienne répondait qu'elle ne savait pas trop s'il nageait bien, assis qu'il était sur son nénuphar, comme une grenouille. Dans d'autres histoires, le fantôme de Joline confectionnait un collet avec des branches de saule et attrapait tout homme qui sortait du bar trop tard le soir. Qu'est-ce qu'elle en faisait ? demandais-je. Elle les chatouillait pour qu'ils n'aient pas l'ivresse paisible, disait Fabienne. Tu te rends compte à quel point c'est drôle et terrible pour ces hommes de ne pas pouvoir se concentrer sur leur ivresse ?

Enfin il y avait le fantôme de Bobby, mon préféré. Il soufflait dans les oreilles des vaches. Il nouait ensemble les queues d'une portée de porcelets et leur jetait dessus un pétard. Il plaçait des cigarettes sous les oreillers des enfants et des savons parfumés dans les pantalons des hommes. Il cachait des oranges derrière les pierres ou dans la forêt. Les oranges, dans les histoires de Fabienne, n'étaient que pour nous, toujours. En vérité, nous n'en avions vu qu'à quelques reprises, à l'époque où Bobby était encore vivant. La première fois qu'il apporta une orange à Joline, Fabienne m'envoya la supplier de nous laisser tenir quelques instants le fruit dans nos mains. Nous n'avions encore jamais rien vu qui eût cette couleur-là.

Je n'inventais jamais d'histoires, mais je savais écouter Fabienne.

TOUTE HISTOIRE a une date de péremption. Comme un pot de confiture ou une bougie.

La confiture a-t-elle une date de péremption ? Oui, la confiture fait vivre les fruits plus longtemps, pas éternellement.

La bougie a-t-elle une date de péremption ? Ce n'est peut-être pas indiqué mais, passé un certain moment de sa vie, elle s'altère, bien qu'elle brûle encore.

Le temps altère. Et nous payons le prix pour tout ce qui est altérable : la nourriture, les charpentes de toit, les âmes.

Cette histoire qui est la mienne s'est périmée le jour où j'ai appris la mort de Fabienne. Raconter une histoire après sa date de péremption, cela revient à exhumer un corps enterré depuis longtemps. La raison pour le faire n'est pas toujours claire pour tout le monde.

Je repense au bébé de Fabienne. Dans sa lettre, ma mère ne m'a pas dit si ce bébé avait survécu. Ni qui en était le père. M'en informer ne présentait certainement aucun intérêt à ses yeux. Peut-être même a-t-elle oublié mon amitié avec Fabienne. De plus en plus souvent, dans ses lettres, elle m'annonce telle ou telle mort au village. Elle a accepté depuis belle lurette que je ne retournerais pas à Saint-Rémy de son vivant. Son espoir, disait-elle quelque part, est que j'y retourne au moins pour son enterrement.

Je devrais peut-être envisager de faire un tour à Saint-Rémy. Earl ne me reprocherait pas le coût d'un tel voyage. Je me demande si, en m'allongeant sur la tombe de Fabienne, je sentirais la même pesanteur que celle que nous sentions autrefois. Il n'y aura pas à attendre qu'elle décide à quel moment nous mettre debout et partir. Si choix il y a, ce sera à moi de le faire : me lever et m'en aller, ou rester à jamais immobile au-dessus de sa tombe.

QUAND NOUS AVIONS treize ans, j'avais un avantage sur Fabienne. J'écrivais et je lisais mieux qu'elle. J'étais plus grande, et mon corps avait commencé à s'étoffer un peu, à devenir moins osseux que le sien. Mon front était plus large, mes joues avaient un plus joli contour. De manière générale, j'avais une mine plus avenante. Et ça ne me dérangeait pas de sourire aux gens, ni de porter le panier d'une vieille dame sans qu'elle m'importune trop, ni d'obéir bien sagement à toute personne ayant quelque pouvoir sur moi. Autant de choses qui dérangeaient Fabienne.

À l'époque, je ne savais pas que c'étaient des avantages. Fabienne pouvait grimper tout en haut d'un arbre en quelques secondes, alors que j'étais encore péniblement accrochée à la branche la plus basse. Elle pouvait rester en apnée sous l'eau jusqu'à ce qu'on se dise qu'elle ne remonterait plus jamais à la surface. Moi je remontais, toujours, comme un poisson monstrueux doté de vessies natatoires énormes. Ses vaches avaient peur d'elle – avant même qu'elle lève son bâton, elles tremblaient. Aucun chien ne venait la mordiller. Les abeilles, dans les bois, ne piquaient que moi.

Certains êtres naissent avec une forme particulière de cristal à la place du cœur. Non, je ne parle pas de sorcellerie; il n'en demeure pas moins mystérieux que ces êtres, apparemment identiques aux autres, puissent naviguer à travers la vie sans maladie, sans blessures, sans cœur brisé. Ils ne sont pas nombreux, mais Fabienne en fait partie. Faisait. En faisait partie, jusqu'à ce qu'elle soit piégée par l'accouchement.

Ce cristal en guise de cœur – il provoque des choses. Chez les autres.

Or je l'ignorais, à l'époque. Ce jour-là, quand nous avons frappé à la porte de M. Devaux, dans le noir, j'essayais seulement de ne pas glousser. Il eût été grossier de rire à la face d'un homme le jour où il avait enterré sa femme.

M. Devaux n'ouvrit pas tout de suite. Fabienne me dit de retirer un de mes sabots. Pourquoi ? demandai-je. Mais je posais souvent des questions sans réfléchir, sans attendre de réponse. Je lui tendis mon sabot, et elle frappa à la porte avec la semelle en caoutchouc dur.

Derrière la porte, M. Devaux s'écria : « Qui est-ce ?

— C'est nous », dit Fabienne.

Je ne savais pas si M. Devaux pouvait deviner qui nous étions. Peut-être que n'importe quelle personne vivante lui aurait paru la même alors qu'il attendait le fantôme de sa défunte femme. Et un fantôme n'avait pas besoin de frapper à la porte. On racontait qu'il aimait sa femme. Si un homme aime sa femme et qu'elle meurt, aimera-t-il autant son fantôme ? J'aurais voulu poser la question à Fabienne pendant que nous attendions devant la porte. C'était le genre de question que nous aimions méditer.

« Qu'est-ce que vous voulez ? demanda M. Devaux.

— On veut vous parler.

— Me parler de quoi ?

— Laissez-nous d'abord entrer, dit Fabienne. C'est un secret. Les autres ne doivent pas nous entendre. »

Les choses se sont passées ainsi dans mon souvenir. Il se peut qu'elles ne soient pas arrivées exactement comme ça, mais entre les faits et les souvenirs je me fie toujours aux souvenirs. Pourquoi ? Parce que les faits n'engendrent pas de mythes. Et cette visite a fait de moi un mythe mineur. Si je racontais autour de moi que j'ai été jadis un mythe, personne ne me croirait. Mais est-ce à un mythe qu'il revient de vous faire croire en lui ? Un mythe dit, Je suis à prendre ou à laisser. Vous pouvez hausser les épaules, vous pouvez lui rire au nez, mais vous ne pouvez rien y faire. C'est à vous de changer d'avis, ou pas – dans les deux cas, un mythe est une chose complète, et vous, non-mythe, vous êtes une non-entité.

Personne ne naît mythe. Tous les bébés, qu'ils voient le jour dans une étable ou dans un palais, ont besoin des mêmes choses pour survivre. Plus tard, certaines personnes sont assez intelligentes pour se transformer en mythes. Elles transforment les autres en mythes. Pourtant, qu'est-ce qu'un mythe, sinon un voile dont on recouvre ce qui est hideux ou ennuyeux ?

Les gens sont souvent hideux ou ennuyeux. Parfois les deux. Ainsi va le monde. Les mythes ne serviraient à rien si le monde n'était ni hideux ni ennuyeux.

« QUEL EST DONC ce secret que les autres ne doivent pas entendre ? » demanda M. Devaux. Il ne nous proposa pas d'entrer. Sa silhouette fine cadrait parfaitement avec l'entrebâillement de sa porte.

« On écrit un livre, dit Fabienne. On a besoin de votre aide.

— Qu'est-ce que vous y connaissez aux livres ?

— Ils sont écrits par des gens. Pas vrai ?

— Pas par des gens comme vous.

— C'est ce que vous croyez.

— Il faut savoir épeler son nom et écrire ses phrases, dit-il.

— Elle sait faire tout ça », répondit Fabienne en passant un bras sur mes épaules. Je pliai légèrement les genoux pour ne pas paraître plus grande qu'elle. Elle aurait pu dire : « Cette vache donne beaucoup de lait », ça n'aurait rien changé pour M. Devaux.

« Et qui l'écrit, ce livre ? demanda-t-il.

— Nous deux, répondit Fabienne. C'est comme si on n'était qu'une seule et même personne.

— Dans ce cas, il vous faut un nom de plume.

— Un quoi ?

— Tu ne peux pas vouloir écrire un livre sans savoir ce que c'est qu'un nom de plume.

— Agnès Moreau, dit-elle. On prendra le nom d'Agnès pour notre livre.

— Pourquoi pas le tien ? lui demandai-je.

— Parce que c'est moi qui ai eu l'idée, dit-elle. Il faut que tu donnes quelque chose aussi. »

Pendant ce temps-là, M. Devaux nous regardait sans dissimuler son mépris. Il était vraiment laid. Avec ses touffes de poils qui sortaient des deux côtés de sa tête et ses yeux ronds aux paupières lourdes, on aurait dit un vieux hibou affamé. « Je vais me coucher », dit-il. Puis il nous souhaita bonne nuit.

Fabienne posa le pied entre le chambranle et la porte pour l'empêcher de la fermer. « On n'a pas terminé, dit-elle. Vous nous aiderez, oui ou non ?

— Je ne vois pas en quoi je peux vous aider.

— J'ai tout prévu. J'inventerai les histoires, Agnès les recopiera et vous en ferez un livre. »

M. Devaux marmonna quelque chose, une adresse à Dieu ou à sa défunte femme. Mais Fabienne refusa de retirer son pied jusqu'à ce qu'il accepte de lire ce que nous écririons.

« Tu vois, il a seulement besoin qu'on le distraie un peu, me dit-elle plus tard, avant que nous nous séparions près de chez moi.

— Qu'on le distraie de la mort de sa femme ?

— De l'ennui. Souvent, les gens tristes ne savent pas qu'ils sont tristes *et* qu'ils s'ennuient. »

« POURQUOI est-ce que tu veux écrire un livre ? » demandai-je à Fabienne. Nous étions allongées sur le talus herbeux adjacent au champ de patates du père Gimlett. Il avait la gentillesse de laisser Fabienne y faire paître ses bêtes, tant qu'elles ne piétinaient pas son champ. Un bon chrétien, disait quelquefois de lui Fabienne, toujours avec un petit rire moqueur.

C'était un jour férié, mais vaches, chèvres, cochons et poulets ne fêtaient pas les jours fériés. On les tuait, parfois, pour une fête. Pas ce jour-là. C'était un de ces jours fériés mineurs qui n'exigeaient pas d'effusion de sang.

« Ça va nous amuser », répondit Fabienne.

Beaucoup de choses nous amusaient un jour mais plus le lendemain. « Comment ça ? dis-je. Je ne vois pas pourquoi on aurait besoin d'écrire un livre pour s'amuser.

— Il y a plein de choses que tu ne vois pas. On écrit un livre pour que les gens sachent comment on vit. Et sachent ce que ça fait d'être nous. »

Non loin de là, les deux vaches ruminaient très lentement, comme si elles avaient tout le temps pour elles dans un monde où l'herbe ne manquerait jamais. Elles s'appelaient Bianca et Millie, et c'était à cause d'elles que Fabienne n'allait plus à l'école. Toute bouche à nourrir devait gagner sa vie – les enfants qui n'avaient pas de mère affrontaient cette réalité plus tôt que les autres. Personne n'y voyait rien d'extraordinaire, certainement pas Fabienne et moi. Ses deux grands frères travaillaient à la ferme. Fut un temps, Joline obtenait des cartouches de cigarettes américaines grâce à son petit ami. On pouvait troquer tout ce qu'on voulait contre des cigarettes américaines, moyennant quoi Joline, bien que n'aimant pas le travail à la ferme, avait gagné sa vie, elle aussi.

Une chèvre s'éloigna vers le ruisseau. Je voulus prévenir Fabienne, puis me ravisai. Elle n'aurait fait que rire et plisser les lèvres pour produire un sifflement strident. Elle avait mille manières de se faire obéir des bêtes.

Une abeille se posa sur une chicorée sauvage, faisant ployer l'extrémité de la fleur. Bientôt, l'abeille s'en irait en butiner une autre. Je ne voyais pas quel aspect de notre existence méritait d'être connu d'autrui. Mes journées à l'école étaient toutes les mêmes, et la vie de Fabienne, avec ses vaches et ses chèvres, ne pouvait pas être très différente d'un jour sur l'autre. Grandir réclamait de la patience mais, même si nous avions toute la patience du monde, où cela nous mènerait-il ? Un jour nous nous marierions. Ensuite, nous devrions élever des enfants, si nous avions la chance de ne pas mourir en couches comme Joline. Nous aurions plus de travail à fournir, plus de bouches à nourrir. Fabienne et moi serions-nous alors toujours en mesure de passer autant de temps ensemble ? Je me disais que nous pourrions épouser deux frères, histoire de ne jamais nous séparer. Peut-être valait-il mieux rester célibataires, cependant. « Pourquoi est-ce qu'on voudrait que les autres sachent ce que ça fait d'être nous ?

— Et pourquoi pas ?

— Qui sont ces gens ? »

Personne, pensai-je, mais mon rôle consistait à poser les questions, pas à y répondre.

« Je ne sais pas encore, dit Fabienne. N'empêche, on peut toujours faire croire aux gens qu'ils veulent quelque chose.

— Comment ?

— On verra ça plus tard. Pour le moment, on doit écrire. Tu as ton crayon et ton cahier avec toi ? »

J'avais apporté mon cartable, comme elle me l'avait demandé. J'avais dit à mes parents que je ferais mes devoirs tout en passant la journée avec Fabienne. Peut-être me croyaient-ils, peut-être pas. À cette époque, que je ne sois pas trop dans leurs pattes les arrangeait bien. Mon frère Jean était en train de mourir. Depuis son retour d'un camp de travail allemand, six ans plus tôt, il était certes trop mal en point pour exécuter des tâches difficiles à la ferme, mais son état avait empiré au cours des derniers mois. Il restait au lit toute la journée, à contempler le plafond quand il ne crachait pas du sang. En comparaison, je paraissais trop robuste, trop grasse, trop heureuse. Quelquefois mes trois sœurs, toutes mariées, venaient nous rendre visite et passaient du temps avec lui. Comme mes parents n'étaient jamais gênés par leur présence auprès de Jean, ils devaient certainement voir quelque chose en moi qui n'allait pas, ce qui me convenait. À moins d'y être obligée, je ne leur parlais pas. Je faisais toutes mes corvées sans qu'ils me le demandent, car je détestais leur laisser une occasion de froisser le voile de mystère discret dans lequel je m'enveloppais à la maison. Je n'étais pas une enfant capable de réconforter quiconque, et je ne souhaitais pas le faire.

« Très bien, note ce que je dis », reprit Fabienne. D'une voix plus profonde, elle commença : *« Le jour où le petit François est mort**...

— Qui est François ? »

Le bébé mort de Joline n'avait pas eu de prénom, mais nous l'appelions toujours Oscar.

Fabienne ne daigna pas répondre et poursuivit sur le même ton mystérieux. Je levai plusieurs fois les yeux pour m'assurer que c'était toujours la Fabienne que je connaissais. Elle prenait la voix de quelqu'un d'autre, et qui que fût cette autre femme elle était déjà morte, et elle parlait avec un désespoir exacerbé qu'en temps normal Fabienne et moi aurions trouvé comique. Cependant, elle n'avait pas son petit sourire moqueur. Lorsqu'elle – non, la femme au nom de qui elle parlait – demanda à Dieu pourquoi il avait envoyé son bébé sur terre si c'était pour le faire mourir, je m'arrêtai d'écrire. « C'est une drôle de question que pose cette femme.

— Qu'est-ce qu'il y a de si drôle ?

— On est tous envoyés sur terre pour mourir, dis-je. Dieu a même envoyé son propre fils sur terre pour mourir. »

Fabienne m'intima le silence.

Je mentirais si je disais que je me rappelle chaque mot qu'elle me dicta, mais je connais par cœur les premières phrases. Je revois les mots de Fabienne dans mon écriture soignée. Je m'entendais à bien écrire. Elle s'entendait à parler comme une morte.

La morte dans cette histoire n'était pas Fabienne, mais il est tout de même curieux – j'y pense depuis plusieurs jours – qu'elle ait fini par devenir cette femme.

Nous ne terminâmes pas l'histoire avant la fin de la journée. Je demandai à Fabienne si elle avait besoin de davantage de temps pour inventer le reste, ce à quoi elle répondit bien sûr que non. Elle connaissait l'histoire par cœur, mais connaître une histoire par cœur et prendre le temps de l'écrire étaient deux choses différentes.

« Quelle est la différence ? » demandai-je.

Fabienne réfléchit un moment et dit qu'elle ne comprenait pas pourquoi je me comportais comme une imbécile et posais des questions idiotes. Je m'allongeai et cachai mon visage sous mon cartable. De loin, on aurait pu croire que je faisais la tête. En vérité, sous ma sacoche de toile, je souriais. Fabienne avait raison, je posais trop de questions, mais elle se mettait en colère après moi seulement quand elle n'avait pas de bonne réponse à me donner.

Quelle est la différence entre connaître une histoire et l'écrire ? Cependant, les questions que j'aurais dû poser, ce que je ne savais pas faire quand nous étions jeunes, étaient : ne suffit-il pas de connaître une histoire ? Pourquoi prendre le temps de l'écrire ?

Aujourd'hui j'ai la réponse, pour elle comme pour moi. Le monde n'a que faire de qui nous sommes et de ce que nous savons. Une histoire doit être écrite. Sans cela, comment tenons-nous notre vengeance ?

(Vengeance contre quoi, contre qui, au juste ?

Ne tombe pas dans le piège, Agnès, et réponds à cette question.)

LORSQUE NOUS EÛMES terminé l'histoire du petit François, nous la montrâmes à M. Devaux. Il nous demanda combien d'autres histoires du même genre nous avions. Sept, répondit Fabienne. Et elles parlent toutes de bébés morts ? voulut-il savoir. Elle dit qu'elles ne parlaient pas toutes de bébés morts, mais d'enfants morts. Il acquiesça et dit qu'il s'en était douté. Comment le savait-il et pas moi ? Je décidai que ne pas l'aimer ne suffisait pas. Je devais le haïr.

M. Devaux lisait de la poésie et de la philosophie. Il nous confia avoir écrit quelques pièces de théâtre ratées qui n'avaient jamais été jouées sur scène, et il composait encore un poème par jour, dès qu'il rentrait du bureau de poste. Lorsque Fabienne lui demanda si nous pouvions lire ses poèmes, il répondit qu'il valait mieux nous épargner ça, puisqu'il ne les lisait à haute voix qu'à ses pigeons.

« Vous devriez plutôt prendre des perroquets, dit Fabienne. Ils pourraient vous lire vos vers à leur tour. »

M. Devaux la regarda bizarrement.

« Vous savez bien que je plaisante, ajouta Fabienne.

— Je n'aime pas les plaisanteries. Elles font mal.

— Les hameçons aussi font mal. Pourtant, les poissons aiment les avaler.

— Je n'aime pas les poissons. Ils ne sont pas intelligents. »

Si j'avais été impétueuse, je serais intervenue pour dire à M. Devaux qu'il était aussi bête qu'un poisson. Je n'appréciais pas la manière dont Fabienne parlait avec lui, trop proche de celle dont elle me parlait. Mais je ne les interrompis pas. Il y avait dans la maison de M. Devaux beaucoup de recoins que n'atteignait pas la lumière de l'ampoule suspendue au plafond. Je préférai m'asseoir dans l'un d'entre eux et laisser mon visage dans la pénombre pour observer M. Devaux et Fabienne. Ni l'un ni l'autre n'était beau. Étudier le visage de M. Devaux et savoir qu'il était laid me procurait un certain plaisir. Étudier le visage de Fabienne et savoir que ça ne changeait rien à l'affaire si elle était jolie ou non – cela aussi me faisait plaisir.

« Vous traitez les poissons d'idiots, mais c'est parce que ce sont des animaux, dit Fabienne. Les animaux sont bêtes.

— Certains sont intelligents. Mes pigeons, par exemple. Je les respecte comme je respecte les gens talentueux.

— Ils ont assez d'intelligence pour roucouler d'extase devant vous.

— Non, ils ont un cerveau très développé. S'ils préféraient vivre dans la nature, je les laisserais.

— C'est absurde de laisser les animaux choisir ce qu'ils veulent.

— Faites attention, mademoiselle. Si vous suivez cette logique, vous allez bientôt m'expliquer que c'est absurde de laisser les gens choisir ce qu'ils veulent. »

Fabienne haussa les épaules. « Mais dites-moi... Si vos pigeons décidaient un jour de ne plus revenir ?

— Ils ne le feront pas. Je les connais. Ils me connaissent, aussi. »

Fabienne rit, et je frémis d'excitation. D'autres auraient pu trouver ce rire aussi idiot que n'importe quel rire de fille, mais personne ne la connaissait mieux que moi. Elle riait de la sorte uniquement quand elle avait l'intention de s'amuser – en lançant un chat sur un toit, en écrasant un nid d'oiseaux dans sa main ou en racontant une blague méchante sur sa défunte sœur, Joline. Un jour, alors que je la retrouvais après l'école, elle me tendit une embuscade et me poussa dans le ruisseau ; la glace n'avait pas encore fondu, et son rire strident fut la dernière chose que j'entendis avant que l'afflux de sang et l'eau en plein dégel bouchent mes oreilles. Lorsque j'eus péniblement regagné la rive, je faillis pleurer de rage, mais Fabienne me fit signe de me taire et pointa l'index vers un tas de vieux vêtements à côté d'un tronc d'arbre. Je fus immédiatement calmée. Quand elle lançait un chat sur le toit, c'était pour le voir trembler de peur. Quand elle décidait de détruire un nid, c'était parce qu'elle voulait voir un œuf tomber du haut de la branche sur laquelle était assise. Mais elle se souciait assez de moi, finalement, pour m'avoir préparé des vêtements de rechange. Ils avaient appartenu à Joline. Je le compris à la façon dont le chemisier flottait sur mes hanches et dont les jambes du pantalon traînaient par terre.

« Je suis contente que vos pigeons vous soient fidèles », dit Fabienne.

M. Devaux acquiesça. Il ne savait pas encore qu'elle pourrait lui faire du mal. Elle était capable d'attraper un des pigeons, de lui tordre le cou et de le lui rapporter uniquement pour voir sa tête. Plus j'y pensais, plus j'étais certaine du plan de Fabienne. Dans mon imagination, je suggérai même que nous rôtissions l'oiseau pour que sa mort ne soit pas vaine. Rapporter les os et les plumes à M. Devaux suffirait à le punir de la fierté idiote qu'il tirait de ses pigeons.

Mais plusieurs semaines durant, ceux-ci continuèrent d'aller et venir comme ils l'avaient toujours fait.

AU DÉBUT de l'année suivante, Fabienne et moi disposions de huit histoires. Huit enfants morts et un certain nombre d'animaux morts. Tous les enfants, sauf un, étaient enterrés. Pourtant, lorsque le livre finit par être publié, cet enfant non enterré attira beaucoup plus l'attention que les autres. C'était un bébé d'un jour, né vivant, mort car sa mère, pas plus vieille que Joline et pas mariée non plus, avait dû cacher sa naissance. Qu'une si pauvre créature n'ait pas droit à un enterrement, c'était sensé. Néanmoins, je dois admettre qu'en écrivant sous la dictée de Fabienne je fus prise d'un haut-le-cœur et d'un picotement au fond de la gorge. Je ne protestai pas devant sa façon de faire disparaître le bébé, même si par la suite, pendant quelque temps, je nourris les cochons à la hâte, sans jamais m'attarder à l'auge une seconde de plus que nécessaire.

Dans ces histoires il y avait aussi quelques adultes morts, mais qui ils étaient et comment ils en venaient à connaître la mort avait peu d'importance. Pareils en cela aux adultes dans nos vies, ils n'étaient guère plus que des poteaux en bois au bord de la route. En revanche leurs fantômes, comme le cimetière, éveillaient notre intérêt.

Le nombre de gens que vous tuez dans vos histoires, grommelait M. Devaux – mais comment ne voyait-il pas ce que nous savions déjà ? Quand il s'agit de la mort, les mathématiques importent peu.

(Même dans la vie, les mathématiques ne sont peut-être pas si importantes. Il suffit de savoir compter et additionner. Et encore, ces compétences peuvent être superflues. Si Dieu annonçait qu'il vous retirerait quelque chose, la vue, l'ouïe ou les capacités arithmétiques, trouveriez-vous préférable d'être aveugle ou sourd plutôt qu'incapable de calculer ? J'en connais un qui ne sera pas d'accord avec moi, le vieux Pascal dans sa tombe, que M. Devaux citait souvent, comme si c'était un ami qu'il retrouvait chaque jour pour la promenade. Sans M. Devaux, j'aurais pu traverser toutes ces années sans connaître Pascal. C'eût été fort dommage. D'ailleurs, Pascal est le prénom parfait pour un de mes jars, moins frivole que ses trois camarades. Petit déjà, Pascal marchait avec solennité. Bien qu'il suive les autres oies quand elles s'apprêtent à faire des bêtises, on voit bien qu'il n'y met pas tout son cœur. Il charge le facteur et terrorise les poulets uniquement parce qu'il doit accomplir son destin d'oie. Je crois que c'est un philosophe.)

Macabres, disait M. Devaux de nos histoires. Pourtant, chaque fois que nous passions le voir, il ne manquait pas de nous ouvrir sa porte. Il n'avait pas mâché ses mots en évoquant notre travail : puéril, incohérent, morbide, répétitif, bancal, écrit à la légère. Parfois, il pestait devant une page. Ou se lamentait. Mais nous voyions bien qu'il attendait nos histoires avec intérêt. Avidement, même. S'il s'écoulait quelques jours sans que nous passions, la fois suivante il s'en plaignait. « Qu'est-ce que vous croyez ? disait alors Fabienne. On n'est pas des poules, on ne pond pas des œufs tous les matins avant d'aller courir en caquetant. »

M. Devaux répondait qu'il aurait préféré que nous soyons aussi fiables que des poules. « Seulement, ne soyez pas trop bavardes. »

Un jour, il nous dit que certaines personnes avaient remarqué nos fréquentes visites chez lui. Fabienne rétorqua que le contraire eût été surprenant. « La seule chose que tout le monde aime, c'est embêter les autres », ajouta-t-elle.

M. Devaux dit avoir expliqué à ces gens qu'il nous éduquait un peu car il ne supportait pas de nous voir gâcher notre vie. Je vais à l'école, protestai-je, à quoi il répondit, Oui, mais Fabienne aussi doit apprendre. Je pensais qu'elle récuserait cette idée et lui décocherait une pique, mais elle se contenta de hausser les épaules et de dire que nous étions ses élèves parce que nous le voulions bien. « Ou alors... » Elle embrassa du regard l'intérieur de la maison et ajouta : « Vous pourrez expliquer aux gens qu'on vient vous voir parce qu'on a faim. Que la nourriture est le meilleur appât qui soit pour des jeunes filles. »

M. Devaux rougit, comme offensé. « Mademoiselle, je vous traite honorablement parce que je respecte votre intelligence.

— Comme vous respectez celle de vos pigeons ? »

Je ris, mais ni M. Devaux ni Fabienne ne m'entendirent. Ils se regardaient comme deux chèvres prêtes à se battre. Malgré tout, ces moments-là ne duraient pas. Souvent, c'était Fabienne qui trouvait un nouveau sujet de conversation, et ils faisaient comme si rien de gênant n'était arrivé. Une fois seulement, M. Devaux, reculant devant le regard fixe de Fabienne, passa à autre chose en disant qu'il ne savait pas si nous étions au courant, mais Staline était mort. Fabienne ne répondant pas sur-le-champ, je dis, sur un ton beaucoup moins tranchant que le sien, que je ne voyais pas le rapport entre cette nouvelle et nous. Pour le coup, j'attirai leur attention à l'un et à l'autre : M. Devaux me traita d'ignare, Fabienne m'intima le silence et me dit d'arrêter de me comporter comme une imbécile. Je fus non pas tant rebutée par leur mépris que stupéfaite par la découverte d'une nouvelle forme de bêtise en moi : moi qui d'habitude savais garder le silence quand je restais assise dans un coin à les observer, j'aurais dû veiller à ne pas leur laisser une occasion de se trouver un point commun entre eux.

Si M. Devaux avait été plus perspicace, il nous aurait enseigné quelques rudiments de géométrie. À nous trois, nous formions en effet un triangle explosif. Moi, Agnès, je me serais contentée d'avoir seulement Fabienne dans ma vie, mais elle exigeait plus que je ne pouvais lui donner. M. Devaux n'était pas grand-chose, mais il offrait à Fabienne certaines choses que je ne pouvais lui offrir.

Le cadet de nos soucis était de savoir ce qu'il voulait de nous. Il avait dû s'en rendre compte ; il décréta que ce que nous lui donnions, si infime que ce fût, valait mieux que rien.

Lorsque Fabienne lui annonça que nous avions terminé le livre, il se renfrogna. « Terminé ? Mais vous venez de commencer ! » Il nous dit que nous ne savions pas vraiment écrire. « Tu n'es même pas fichue de rédiger une phrase correcte, me lança-t-il.

— Ce ne sont pas mes phrases, ce sont celles de Fabienne. Je ne fais que recopier ce qu'on me dicte.

— Oui, eh bien, tu ferais mieux de tout reprendre de zéro. Et cette fois tu écriras ce que je te dicterai. Quant à toi… »

Il se tourna vers Fabienne. « Continue d'inventer tes petites histoires.

— Comme si c'était à vous de dire à une poule de continuer de pondre », répliqua Fabienne.

LORSQUE NOUS – M. Devaux et moi – eûmes terminé la deuxième version, les histoires n'étaient plus tout à fait celles que m'avait dictées Fabienne. Je ne savais pas ce qui s'était passé, au juste, mais ces nouvelles histoires semblaient être davantage les miennes que les siennes. Pourtant je ne les avais pas écrites, puisque je n'avais fait que recopier sous la dictée de M. Devaux. Mais comparer la nouvelle version à celle de Fabienne revenait à me comparer à elle. Fabienne était féroce. Je n'étais que fruste.

Ce n'est pas par hasard que M. Devaux fit pencher les histoires de mon côté. Si j'avais été bonne élève, j'aurais placé les deux séries de cahiers côte à côte pour constater qu'il avait modifié quelques mots dans chaque phrase. Or cela ne m'intéressait pas. Pour tout dire, ce petit jeu d'écriture de livre me lassait. Tout le printemps, je me sentis alourdie par une sorte de torpeur. Je pensais à l'intérieur de mon corps, aux formes étranges, à leur mollesse étrange, et je n'arrivais pas à savoir si c'était l'angoisse ou le dégoût qui me faisait me réveiller au beau milieu de la nuit, en nage. Quand je n'arrivais pas à me rendormir, grenouilles et chouettes se relayaient pour me chanter une sorte de message. Parfois, des garçons plus âgés, qui avaient déjà arrêté l'école, me sifflaient ou me tenaient des propos obscènes, puis éclataient de rire. Quelques années plus tôt, ils nous jetaient des pierres, à Fabienne et à moi. Désormais, ils semblaient se désintéresser d'elle.

À Fabienne, je ne fis pas part de toutes ces choses qui me troublaient. Tant que j'étais à ses côtés, je pouvais rester Agnès. Mon corps devenait plus lourd, ralentissant mon cerveau déjà pas très rapide, mais la légèreté et la vivacité de Fabienne m'entraînaient encore. Il m'arrivait de m'allonger au pied d'un arbre et de lever les yeux vers ses jambes qui pendaient au-dessus de moi. « Monte là-haut », disait-elle, alors qu'elle savait que je ne pourrais jamais grimper aussi haut. Alors je lui souriais bêtement. Que je ne puisse pas la rattraper n'avait aucune importance. Je vivais à travers elle. Derrière moi, je ne laissais qu'une coquille.

Il y avait une chose, cependant, que je ne pouvais abandonner. Au printemps et à l'été, j'aidai, plus qu'avant, ma famille à s'occuper de mon frère Jean. Mais il touchait à peine à la nourriture et aux boissons que je lui apportais dans sa chambre. Ma mère me disait d'entrer sans un bruit et de ne pas l'embêter avec des conversations, sauf s'il avait envie de parler. Ce qui n'arrivait jamais. Je savais que ma mère ne s'estimait pas capable de rester silencieuse et calme en sa présence. Elle pouvait facilement se mettre à genoux pour le supplier de manger, de parler, de vivre. Il ne le pouvait, il ne le voulait pas, ni pour elle ni pour quiconque. Je voyais la peur chez ma mère, et la résignation de mon père. Ils allaient le perdre une deuxième fois et ils ne pouvaient rien y faire, de même qu'ils n'avaient rien pu faire le jour où les Allemands l'avaient emmené. Je voyais aussi que Jean ne ressentait à notre égard ni pitié ni tendresse. Comme les cochons dans la porcherie, comme les moineaux sur le rebord de la fenêtre, comme les criquets dans l'herbe, nous étions de l'autre côté, loin. Pourquoi se serait-il soucié de nos sentiments ? À sa place, j'aurais montré la même indifférence à tout et à tous. D'ailleurs, je n'avais pas besoin d'être aussi proche de la mort que Jean pour le ressentir. Cet été-là, ma famille, mes voisins, mes camarades de classe, M. Devaux et toutes les personnes occupées sur terre étaient loin de moi, de l'autre côté. Seule Fabienne était de mon côté.

Un jour qu'elle m'interrogeait sur Jean, je lui dis qu'une mort soudaine et rapide valait dix fois mieux qu'une mort lente.

« Non, répondit-elle. Être vivant vaut cent fois mieux qu'être mort.

— On ne parle pas de la même chose, si ?

— Pourquoi est-ce que tu te préoccupes de ce que c'est qu'être mort ? On ne va pas mourir avant longtemps.

— Dans ce cas, pourquoi toutes nos histoires parlent d'enfants morts ? »

Je repensai aux yeux de Jean, vides, comme ceux d'un aveugle, et à ses clavicules qui saillaient horriblement, à tel point que parfois j'avais envie de lui passer une écharpe autour du cou pour cacher toutes les parties exposées de son corps, sans doute un quasi-squelette sous la couverture.

« Précisément parce qu'ils sont morts et pas nous, dit Fabienne. Arrête d'être morbide. »

Quelle étrange accusation elle me portait là. Fabienne était dix fois plus morbide que moi. La différence entre nous, c'était que je respectais et redoutais la mort, et que je préférais ne pas y songer, à moins d'y être contrainte. Tandis que pour elle la mort était une farce. Seuls les faibles, les imbéciles et les malchanceux donnaient dedans.

Elle m'annonça alors qu'elle avait autre chose en tête, un deuxième livre, mais qu'elle n'était pas encore prête à me le dicter. Elle devait d'abord régler certaines choses dans sa tête.

« Il y aura encore des enfants morts ? demandai-je.

— Personne ne mourra, cette fois. Promis. »

Je n'étais pas convaincue. Des promesses, Fabienne m'en faisait tout le temps. Elle savait que je ne m'attendais jamais à ce qu'elle les tienne.

Nous continuions d'aller régulièrement chez M. Devaux. Parfois, nous nous arrêtions au bureau de poste pour laisser sur son guichet un bouquet de fleurs sauvages. C'était une idée de Fabienne ; venant d'elle, cela m'étonna. Nous regardions toujours de haut les filles qui cherchaient à paraître plus douces en portant de jolies choses – bracelets de fruits rouges aux poignets ou rubans de satin dans les cheveux. Mais comme l'opération se renouvela, je lui demandai si le risque n'était pas grand que M. Devaux pense à tort que nous avions de l'affection pour lui. Il avait placé un bocal en verre sur son guichet pour recevoir nos fleurs.

« C'est le but, dit Fabienne. Pourquoi est-ce qu'on donnerait raison à quiconque ? On veut qu'il croie qu'il a de l'importance à nos yeux.

— Pourquoi ?

— On aime voir les gens comprendre qu'ils se sont trompés. Tu ne penses pas ?

— Oh, si, dis-je aussitôt.

— Alors arrête de m'embêter avec toutes tes questions. »

M. Devaux avait toujours l'air chétif, mais maintenant que nous le connaissions mieux, il paraissait moins laid. Il tenta à plusieurs reprises de nous faire lire les livres de sa bibliothèque. Quand je voulais en ouvrir un pour voir ce qu'il contenait, Fabienne faisait toujours non de la tête, disant que nous avions mieux à faire et que nous n'avions pas de temps à perdre avec ses livres. Un jour qu'il insistait, Fabienne rétorqua que ces livres nous étaient inutiles.

« Inutiles ? fulmina M. Devaux avant de nous traiter d'idiotes.

— On serait des idiotes de croire que ces livres pourraient nous apporter quoi que ce soit. Y en a-t-il un parmi eux capable de rassembler mes vaches pour moi ? De nourrir les cochons d'Agnès ?

— Ces livres vous feront réfléchir à autre chose qu'à vos vaches et à vos cochons. »

M. Devaux partit alors dans une longue envolée sur la philosophie et la poésie.

« On a notre philosophie et notre poésie à nous, répliqua Fabienne. Et vous n'y connaissez rien. »

Il se détourna de son regard fixe et rangea les livres dans sa bibliothèque, chacun à sa place. Il lui arrivait souvent d'enrager, mais généralement ses colères ne duraient pas. Il dit en grommelant que personne ne devrait mépriser la philosophie et la poésie d'autrui sans même les connaître.

« Et pourquoi ? s'écria Fabienne. Vous croyez que quelqu'un s'intéresse à notre philosophie et à notre poésie ? »

M. Devaux sembla à court de réponse. Je voyais bien qu'il était un peu intimidé par Fabienne. Ce qui n'avait rien d'étonnant, d'ailleurs. Moi-même j'étais toujours intimidée par elle, mais je ne faisais pas la même erreur que lui, à savoir parler de poésie et de philosophie, et employer des mots que nous n'avions jamais entendus, comme si cela le rendait supérieur.

NOTRE MODE DE VIE en ce temps-là – la puanteur et la saleté, les animaux soudain pris de folie, et les humains encore plus déments que des animaux –, toutes ces choses, je ne les avais jamais trouvées extraordinaires jusqu'à ce qu'on me dise, plus tard à Paris et en Angleterre, qu'elles l'étaient. D'ailleurs, ces mots – puanteur, saleté, folie, déments – n'étaient pas les miens, mais ceux des autres. Mes livres décrivaient notre vie d'alors, même si je me demande s'ils circulent encore à travers le monde. Où vont les livres morts ? Existe-t-il un cimetière quelque part ? Un crématorium ?

À mon arrivée en Amérique, Earl aimait m'emmener dîner chez ses amis pour exhiber sa jeune épouse française. Les maris, dans ces soirées, avaient de solides appétits, et les femmes, qui s'affairaient dans leurs cuisines vert menthe ou rose corail, me semblaient aussi belles et mystérieuses que les deux poissons rouges que j'avais vus un jour chez un éditeur parisien, en train de tourner dans un bocal en cristal. C'était la première fois que je voyais des poissons rouges, et ils m'étaient apparus comme les êtres les plus luxueux du monde, menant une vie paisible et insouciante.

Les femmes m'interrogeaient sur la France, la cuisine française et la mode française, le tout avec des airs de petites filles. Je leur répondais avec la même dose de puérilité, leur donnant ce qu'elles pensaient vouloir entendre. Mais parfois, derrière mon ton adouci par l'anglais, je m'entendais ricaner : Vous êtes sûres de vouloir entendre parler de *ma* France ? Je pourrais vous raconter certaines choses, jusqu'à ce que vous n'en puissiez plus, et me faire un plaisir de vous couper l'appétit. Et le lendemain matin, quand vous regarderiez votre café couleur de boue, votre bacon luisant et votre jaune d'œuf coulant, vous repenseriez aux asticots exhumés par la pluie torrentielle, aux couinements des porcs tués, leurs halètements remplacés par un sifflement liquide, ou aux poussins à moitié éclos qui mouraient dans leur coquille. Et vous vous rappelleriez aussi que nous ne gâchions rien de ce qui avait vécu, une fois mort. Il y avait toujours des créatures affamées qui attendaient de manger pour pouvoir retarder l'instant où elles-mêmes seraient mangées.

Les Enfants heureux – tel était le titre du premier livre. M. Devaux en eut l'idée. Il ajouta un exergue pour expliquer que les enfants morts restent les plus heureux. Plus tard, une fois le livre publié, la presse évoqua l'honnêteté féroce qui transpirait à chaque page et parla de moi comme d'une jeune et violente chroniqueuse de l'après-guerre, à l'esprit attiré par la morbidité. Violente, moi ? Morbide, mon esprit ? Ce serait comme traiter mes poulets de bande de voleurs.

Mon esprit n'était pas morbide. Il ne l'a jamais été. Il faut être obsédé par la mort pour être morbide, de même qu'il faut l'être par l'amour pour être romantique. Je ne suis ni morbide ni romantique.

Dans ces histoires, les enfants, hormis le fait qu'ils mouraient tous à la fin, vivaient comme Fabienne et moi vivions. Les journalistes et les critiques, ces êtres sans cervelle, refusaient de voir que la distance entre la vie et la mort est toujours plus courte que les gens veulent bien le comprendre. Un pas de plus, un souffle coupé – il n'en faut pas beaucoup pour passer de vie à trépas.

De la vie à la vie ? Voilà un long chemin. Les cousines de mes oies, les oies sauvages, survolent un continent entier. Les gens quittent leurs foyers pour de nouveaux foyers, de nouvelles villes, de nouveaux pays. Mais qui peut raccourcir la distance entre deux êtres de sorte qu'ils peuvent dire avec certitude qu'ils se sont rejoints ? En ce sens, Fabienne fut peut-être une des rares à accomplir des miracles. Elle m'a faite elle. Elle a fait de nous une seule personne.

Lorsque *Les Enfants heureux* parut, la presse se demanda ce qui avait poussé une petite paysanne comme moi à écrire un livre. L'ambition, avançaient les uns. La nécessité, affirmaient les autres. À l'époque je ne comprenais pas de quoi ils parlaient mais, depuis, j'ai vu l'ambition et la nécessité mener bien des gens vers la fortune, et autant vers le désespoir. Ambition et nécessité : je n'ai jamais ressenti très vivement ni l'une ni l'autre. Fabienne était mue par les deux, même si aux yeux du monde elle semblait tout le contraire. L'ambition l'aurait incitée à mettre son nom sur le livre. La nécessité l'aurait incitée à voir les bienfaits matériels d'une telle célébrité. Mais tout cela n'est qu'un point de vue prosaïque. Ce que Fabienne voulait, ce dont elle avait absolument besoin, c'était provoquer des choses. Décoller l'écorce d'un jeune arbre pour voir à quelle vitesse il mourrait. Caresser un chien avant de lui donner un coup de pied, uniquement pour savourer la terreur éperdue dans le regard de la pauvre bête. Me pousser à l'eau quand j'avais le dos tourné. Me transformer en vedette, ou en bête de foire, bien qu'elle n'ait pas fait de moi une bête de foire à elle seule. Beaucoup de gens l'y ont aidée, à commencer par M. Devaux.

M. DEVAUX organisa un voyage à Paris en mai. Lui et moi. Et toi ? demandai-je à Fabienne, ce à quoi elle me répondit de ne pas être bête. « Quand le livre sera publié, il n'y aura que ton nom imprimé dessus. Il ne faut surtout pas dérouter les lecteurs.

— Comment peux-tu être si sûre que quelqu'un publiera le livre ?

— C'est M. Devaux qui l'a promis. »

Je ne voulais pas lui rappeler qu'elle faisait souvent des promesses qu'elle n'avait, pour la plupart, aucune intention de tenir. Dans le village, elle traînait une réputation de menteuse, mais les gens ne la connaissaient pas comme je la connaissais. Mettons, par exemple, qu'un villageois ne retrouve plus une de ses chèvres. Si vous lui disiez que vous l'aviez vue entrer dans la grange de quelqu'un d'autre, vous mentiriez. Fabienne, elle, ne faisait jamais ça, non parce qu'un tel mensonge aurait donné lieu à des accusations, à des disputes, voire à des bagarres, mais parce que des gens si faciles à berner auraient gâché son plaisir. Au contraire, elle aurait proposé son aide au propriétaire de la chèvre. Elle aurait dit qu'elle ouvrirait l'œil et promis de la lui ramener avant la fin de la journée. Les gens ne l'auraient peut-être pas crue, mais quel autre choix auraient-ils eu que de la remercier par avance, en espérant qu'elle serait d'assez bonne humeur pour tenir parole ? Fabienne ne leur ramènerait peut-être pas leurs chèvres, néanmoins ils savaient qu'il était dans son pouvoir de faire disparaître à jamais leurs chèvres.

« Tu ne veux pas aller à Paris ? » demandai-je.

Fabienne me dit qu'elle aurait bien le temps de le faire plus tard. Pour le moment, elle n'était pas pressée de partir où que ce soit. Elle devait réfléchir à certaines choses.

« À quoi, par exemple ?

— À quoi, par exemple, dit-elle en m'imitant. À notre prochain livre, évidemment. Une fois que M. Devaux nous aura aidées à publier celui-là, on en fera un autre, et encore un autre.

— On finira par se retrouver avec plein d'enfants morts sur les bras. »

Comme deux tueuses, pensai-je.

« Je t'ai déjà expliqué qu'on en a fini avec les enfants morts, répondit-elle.

— Sur quoi on va écrire, alors ?

— Tout ce qui se présente à nous. Les receveurs des postes. Ou Paris.

— Et d'ailleurs, Paris ? Comment je dois me comporter là-bas ? »

Elle me dit que M. Devaux s'en occuperait. Lorsque je posai la question à ce dernier, il me répondit d'être moi-même, tout simplement. Je n'étais guère avancée. Je ne pouvais être moi-même qu'avec Fabienne. Est-ce qu'un mur peut décrire ses propres dimensions, sa texture, peut-il ne serait-ce que percevoir sa propre existence autrement que par la balle qui rebondit constamment sur lui ?

M. Devaux rendit visite à mes parents. Il leur annonça que j'avais écrit un livre et qu'il l'avait envoyé à des maisons d'édition parisiennes. Il proposa de m'emmener les voir. Cela pourrait m'ouvrir des perspectives d'avenir, leur expliqua-t-il. Je crois qu'ils ne lui prêtèrent pas une oreille attentive. Ils ne me posèrent aucune question sur le livre que j'avais écrit.

J'étais la plus jeune de leurs cinq enfants. Peut-être mes parents m'aimaient-ils vraiment mais, entre la guerre et la libération, entre leur soulagement de savoir mes trois sœurs mariées et leur attente de la mort de mon frère Jean, il ne leur restait plus beaucoup de temps et d'ambition pour moi. J'étais bien contente de ne pas avoir besoin de leur mentir. Non que mentir me posât un quelconque problème moral, mais mentir à quelqu'un avait pour effet de lui donner de l'importance à mes yeux. Mon unique mensonge – ou les variations du même mensonge –, dans ces années-là, avait été pour Fabienne : je lui faisais croire que j'étais comme une maison inoccupée, l'esprit dépourvu de toute pensée personnelle, le cœur vide de sentiments.

Je n'avais pas conscience, alors, de ma supercherie.

Je n'étais jamais allée à Paris. La veille du départ, au moment d'apporter son dîner à Jean, je lui annonçai que j'irais voir Paris le lendemain. *Un voyage d'affaires**, dis-je, reprenant la formule que j'avais découverte sur la porte de M. Devaux, au bureau de poste, pour justifier sa fermeture jeudi.

Jamais je n'avais parlé à Jean autrement que pour lui dire que son repas était prêt. C'est peut-être pour cette raison qu'il se tourna vers moi avec un air étrange. « Tu reviendras ?

— Oui », répondis-je. Je lui expliquai que je ne partais qu'une journée. M. Devaux et moi devions prendre le premier train et rentrer par le train de nuit.

Jean ne sembla pas comprendre, ou alors il n'était plus intéressé, tout simplement. Il ferma les yeux, ce qui me permit d'observer ses paupières bleu clair. Plus tard, en débarrassant son repas, je vis qu'il avait bu un demi-verre de lait mais n'avait pas touché à son pain ni à sa soupe.

« Fais en sorte de revenir, dit-il avant que je quitte sa chambre.

— Bien sûr que je reviendrai. »

Je trouvai ses propos curieux, mais c'était un long voyage en train qui l'avait transporté en Allemagne et éloigné de nous pendant trois ans. Peut-être avait-il cru son exil permanent. Pourtant, le train qui l'avait emmené nous l'avait aussi ramené. Au moins, il mourrait chez lui.

Le lendemain, nous partîmes de bonne heure. Jusqu'à présent je n'avais pris le chemin de fer que deux fois, et toujours pour des voyages scolaires. Le train pour Paris était plus long, plus rapide, même s'il possédait des banquettes en bois plus sales et plus usées que les lents trains régionaux. « Ce qu'il faudra que tu fasses, c'est regarder de près les gens sans beaucoup parler, me conseilla M. Devaux lorsque nous nous assîmes face à face près de la fenêtre. Ils doivent voir une jeune campagnarde qui ne sait pas grand-chose du monde mais que son intuition a incitée à écrire un livre. »

Je regardais par la vitre les champs et les routes, les clochers des églises, les maisons et leurs potagers, les ponts qui enjambaient canaux et rivières. Tous attendaient que la journée commence. J'aurais pu naître dans n'importe lequel de ces villages. Je serais restée moi, mais je n'aurais pas connu Fabienne. À cette pensée je sentis un picotement dans le dos, comme la veille au soir quand j'avais observé les fines paupières de Jean et, au-dessous, les deux renflements qui ne bougeaient pas. S'il avait ouvert les yeux, il aurait vu mon regard idiot. Or il les avait gardés fermés, ne voyant pas mieux qu'un aveugle – un gris informe. Quelle immense angoisse c'eût été d'être Jean, ou d'être née dans un monde sans Fabienne.

« Agnès, tu as compris ce que je t'ai dit ? demanda M. Devaux.

— C'est quoi, l'intuition ? C'est quoi, mon intuition ? »

Il haussa les épaules. « À mon avis, tu ne devrais pas poser cette question, dit-il. Une fille qui a une bonne intuition sait quand elle doit parler et quand elle doit se taire.

— Mais je me taisais. C'est vous qui ne me laissiez pas tranquille.

— Tu ne te taisais pas. Tu faisais la morte. »

J'aurais aimé pouvoir, comme Fabienne, lui rire au nez. Se rendait-il compte seulement maintenant que je faisais la morte toutes les fois où Fabienne et moi avions passé du temps avec lui ? M. Devaux ne faisait pas grand cas de moi. Cela, je le voyais bien. Entre Fabienne et moi, il ne parlait qu'à elle. Je me demandais s'il eût préféré voir le nom de Fabienne sur le livre, de même qu'il eût préféré voyager avec elle. Peu importe : il devait exécuter le plan de Fabienne. Cela m'inspira de la pitié pour lui. Je faisais tout ce que Fabienne voulait que je fasse, mais nous étions comme ça : jamais je ne la remettrais en question, et jamais elle n'estimerait aucune autre fille digne de son amitié. M. Devaux, tout armé qu'il était de sa philosophie et de sa poésie, devait néanmoins faire ce qu'elle voulait qu'il fasse. Tout ça parce qu'il était faible et dénué d'imagination.

Il sortit une cigarette et la tapota sur mon bras. « Inutile de te préciser que la plupart du temps tu devras me laisser parler, dit-il.

— Je peux avoir une cigarette ?

— Certainement pas. »

Je souris pour lui montrer que je savais qu'il me répondrait cela et que ça ne me dérangeait aucunement. Bien des années auparavant, quand Joline était encore en vie, Fabienne et moi lui avions volé une cigarette. Nous en avions détesté le goût.

« Attends, dit M. Devaux. Souris comme ça encore une fois. »

Mon visage se figea, puis je me fendis d'un grand sourire.

« Là, tu ressembles vraiment à une idiote. Souris comme tout à l'heure. Donne-toi un air.

— Quel air ?

— Mystérieux, humble, aguicheur. »

Ne comprenant rien de ce qu'il me racontait, je haussai les épaules et me retournai pour regarder les champs par la vitre. M. Devaux était grossier et ridicule, mais tous les adultes l'étaient, et je n'avais aucun mal à les supporter. Fabienne et moi – nous n'étions pas amies pour rien. Ce n'est que plus tard, quand j'ai rencontré d'autres filles, quand j'ai connu mes neveux et nièces, que j'ai compris que Fabienne et moi partagions une chose rarement accessible aux enfants (et aux adultes, d'ailleurs). Ni elle ni moi n'éprouvions un amour puissant pour nos parents, pas plus qu'une détestation intense. Et le monde étant peuplé de gens guère différents de nos parents, il était naturel que ni elle ni moi n'éprouvions un amour ou une détestation puissants à l'égard de quiconque. Elle m'avait, je l'avais, et pendant longtemps cela nous a suffi.

À PARIS, je souris d'abord à M. Perret, un ami de M. Devaux, puis aux hommes qu'ils me firent rencontrer dans diverses maisons d'édition. Ma mère m'avait donné la permission de porter ma plus belle robe, celle en tartan rose, avec col rond et manches boutonnées serré. Elle lui avait appartenu avant son mariage; je flottais dedans.

Un des hommes que nous rencontrâmes chez un éditeur m'étudia longuement et demanda à M. Devaux si j'avais vraiment écrit le livre toute seule. Mais évidemment, dis-je avant que M. Devaux puisse répondre. C'était la première fois que je parlais pour énoncer autre chose que des salutations.

L'homme pria M. Devaux et M. Perret de rester dans son bureau puis m'emmena dans une autre pièce. «Tiens, dit-il en me présentant une feuille de papier et un stylo. Je vais aller fumer une cigarette. Pendant ce temps, tu vas m'écrire un paragraphe.

— À quel sujet?

— Ce que tu veux. Non, soyons plus précis: un homme qui fume une cigarette.»

Je ne pouvais pas rater cet examen. Je le regardai gratter une allumette. Sous la petite flamme vacillante, son visage rasé de frais se colora d'une teinte plus chaude. Je pris le stylo et ne réfléchis pas longtemps avant de commencer. Ma belle écriture était une chose qui me donnait confiance. Même M. Devaux, qui pourtant me tenait en piètre estime, avait dit un jour qu'on ne s'attendrait pas à ce qu'une fille comme moi écrive comme ça.

Plus tard, dans le train du retour, lorsque M. Devaux me demanda ce que j'avais fait dans la pièce avec l'homme, je répondis que nous avions parlé de la façon dont j'inventais les histoires et qu'il avait également voulu s'assurer que j'écrivais un français correct. J'ai écrit ce qu'il me dictait d'un livre de sa bibliothèque, dis-je. Non, je ne me rappelle plus lequel, mais il a dit qu'il aimait bien mon écriture. Je ne savais pas si M. Devaux me croyait, mais faire en sorte qu'il me croie ou m'apprécie ne relevait pas de ma responsabilité.

Voici ce que j'ai écrit ce jour-là pour l'homme à la cigarette, et qui fut plus tard intégré à la préface aux *Enfants heureux*:

> Jonny l'Américain pleurait. Sa tête était calée entre ses mains, ses énormes coudes étaient posés sur ses énormes genoux. Être assis comme ça, dans une position qui aurait été beaucoup plus facile pour un enfant, ne pouvait pas être agréable. Je lui ai demandé ce qui n'allait pas, mais ce jour-là il semblait avoir décrété qu'il ne comprenait pas mon français. Il n'arrêtait pas de pleurer, alors j'ai ramassé la veste qu'il avait jetée à terre. Il y avait un paquet de cigarettes dans la poche droite. Je l'avais déjà vu sortir ce paquet. Dans l'autre poche, j'ai trouvé une boîte d'allumettes, et j'en ai gratté une, et j'ai allumé une cigarette. J'ai dû m'y reprendre à plusieurs fois. J'ai fini par placer la cigarette dans ma bouche et par inhaler, comme j'avais vu les hommes faire. Elle s'est allumée, mais j'ai dû cracher deux ou trois fois parce que je n'aimais pas le goût de brûlé dans ma bouche. Jonny n'a pas levé la tête. J'ai passé un bras sous le sien et j'ai essayé de diriger la cigarette vers sa bouche. Il l'a prise et l'a jetée le plus loin possible. Quel gâchis. J'ai pensé m'en approcher, l'éteindre et la rapporter à mon père, mais avant même que je puisse faire un geste Jonny m'a saisie par la main avec une telle force que j'ai

failli lui rentrer dedans. Ses yeux étaient rougis et, pour la première fois depuis que nous nous connaissions, je l'ai trouvé effrayant. Heureusement pour moi, Clarabelle était juste à côté de nous, en train de ruminer comme si elle ne savait pas que j'allais hurler. J'ai essayé de me dégager de Jonny. Comme il ne me lâchait pas, j'ai guidé sa main jusqu'au pis de Clarabelle. Là, lui ai-je dit, c'est mieux, non ? Il a grimacé, mais sa main a soupesé avidement le pis de Clarabelle. J'ai petit à petit retiré ma main. Jonny n'était pas vraiment méchant. Si j'avais été plus vieille, je n'aurais pas été contre l'idée de l'épouser.

C'était la première fois que j'écrivais un texte avec mes propres mots. Toutefois, dire qu'il s'agissait de mes mots serait faux. C'étaient ceux de Fabienne. En vérité, avant même ce voyage, quand Fabienne me dictait ses histoires, il m'arrivait de deviner ce qu'elle allait dire. Parfois, avant d'aller me coucher, j'imitais sa voix et je me racontais des choses inventées. Cela valait mieux que de prier, ce que ma mère espérait encore que je ferais.

« Quel âge as-tu ? me demanda l'homme après avoir lu mon texte.

— Treize ans. J'en aurai quatorze en juillet. »

Il acquiesça et alluma une autre cigarette. Je sentais qu'il aimait ce qu'il avait lu, car cette fois il fumait non par ennui, mais pour s'empêcher de montrer le moindre signe d'enthousiasme.

« Pourquoi as-tu décidé d'écrire ces histoires ?

— Je ne sais pas. »

C'était à peu de chose près la vérité.

« Pourquoi as-tu décidé que ces histoires devaient être publiées sous forme de livre ?

— C'était l'idée de M. Devaux. »

Ni lui ni Fabienne ne m'avaient dit quoi répondre, cependant je n'avais pas besoin d'aide quand il fallait jouer l'ahurie. Peut-être était-ce là mon intuition, jouer l'ahurie d'une façon intelligente et désarmante, comme si le monde était un mystère qui me dépassait, chose que j'avais acceptée sans protester, autant que le fait que je faisais moi-même partie de ce mystère, défiant mon propre entendement.

S'ENSUIVIT une période – deux ou trois semaines – au cours de laquelle la vie continua comme à l'accoutumée. Jean se mourait, quoique lentement. Joline était morte après seulement une journée d'agonie en couches. Parfois, je voulais prier pour que Dieu mette un terme aux souffrances de Jean, mais ma mère priait encore pour son rétablissement. Je savais que Dieu avait déjà pris sa décision, et même si je ne disais rien, il finirait par se rallier à moi. Pour cette raison, j'avais pitié de ma mère.

Deux de mes sœurs, Marcelle et Rosemarie, revenaient souvent le voir. Comme elles avaient deux ans et demi de moins que Jean, ils avaient eu le temps de bien se connaître avant ma naissance. Il les laissait rester près de lui et discutait avec elles quand il s'en sentait capable. Il lui arrivait même de les faire rire. Ces jours-là, ma mère semblait reprendre un peu espoir, bien qu'elle-même fût incapable de le ramener à la vie.

Je comprends aujourd'hui que le sort voulait que ma mère soit bannie, déjà, du monde de Jean. La cruauté et la générosité de ce bannissement n'étaient qu'une seule et même chose : Jean lui épargnait l'humiliation de la défaite. Marcelle et Rosemarie étaient toutes deux mariées, chacune avait une progéniture, mais elles n'étaient pas la mère de Jean. On pardonne à beaucoup de gens ce qu'ils ne peuvent pas faire pour nous, mais pas à nos mères; de même, on protège nos mères plus que les autres. Parfois, je me dis que ce n'est peut-être pas plus mal que je ne puisse pas avoir d'enfants: j'identifie davantage de choses que je ne pourrais pas faire pour eux que l'inverse; et je préfère parcourir la vie sans la vaine protection de mes enfants. On oublie souvent qu'être mère est toujours un pari. Je ne suis pas une joueuse.

Dans ces années-là, Gisèle, ma sœur aînée, gardait souvent le lit plusieurs jours, frappée d'un mal chronique dont personne ne me disait le nom. Elle ne se mourait pas, ou peut-être qu'elle mettrait plus de temps à mourir que Jean. Avant que la dégradation de son état fasse de lui un infirme complet, ma mère avait l'habitude d'aller rendre visite à Gisèle. Or elle ne l'avait pas fait depuis quelque temps. Je me demandais si elle priait pour Jean et pour Gisèle. Se trouverait-elle trop avide en implorant Dieu d'épargner ses deux enfants? Échangerait-elle l'un pour l'autre? Si j'avais été un dieu juste, j'aurais pris Jean. Gisèle avait cinq enfants, et ils avaient tous besoin d'elle.

Les jours rallongeaient. Les deux grands frères de Fabienne commencèrent à rejoindre leur père au bar, le soir. Eux qui jusque-là me traitaient comme ils traitaient leur sœur, ils se mirent à me montrer un peu de respect et semblaient parfois vouloir me parler, racontant une blague médiocre ou faisant une remarque convenue, à la manière des vrais adultes. Fabienne, elle, savait s'y prendre pour capter leur attention. En tant que garçons, ils étaient acceptables, mais les gens pouvaient être acceptables, ou inacceptables, dans les deux cas ils n'avaient rien à faire avec Fabienne et moi.

Nous avions commencé un nouveau livre, cette fois sur le facteur d'un village. Dans un premier temps, nous ne le montrâmes pas à M. Devaux. De toute façon ce n'était pas son histoire. Le héros en était plus jeune, plus beau, et fou amoureux de la meilleure amie de sa sœur. Les deux filles, enchantées de la situation, inventaient des stratagèmes pour l'encourager, puis manigançaient pour le faire souffrir. Parfois, sous la dictée de Fabienne, je ne pouvais plus m'arrêter de rire de ces trois-là. Des filles tellement bêtes; un homme tellement bête.

Nous allions régulièrement chez M. Devaux le soir. Il avait installé quelques ampoules plus fortes, et la nourriture dans son garde-manger était meilleure que chez Fabienne ou chez moi. Mais la nourriture n'était pas notre préoccupation principale. Comme le disait Fabienne, nous allions là-bas sur un pied d'égalité avec lui. Il était de son devoir de se montrer hospitalier; nous ne mangions sa nourriture que pour prendre acte de ce devoir.

M. Devaux était content de nous voir. Comment ne l'aurait-il pas été? Il n'avait pas grand-chose d'autre à faire le soir que d'écrire ses poèmes et de les lire à ses pigeons, qui lui accordaient la même curiosité s'il les accablait d'injures. Fabienne l'interrogeait sur ses années d'écolier et sur les villes où il était allé. Les théâtres, les salles de concert et les cinémas. Les restaurants et les bals. Ses amis. Ce que les gens faisaient pour s'amuser. Comment ils se mariaient, les liaisons adultères qu'ils entretenaient, les brouilles entre couples et entre amis. Il nous racontait ce qu'il avait vu dans sa vie, et aussi ce qu'il avait lu dans ses livres.

Je savais que Fabienne pouvait faire en sorte que je lui raconte tout, mais c'était parce que je ne voulais pas lui faire de cachotteries. Désormais, je voyais qu'elle pouvait en faire autant avec M. Devaux. Elle ne le harcelait pas, elle ne le suppliait pas. Elle lui demandait et il lui donnait ce qu'elle voulait. La seule différence, c'était qu'elle le traitait rarement d'idiot en face. Peut-être qu'ils étaient sur un pied d'égalité, et moi seulement la moitié de ce qu'ils étaient. Cette pensée me tarauda quelques jours, jusqu'à ce que je trouve le moyen de me convaincre du contraire. Si M. Devaux en savait davantage sur le monde que moi, en revanche il ignorait le secret pour être le véritable ami de Fabienne: rester figé dans son ombre, être aussi transparent que l'air autour d'elle, et être partout avec elle. M. Devaux brûlait toujours de prouver sa supériorité vis-à-vis de Fabienne. Je voyais que ses jours étaient comptés.

Il avait grandi non loin de Paris, où il avait passé une partie de sa jeunesse. Comment il avait échoué dans notre village et épousé sa femme, il ne le disait pas. Parfois, il fermait les yeux en décrivant tel parc parisien ou tel fleuve où ses amis et lui aimaient pêcher. De temps en temps, il ouvrait un atlas et nous montrait un lac ou une petite ville. Une fois, au beau milieu d'une description d'une pièce de théâtre qu'il qualifiait de chef-d'œuvre mineur, il s'interrompit, nous regarda puis se demanda tout haut si nous le trouvions ennuyeux. Fabienne répondit : « Vous nous prenez pour qui ? Deux imbéciles qui ont envie de mourir d'ennui ? »

Ayant jugé en effet pénible le monologue de M. Devaux, plus tard je demandai à Fabienne ce qu'elle lui trouvait d'intéressant. « Ce n'est pas lui que je trouve intéressant, mais ce qu'il sait.

— Pourquoi ?

— On veut savoir comment les gens vivent, dit-elle.

— Et pourquoi est-ce qu'on veut le savoir ?

— Toi et moi, on n'a pas assez d'expérience.

— Pas assez d'expérience pour faire quoi ?

— Pour écrire nos livres, imbécile. »

J'avais hâte que Fabienne se lasse de notre petit jeu littéraire, afin que nous cessions nos visites à M. Devaux. J'avais la nostalgie de l'époque où nous disions des inepties à n'en plus finir ou restions allongées dans le cimetière sans bouger ni parler.

UN APRÈS-MIDI, un homme que nous avions rencontré à Paris, un certain M. Chastain, arriva au village accompagné de M. Perret, celui-là même qui nous avait fait faire la tournée des éditeurs. Ils passèrent au bureau de poste avant de se présenter chez nous avec M. Devaux. À leur arrivée, ma mère se trouvait dans le jardin, mon père clouait une planche désajustée sur le côté de la grange, et j'étais en train de troquer mon uniforme d'écolière pour ma combinaison de travail – je devais nettoyer le clapier à lapins et le poulailler. C'était une magnifique journée de juin, un ciel sans nuages après une nuit pluvieuse. Jusqu'à présent, je n'avais jamais prêté attention au ciel. Les trois hommes se tenaient devant moi en demi-cercle, le visage sévère sous leurs chapeaux. À l'arrière-plan, le ciel était éclatant, plus blanc que bleu. Depuis, j'ai toujours prêté une attention particulière au ciel quand il arrive un événement d'importance. Les gens proches de vous à un moment peuvent disparaître l'instant d'après, mais le ciel est toujours là, que vous ayez un toit au-dessus de la tête ou non.

Je plongeai mes mains moites dans mes poches. Les Parisiens venaient me dire que je les avais bernés, pensai-je. Je savais que je n'aurais jamais dû faire confiance à M. Devaux.

« Tu te souviens de moi ? » dit M. Chastain, comme si j'avais cinq ans.

Je répondis que oui. C'était lui qui m'avait demandé un texte pendant qu'il fumait.

« M. Chastain est venu jusqu'ici pour discuter avec tes parents, intervint M. Devaux. Il aimerait publier ton livre. »

M. Chastain me tendit la main. Avant d'en faire de même, je frottai mes paumes sur le côté de ma combinaison. Où était Fabienne ? J'étais toujours là quand elle avait besoin de moi, et maintenant que j'avais absolument besoin d'elle à mes côtés, elle était invisible. Nous n'avions pas parlé de ce que nous ferions si les éditeurs parisiens étaient intéressés par notre livre.

M. Devaux me lança un regard entendu, mais je n'en compris pas le sens.

« Agnès, même si tu es toute contente, n'oublie pas les bonnes manières », dit-il.

Je remerciai M. Chastain et dis que j'allais chercher mes parents.

« Votre fille a écrit un livre stupéfiant », leur expliqua-t-il une fois tous les adultes assis dans la maison. Je restais près de la porte, prête à déguerpir à la première anicroche. « Nous aimerions le publier et nous aimerions inviter Agnès à Paris en septembre, pour une rencontre avec la presse. »

Dans les yeux de mes parents, je vis la volonté de rester courtois malgré leur embarras. Jamais notre ferme n'avait accueilli de visiteurs si bien habillés, et mes parents, comme la plupart des gens que je connaissais, ne faisaient pas confiance aux gens des villes. Mon père échangea un regard avec ma mère et me demanda ce que je pensais de cette invitation.

Ils n'étaient jamais cruels avec moi. Peut-être étaient-ils trop épuisés pour ressentir quoi que ce soit. Certes, ils souhaitaient le meilleur pour leur petite fille, mais ils l'avaient souhaité aussi pour chacun de leurs enfants. Bien que nul ne puisse vous empêcher de vouloir quelque chose pour vos enfants, dans la plupart des cas, ce que vous voulez ne se produira jamais. Certaines personnes doivent devenir parents pour véritablement le comprendre. Pas moi. Je l'ai appris en regardant mes parents.

Je dis que je serais ravie d'aller à Paris, et mes parents, visiblement, n'avaient pas grand-chose à ajouter. Ma mère devait sans doute penser au mariage qu'il me fallait encore faire. Si les visiteurs s'attardaient, elle risquait fort de me demander de préparer le dîner pendant qu'elle terminerait son jardinage. Mon père répondit qu'ils étaient d'accord pour laisser M. Chastain organiser le voyage, et M. Devaux qu'il m'aiderait et aborderait évidemment avec mes parents ce qui concernait mon avenir. Ils le remercièrent. Peut-être voyaient-ils d'un bon œil tout ce qui me rendrait différente de Fabienne. Ils ne l'aimaient pas. Ils la trouvaient fruste et indisciplinée. « Quand je vois comment Gaston laisse Fabienne faire tout ce qu'elle veut... avais-je entendu une fois ma mère dire à mon père, elle va vite devenir une autre Joline. » Mon père, du même avis, avait ajouté que si Joline était encore en vie elle aurait eu une portée de bâtards qui seraient en train de courir en tous sens. À l'évocation de Joline, ma mère avait murmuré une prière.

M. Chastain me demanda ce que je ferais pendant l'été. Après un temps d'hésitation, je répondis que j'étais en train d'écrire un autre livre. Il se tourna vers M. Devaux et lui jeta un regard interrogateur. Je fus ravie, et amusée, de voir M. Devaux, qui ignorait tout de notre nouveau livre, contraint de trouver quelque chose d'intelligent à répondre. Il expliqua à M. Chastain qu'il ne lui en avait pas encore parlé car il voulait qu'il l'apprenne de ma bouche.

« ILS T'ONT DIT septembre ? Parfait. On pourra le terminer pendant l'été. Quand tu iras à Paris, tu pourras lâcher quelques indices à propos du nouveau livre », me dit Fabienne le soir même, lorsque je lui racontai la visite des Parisiens. Elle n'avait pas l'air d'en faire grand cas, ni des dispositions prises pour ma rencontre avec la presse. Elle était en train de fabriquer une flûte en bois de saule. Elle découpait avec précision la bonne longueur de branche, puis la tordait délicatement. Elle savait y faire. Je n'étais pas habile de mes mains. Soit je cassais les branches, soit je perdais patience avant même que la tendre médulle puisse être bien séparée de l'écorce verte.

« Pourquoi tu ne veux pas voir ton nom sur le livre ? demandai-je. On peut dire à M. Chastain qu'on a écrit les histoires ensemble. Il est encore temps.

— Il ne devrait y avoir qu'un seul nom sur un livre.

— Et pourquoi pas deux ? »

Fabienne ne dit rien. Était-ce enfin une question à laquelle elle n'avait pas réponse ? « Pourquoi est-ce qu'il n'y aurait pas seulement ton nom ? demandai-je.

— C'est toi qui as écrit les histoires.

— C'est toi qui les as inventées.

— Ça ne m'intéresse pas d'être écrivain.

— Pourquoi donc ?

— Être qui je suis me va très bien. »

Impossible, pensai-je, et pourtant qui d'autre pouvait-elle être ? Les filles de l'école étaient inintéressantes : échanger les vêtements de l'une avec ceux d'une autre, troquer les parents de l'une contre ceux d'une autre, quelle différence cela ferait-il ? Toutes les filles, sauf moi, voulaient les mêmes choses : posséder une paire de collants afin que leurs jambes ne paraissent pas nues et enfantines dans leurs humiliantes socquettes ; avoir les plus beaux cahiers pour y consigner des paroles de chanson, ces mots sucrés jusqu'à la nausée où il était question de rêves, d'amours et de cœurs ; être félicitées par les institutrices, mais plus important encore être admirées et enviées par les autres ; attirer l'attention des garçons en vue. J'aurais été l'une d'elles si Fabienne n'était pas entrée dans ma vie. Quelle tragédie c'eût été – vivre une vie interchangeable, poursuivre des bonheurs interchangeables.

« Oh là là, tu ressembles à une pomme de terre triste, dit Fabienne. Qu'est-ce qui ne va pas ?

— Je trouve simplement malheureux que tu ne veuilles pas voir ton nom figurer sur un livre.

— Ce qui serait malheureux, c'est que je le veuille. Tu ne comprends pas ?

— Non.

— Oh, espèce de crétine. Mettons que je veuille être écrivain. J'aurais mon nom sur le livre. Je pourrais dire aux gens que j'ai encore plusieurs livres en tête. Et toi, dans tout ça ?

— Comment ça ?

— J'en fais un jeu à deux. Tu es en train de me dire qu'une personne – moi, Fabienne – pourrait y jouer toute seule. Qu'est-ce que tu ferais dans ce cas ?

— Je peux toujours écrire tes histoires pour toi, dis-je.

— Tu ne comprends vraiment pas, donc. En quoi est-ce difficile d'écrire des choses quand on les a déjà en tête ? Je pourrais le faire moi-même. Mais ensuite ? »

J'hésitai. « Je te regarderais être écrivain et je serais heureuse.

— Non, tu serais triste, dit Fabienne.

— Ah bon ?

— Oui. Parce que tu ne participerais pas au jeu. Les livres n'auraient aucun rapport avec toi. Et ce qui m'arriverait n'aurait aucun rapport avec toi. Tu ne comprends pas ? »

C'est alors que je compris. J'étais vraiment bête de ne pas voir toutes les pertes qu'il me faudrait endurer, de ne pas savoir que Fabienne se souciait de ce que je ressentirais.

« Donc, tu vois, j'écrirai les livres et ils porteront ton nom. On est aussi essentielles l'une que l'autre. Ce qu'il faut, c'est qu'on te fasse paraître crédible. Je ne vois pas pourquoi les gens ne te trouveraient pas crédible.

— Crédible dans quel sens ? »

Je repensai à M. Chastain tirant sur sa cigarette et attendant que je m'attaque à une page blanche. Y aurait-il d'autres épreuves similaires ? Je n'avais pas parlé à Fabienne de cette page que j'avais noircie pour M. Chastain.

Fabienne soupira. « Quand est-ce que tu arrêteras d'avoir besoin que je t'explique tout ?

— Quand j'irai à Paris. »

Elle me regarda d'un air amusé. Je lui posais sans cesse des questions et, en fonction de son humeur, elle y répondait ou non, mais celles qu'elle me posait n'attendaient jamais de réponse. Elle tordit doucement une dernière fois sa branche de saule – la flûte était terminée. Elle la posa dans ma main. « Tiens, avec ça tu enchanteras Paris. »

Je voulus la porter à ma bouche pour l'essayer, mais Fabienne m'arrêta. « Ne bouge pas. J'ai intérêt à m'assurer que tu es prête. » Elle tint mon visage entre ses mains et m'étudia sous plusieurs angles. Tout en m'efforçant de ne pas la suivre des yeux, je me demandais si elle n'allait pas m'embrasser. Ce n'aurait pas été notre premier baiser. Quand nous étions plus petites, nous aimions chacune tirer la langue et les faire se toucher le plus longtemps possible, avant de partir d'un fou rire nerveux. Mais tout ça, c'était avant que la mère de Fabienne meure. Après cela, nous avions cessé de jouer à certains de nos jeux les plus idiots et les plus débridés, et elle n'avait plus ri comme avant.

« Tu vois… me dit-elle sans lâcher mon visage. Mais évidemment tu ne peux pas voir ce que je vois. Tu as le visage parfait.

— Vraiment ?

— Oui, grâce à lui tu passes pour un génie ou une imbécile, et les gens ne savent pas souvent faire la différence. Ils ont besoin que d'autres le leur disent. Quand tu iras à Paris, quelqu'un leur expliquera que tu es un génie. Tu es née avec ce visage. Et tu sais très bien prendre l'air parfait.

— C'est-à-dire ?

— Quand on te voit la première fois, on croit savoir ce qui te passe par la tête. Puis on te regarde une deuxième fois, et on se demande si on sait quoi que ce soit. J'ai vu mes frères te regarder de cette manière. Et même M. Devaux. »

Je souris. Fabienne serra mes joues. « Arrête de sourire, dit-elle. Qu'est-ce qu'il y a de si drôle ?

— La moitié du temps je ne sais même pas ce qui me passe par la tête.

— Mais moi, je sais. Je sais toujours à quoi tu penses. »

J'aurais aimé que ce soit vrai.

« Tu vois, je n'ai pas ton visage et je ne peux pas imiter cet air que tu prends si bien. Les gens ne trouvent pas mon visage agréable. »

Fabienne avait une tête étroite et un menton pointu. Mon visage était plus rond, et mes yeux n'étaient pas saillants comme les siens. Ses cheveux étaient blond paille, fins et secs, les miens foncés et lisses. Je ne me demandais jamais comment nous pouvions arranger notre mise. Elle s'en fichait, donc moi aussi.

« Et mon visage, il est agréable ? dis-je.

— Terriblement. En plus, tu as la patience pour mener les choses à bien. J'ai trop de bêtes à surveiller. J'ai trop d'histoires qui m'occupent. Je n'ai pas assez de temps et de patience. »

C'était la vérité. Les journées de Fabienne semblaient la faire passer d'une bourrasque à l'autre. En comparaison, je me sentais comme un nuage paresseux, suspendu dans le ciel du soir au matin, ni fièrement haut, ni lourdement bas.

« Quand tu iras à Paris, pense à ce que les gens veulent de toi et donne-le-leur, ni plus ni moins, reprit-elle. Est-ce que tu sais comment faire ça ? Bon, j'ai tout l'été pour t'y préparer. »

Je fus surprise. Fabienne ne savait-elle donc pas que c'était précisément ce que je faisais de mieux ? Je lui donnais ce qu'elle voulait : *son* Agnès. Cette Agnès, je ne la donnais pas aux autres, mais ce qu'ils me demandaient, je faisais de mon mieux pour le leur servir. J'étais discrète et sérieuse en classe, sans être jamais la préférée des institutrices ; je ne dérangeais pas les adultes au village ; j'obéissais à mes parents. Mon seul défaut était d'être l'amie de Fabienne. Toutefois mes parents s'y étaient résignés, espérant que, au fur et à mesure de ma scolarité, nos chemins se sépareraient.

ON ENTEND PARFOIS dire de telle personne qu'elle a bien vécu et de telle autre qu'elle a eu une vie ennuyeuse. Mais en disant cela on passe à côté d'une chose essentielle. Toute expérience est une expérience, toute vie est une vie. Une journée dans un cloître peut être aussi intense et fatidique qu'une journée sur un champ de bataille.

Certains ne donnent le nom de vie qu'à ce qu'ils poursuivent : la gloire, la fortune, l'aventure, le bonheur. Ce qu'ils font advenir, chez eux comme chez les autres, et ce qu'ils rendent impossible, pour eux comme pour les autres. À mes yeux, tout ce qui advient est de la vie. Une mouche qui tombe raide morte dans la soupe est aussi étrange et risible qu'une demande en mariage faite par une simple connaissance – l'un et l'autre me sont arrivés, sans que je l'aie voulu.

Suis-je passive ? J'ai remarqué que les Américains sont prompts à qualifier les gens de passifs, et dans leur bouche ce n'est jamais un compliment. Dans la famille de mon mari, quelques-uns me trouvent passive. Je ne corresponds pas à l'image qu'ils se faisaient de la femme française. D'après ce que je vois, ceux qui prononcent sans réserve ce verdict sont les mêmes pour qui tout mouvement apparent est signe de détermination, de force personnelle, de vertu. Cependant mes poulets, avec leur petite cervelle, semblent ne jamais se lasser de tourner en rond, de picorer, de caqueter, de griffer. Les oies sont beaucoup plus tranquilles. Elles ne battent pas des ailes à la première contrariété et, quand elles flottent sur la mare, elles restent si longtemps immobiles qu'on comprend que ça ne les dérangerait pas de passer le reste de leur vie suspendues dans leurs rêves aquatiques. Pour autant, on ne dit jamais des oies qu'elles sont passives.

Deux êtres qui recherchent perpétuellement l'expérience se contentent rarement l'un de l'autre.

Deux êtres qui subissent l'expérience se rencontrent rarement dans la vie.

Voilà pourquoi Fabienne et moi étions faites l'une pour l'autre. Nous formions la paire parfaite ; l'une recherchait tout ce dont l'autre pouvait faire l'expérience.

L'été 1953 fut le plus heureux de ma vie. Je ne sais pas si Fabienne aurait été du même avis. Il est trop tard pour le lui demander. Mais même si son fantôme était à côté de moi, qu'obtiendrais-je en l'interrogeant ? Heureux – le fantôme de Fabienne dirait peut-être : Comment en es-tu arrivée à être encore plus bête, Agnès ? Jours heureux, jours malheureux : ce ne sont que des jours, jamais plus longs les uns que les autres.

À son fantôme, je rappellerais que, jadis, nous avions envisagé de faire pousser le bonheur. Ton bonheur et mon bonheur, deux cultures, tu te souviens ?

Son fantôme n'y verrait sans doute qu'un jeu puéril. C'est quoi, le bonheur ? me demanderait-il.

Le bonheur, lui dirais-je, c'est passer chaque jour sans tendre le cou pour guetter le lendemain, le mois suivant, l'année suivante, et sans tendre les mains pour empêcher chaque jour de devenir hier.

Tu as déjà connu cette forme de bonheur ?

Oui, répondrais-je.

Ce fut le cas à l'été 1953. Comme les étés précédents, Fabienne et moi passions nos journées ensemble, même si la moitié du temps nous restions simplement allongées dans le cimetière ou sous un arbre, sans nous dire grand-chose. Quand nous parlions, c'était à propos de notre livre : le facteur du village et les deux amies qui allaient lui pourrir la vie. Nous allions voir M. Devaux quand l'envie nous en prenait, mais il n'était rien de plus qu'une branche qui flottait à la surface de nos journées passées ensemble.

La seule fois où je m'inquiétai, c'est lorsque les cheminots se mirent en grève. « Et si les trains ne marchent toujours pas le jour où je suis censée aller à Paris, cet automne ? demandai-je à Fabienne.

— C'est dans plusieurs semaines. Pourquoi est-ce que tu penses à un avenir aussi lointain ?

— Mais quand on écrit un livre, il s'agit entièrement de l'avenir, non ?

— Entièrement de l'avenir ? s'écria Fabienne. Arrête de dire des inepties. »

J'en restai là, même si en secret j'écoutais la radio et les informations sur la grève générale. Lorsqu'elle prit fin, je fus soulagée.

Pendant la grève générale, M. Devaux, n'allant pas au bureau de poste, n'arrêta pas de nous tanner au sujet du livre que nous allions lui montrer. Lorsqu'il en lut enfin la première moitié, il nous fut impossible de savoir s'il pensait que nous nous moquions de lui. Il ne dit pas grand-chose, mais il releva que nous faisions toutes deux des progrès et que, à son avis, nous aurions un livre terminé avant septembre.

EN SEPTEMBRE, je me rendis à Paris seule, M. Chastain ayant exigé que cette fois M. Devaux ne m'accompagne pas.

À Paris, personne ne connaissait l'existence de Fabienne, mais tous les journalistes étaient au courant pour M. Devaux. Ils me demandèrent comment j'avais appris à écrire sous sa conduite, comment il avait façonné ma compréhension du monde, si je comptais écrire d'autres livres et si je solliciterais encore ses conseils dans mes futurs projets. Ils avaient tous l'air de bien connaître le livre, et même mieux que moi.

Vous avez vraiment connu un Noir américain exécuté comme celui décrit dans votre livre ? me demanda quelqu'un. Vous avez connu une jeune femme qui a étouffé son nouveau-né et l'a abandonné dans une auge à cochons ? voulut savoir une autre personne. Vous-même, vous gardez les cochons ? Avez-vous déjà regardé un fou faire l'amour avec une vache ? Ou un autre fou décapiter un poulet pour montrer aux enfants comment un poulet sans tête danse ? Avez-vous vraiment promis aux enfants, avant qu'ils meurent, que vous parleriez d'eux dans un livre afin que le monde connaisse leurs histoires ? Avez-vous changé leurs noms ? Comment M. Devaux vous a-t-il découverte ? Avez-vous réclamé son aide ou est-ce lui qui vous a convaincue de lui montrer vos textes ?

À toutes ces questions, je répondis avec ce que la presse nomma plus tard *équilibre et confiance**. Moi, Agnès ? Quelle confiance ? Cependant j'avais la chance d'avoir trouvé le meilleur moyen de me présenter comme une enfant écrivain : j'imaginais une personne qui était moitié Fabienne, moitié Agnès, et je n'avais aucun mal à me mettre dans sa peau. Une fille mystérieuse qui avait compensé son manque d'instruction par une bonne intuition – voilà ce que la presse devait voir.

À son visage, je vis que M. Chastain était satisfait. Je sentais que je m'en sortais plutôt bien, même si les journalistes revenaient sans cesse sur la morbidité fantastique qui, disaient-ils, caractérisait mes histoires. Comment la jeune fille aimable que nous avons en face de nous s'est-elle laissé fasciner par des images atroces devant lesquelles la plupart des adultes détournent le regard ? voulut savoir quelqu'un. Il doit y avoir de beaux paysages à la campagne, non ? Pourquoi cela ne vous intéresse-t-il pas d'écrire là-dessus ? Dans quelle mesure vos histoires sont-elles inspirées de votre vie ou au contraire inventées ? Prenez-vous plaisir à raconter des choses effrayantes ? Vos parents ont-ils lu ce que vous avez écrit ? Et vos institutrices ? À quoi ressemblent vos amitiés avec vos camarades de classe ? Savaient-elles que vous écriviez un livre ? Vos histoires leur ont-elles paru familières ou totalement bizarres ?

Lors de ce voyage, j'ai appris à m'exprimer lentement, comme si je devais former et reformer mes phrases avant de parler. Au risque de passer pour une imbécile, j'y ai aussi appris qu'une simple campagnarde pouvait être transformée en autre chose. *Une fille en communion secrète avec elle-même* : ainsi un des journalistes décrivit-il les silences entre mes phrases. Si j'avais auditionné pour un rôle d'enfant écrivain dans une pièce de théâtre, j'aurais échoué. Mais il ne s'agissait pas d'une audition. Le beau, dans la vie, c'est que le plus souvent on n'a pas à auditionner pour être soi – ou, en l'occurrence, Fabienne et moi fondues en une seule personne. Si les journalistes me trouvaient quelque chose d'insondable, c'est qu'ils ne voyaient jamais que je n'étais pas qu'une seule fille. L'insondable, c'était

Fabienne. Je ne faisais que montrer ce mystère à des inconnus, en y ajoutant, si besoin, une dose de charme et de douceur.

Un homme me demanda s'il y avait un auteur à Paris que j'adorerais rencontrer. Je voyais bien que M. Chastain voulait m'entendre donner une jolie réponse pour épater la galerie. Comme je mettais du temps à le faire, il intervint et dit que bien entendu il me ferait rencontrer des auteurs qui sauraient me conseiller, et que la presse serait invitée à rendre compte de ces rendez-vous. L'homme qui avait posé la question acquiesça, puis se tourna vers moi et insista pour connaître mon avis. Paris regorgeait d'auteurs, à coup sûr. Malheureusement, leurs noms ne me venaient pas à la bouche. « Si je veux rencontrer d'autres auteurs ? Mais bien sûr, oui ! dis-je. Nos vaches et nos chèvres sont parfois hostiles aux nouveaux venus, en revanche nos lapins sont souvent curieux quand d'autres lapins viennent leur rendre visite. »

Tous les hommes éclatèrent de rire. « Vous voulez dire par là, continua l'insistant journaliste, que certains auteurs sont comme les vaches et les chèvres, et d'autres comme les lapins ?

— Bien au contraire ! m'exclamai-je. Je pense que les lapins sont comme les auteurs. Des animaux curieux et inoffensifs. »

Et les hommes de rire de plus belle. « Mademoiselle, attendez d'en avoir appris un peu plus long sur les écrivains », dit l'un d'entre eux.

L'espace d'un instant, je ne sus pas si j'avais commis une bourde. Mais M. Chastain hocha la tête vers moi d'un air approbateur.

À PARIS, des gens décrétèrent que je leur avais donné un aperçu extraordinaire et effrayant de la campagne. Plus tard, à Londres, un groupe de gens identique décréterait que je leur avais donné un aperçu de la France sous occupation américaine, démente et infecte au-delà de l'imaginable. Les gens devaient se dire qu'une fille comme moi, innocente, ignorante, ne pouvait pas faire du monde un lieu dément et infect. Ce monde devait être déjà dément et infect, et cette fille n'avait fait que dire la vérité avec ses propres mots. Sans trembler, disaient-ils. Ils devaient penser qu'une fille comme moi connaissait trop peu la civilisation pour trembler. Ils n'avaient pas entièrement tort. J'ignorais, par exemple, qu'à la vue d'une araignée ou d'un crapaud certaines filles de mon âge hurlaient comme des cochons qu'on mène à l'abattoir.

Mais le monde que je leur avais – non, que Fabienne et moi leur avions – donné : était-il vrai ? Dans quelle proportion ? On ne peut pas mesurer un monde avec une règle ou une balance, et conclure qu'il fait cinq centimètres, ou cinquante grammes, à moins qu'il soit vrai. Tous les mondes, inventés ou non, sont aussi vrais les uns que les autres. Donc aussi faux les uns que les autres. Si je disais à mes parents qu'à Paris je posais pour les journalistes, ils répondraient que j'inventais des histoires auxquelles personne ne croirait. Paris, à leurs yeux, n'était pas vrai. Pas plus que ma célébrité.

Le monde que Fabienne et moi créions ensemble : il était aussi vrai que nos inepties.

APRÈS LA RENCONTRE avec les journalistes, M. Chastain demanda à une assistante, Mlle Boverat, de m'emmener et de m'acheter une nouvelle tenue. Je portais ma robe en tartan rose, comme lors de mon tout premier voyage à Paris.

Rien d'exorbitant, précisa M. Chastain. Mlle Boverat demanda s'il souhaitait également que je passe chez le coiffeur. Ils m'observèrent, et je sentis des picotements dans mon visage. Quelques années auparavant, Fabienne et moi nous étions prises de passion pour un jeu ; nous devions nous chatouiller mutuellement le cou et le visage non pas avec les doigts, mais en soufflant légèrement. J'avais ressenti la même chose quand elle l'avait fait, avec sa bouche à trois centimètres de ma peau.

« Une nouvelle coiffure serait pas mal », conclut M. Chastain.

D'ordinaire, c'était ma mère qui me coupait les cheveux, courts, sans forme. Mais, un été, Fabienne avait dit qu'au lieu d'être transformée en nid d'oiseau ambulant par ma mère, je ferais mieux de lui confier ma chevelure. Ce que j'avais fait, et elle s'en était mieux tirée. Mes parents, qui n'aimaient pas Fabienne, furent bien obligés d'admettre que le résultat était meilleur. Elle se coupait aussi elle-même les cheveux, sans miroir, mais avec mon aide. Le côté gauche est plus long de deux doigts, lui disais-je, et elle donnait encore un coup de ciseaux.

« Je ne veux pas aller chez le coiffeur, dis-je.

— Tu ne veux pas montrer un nouveau visage devant le photographe, demain ? demanda Mlle Boverat.

— Encore un photographe ? »

Elle échangea un regard avec M. Chastain. « On aurait peut-être dû t'en parler, répondit-elle. Mais on ne voulait pas charger la barque avant ta rencontre avec la presse. M. Bazin, un photographe connu, passera demain. Il a également l'intention d'aller dans ton village et de photographier ta vie là-bas.

— Il était là avec les journalistes tout à l'heure, précisa M. Chastain. Il voulait voir à quoi tu ressemblais. On ne te l'a pas présenté, puisque ce sera chose faite demain. »

J'étais prête à faire tout et n'importe quoi à Paris – c'était, d'après Fabienne, ma responsabilité vis-à-vis du livre. En revanche, faire venir un photographe à Saint-Rémy ? « Mais il n'y a rien à photographier dans mon village, dis-je.

— Bien au contraire, répondit M. Chastain. Si je me fie à mon court séjour là-bas, je peux t'assurer qu'il aura de la matière. »

Il s'approcha alors de moi et ébouriffa mes cheveux. « Très bien, on ne change pas la coiffure. J'aime bien celle-là, plus authentique. »

Mlle Boverat m'acheta un chemisier blanc, une robe chasuble de laine noire, des collants blancs et une paire de souliers de cuir noirs. Dans cet accoutrement, je me sentis malheureuse. Je ressemblais surtout à une vache ! Mlle Boverat se demanda si j'avais besoin d'un chapeau, décréta que non, mais ajouta à nos emplettes une paire de barrettes bleu foncé, en forme de libellule. Elles étaient d'une beauté stupéfiante, et rien que pour elles je décidai d'accepter cette nouvelle tenue absurde. Je demandai à pouvoir garder les barrettes avec moi.

« Tu veux que je te les mette dans les cheveux ? fit Mlle Boverat. Elles les rendront encore plus foncés.

— Non, pas tout de suite. »

Je remis mon ancienne robe et rangeai les barrettes dans ma poche. Je voulais que Fabienne en ait une; je garderais l'autre pour moi.

Mlle Boverat consulta sa montre. Le minuscule cadran, ovale, couleur crème, donnait l'impression de pouvoir être avalé en une seule bouchée. « On a un peu de temps, dit-elle. Qu'est-ce que tu aimerais faire ?

— Je vais pouvoir visiter un peu Paris ?

— Mais oui, bien sûr. Qu'est-ce que tu veux voir ? »

Qu'est-ce que tu veux voir ? Qu'est-ce que tu veux manger ? Qu'est-ce que tu veux savoir ? Ces questions en apparence anodines sont plus extravagantes qu'on ne le croit. Si vous demandez à une vache, à un cochon ou à un poulet ce qu'ils veulent faire de leur vie, ils ne sauront pas quoi répondre, même si par miracle ils comprenaient et parlaient notre langue. Si vous leur demandez comment ils aimeraient mourir, le résultat ne sera pas meilleur.

Rares parmi nous sont ceux qui voudraient se ridiculiser en insistant auprès des animaux pour qu'ils donnent des réponses sérieuses concernant leur vie, et pourtant nous passons notre temps à le faire avec les gens. Qu'est-ce que tu veux faire quand tu seras grand ? Les parents et les frères et sœurs de mon mari ont érigé au rang de divertissement familial cet interrogatoire infligé aux plus jeunes membres de la famille lors des retrouvailles pendant les vacances. Quelles villes américaines aimerais-tu visiter ? aiment-ils me demander. Ou : À ton avis, qu'est-ce qui fait que l'Amérique est le meilleur pays du monde ? Qui donne le droit aux gens de poser des questions auxquelles on ne peut répondre ? Je me le demande souvent, mais l'idée n'a jamais dû effleurer ces interrogateurs : ils posent des questions et exigent des réponses, sans savoir qu'ils n'ont fait que prononcer des mots idiots, et seuls les idiots les combleraient en répondant.

Qu'y a-t-il à voir pour moi à Paris ? Si j'avais posé cette question à Mlle Boverat, elle m'aurait trouvée impertinente ou difficile. C'était pourtant la seule question honnête que je puisse poser. Personne ne sait comment vouloir quelque chose qui n'existe pas encore. Paris, jusqu'à présent, se limitait aux aperçus que j'en avais eus depuis la voiture : des boulevards, des cafés, des devantures. Le grand magasin où Mlle Boverat m'avait amenée était incroyable. Où que je me tourne, je voyais mon reflet dans les miroirs et les cuivres étincelants, et pourtant même moi je savais qu'il y avait autre chose à Paris.

« Des endroits pour lesquels les gens font le voyage à Paris ? » dis-je à Mlle Boverat, tout en commençant à regretter de lui avoir demandé d'être promenée. Qu'était Paris sans Fabienne à mes côtés ? J'aurais dû mettre la ville de côté pour elle.

Mlle Boverat m'emmena à la tour Eiffel, ce qui me remonta le moral. Nous flânâmes le long de la Seine et allâmes dans un parc, puis un autre, après quoi elle m'offrit une glace, friandise dont j'avais entendu parler mais que je n'avais jamais goûtée. J'eus beau prendre tout mon temps pour la manger, elle fondit à toute allure.

À la fin de l'après-midi, Mlle Boverat me raccompagna à l'hôtel. « J'ai demandé que ton dîner te soit servi dans ta chambre, dit-elle. J'ai pensé que ce serait plus facile pour toi. »

Je la remerciai. Lorsqu'elle voulut savoir si j'avais besoin d'autre chose, je m'armai de courage et lui demandai si je pouvais utiliser le papier à lettres et l'enveloppe qui se trouvaient dans la commode de ma chambre. Elle sourit et me dit bien sûr. « Tu vas écrire à tes parents pour leur raconter Paris ? »

Je fis oui de la tête. Elle m'expliqua que je pouvais demander à la réception de l'hôtel de poster la lettre à ma place. Je fus soulagée. Je craignais qu'elle ne veuille s'en charger elle-même et ne découvre que la lettre n'était pas adressée à mes parents.

LA VEILLE AU SOIR, faisant le tour de ma chambre, j'avais trouvé du papier et quelques enveloppes, le tout imprimé au nom de l'hôtel de telle sorte qu'on pouvait toucher et lire avec les doigts. Je n'avais jamais vu une chose pareille chez moi.

Le dîner me fut servi sur un plateau, dans des assiettes blanches recouvertes d'un dôme en argent. Il y avait tant de belles choses dans cet hôtel, parmi lesquelles je ne pouvais montrer que le papier et l'enveloppe à Fabienne.

Ma chère Fabienne, Paris est mieux que Saint-Rémy. Quand on sera plus grandes, il faudra qu'on s'installe ici ensemble.

Je lui racontai ensuite ma rencontre avec les journalistes, le fait qu'on m'avait donné une nouvelle tenue et fait visiter la ville. Je décrivis la chambre d'hôtel, le papier peint doré, avec des fleurs et des oiseaux, l'épais rideau fait d'un tissu plus beau que les plus beaux vêtements que nous ayons jamais vus, le lit haut, tellement moelleux que si Fabienne avait été là nous aurions sauté dessus, comme nous nous imaginions, autrefois, sauter sur un nuage. Il y avait dans la salle de bains des objets pour moi inconnus. J'aurais aimé les lui dessiner, mais je dessinais moins bien que je n'écrivais.

De ma fenêtre, en face, je voyais un café dont les clients commençaient à occuper les tables sur le trottoir. Un couple passa devant le café, et la femme se retourna pour regarder son reflet dans la vitrine. Peut-être allaient-ils au cinéma, ou au théâtre, comme M. Devaux nous l'avait décrit.

Je touchai les barrettes libellules dans ma poche. J'hésitai à en mettre une dans l'enveloppe, avec la lettre, puis me ravisai.

Le lendemain matin, je confierais ma lettre à la réception. Je me demandais combien de temps elle mettrait pour arriver à Saint-Rémy. Et si d'aventure je rentrais avant ? Malgré tout, ce serait ma toute première lettre envoyée, et j'étais sûre que ce serait la toute première jamais reçue par Fabienne.

Il me vint alors à l'esprit que M. Devaux poserait les yeux dessus avant Fabienne. Ouvrirait-il l'enveloppe pour la lire ? L'idée qu'il puisse tenir l'enveloppe fine dans ses mains, avec ses phalanges velues et ses doigts tachés de noir et de marron par la cigarette et l'encre, me donna la nausée. Jusqu'à présent j'avais toléré cet homme. C'est vrai, il nous avait aidées à écrire le livre et à le faire publier. Il nous avait même dit que nous recevrions un peu d'argent. Il suggéra d'ailleurs que cette somme soit partagée à égalité entre Fabienne et moi. Et vous ? demanda celle-ci sur un ton méfiant. Il répondit qu'il ne prendrait pas notre argent. J'aurais volontiers donné tout l'argent à Fabienne, mais M. Devaux me dit que je devrais rapporter la moitié à mes parents, afin qu'ils ne soupçonnent rien d'anormal. « Et toi, dit-il à Fabienne, je peux te donner deux ou trois conseils financiers.

— Qui a besoin de conseils sur la manière de dépenser son argent ?

— Si tu veux le dépenser intelligemment.

— Dans des livres de poésie ou de philosophie, pour que je puisse devenir quelqu'un de civilisé comme vous ? » dit Fabienne.

M. Devaux ne répondit pas. C'était un homme pitoyable, mais il se souciait, à sa manière, de notre avenir – même si je ne l'ai pas compris sur le moment. Comment Fabienne et moi aurions-nous pu être justes avec lui quand nous étions jeunes ? Comment aurions-nous pu être justes avec qui que ce soit d'autre que nous ?

Je rangeai la lettre dans mon sac. Je la donnerais à Fabienne à mon retour. Elle me traiterait sans doute d'imbécile – une lettre était censée être postée.

M. BAZIN, le photographe, ayant pour curieuse habitude de pencher la tête à droite quand il me regardait, je me mis rapidement à pencher la tête à gauche, dans la même direction que la sienne. Non, m'ordonna-t-il, ne bouge pas. Après chaque cliché, il s'approchait pour orienter mes mains et mes épaules, parfois dirigeant ma tête, me touchant avec un tel tact qu'on eût dit qu'il manipulait des ailes de papillon. Une portée de porcelets de trois jours n'aurait aucun mal à le piétiner, pensais-je. « Non, ne ris pas, disait-il. Souris. »

Sa voix était aussi délicate que ses doigts. Avait-il jamais poussé une femme contre un mur ou frappé les oreilles d'un enfant ? Je commençai à m'inquiéter pour son passage à Saint-Rémy. Les hommes de notre village étaient faits d'une étoffe plus rustique. Les femmes aussi. Les enfants, quand ils ne mouraient pas en bas âge, devenaient des brutes en un rien de temps. Je me demandai s'il n'existait pas un moyen de dissuader M. Bazin de venir.

Ce jour-là, dans ma nouvelle tenue, j'étais raide comme du carton. Les barrettes libellules, à mon corps défendant, étaient attachées à mes cheveux. Mlle Boverat les avait placées de façon asymétrique, ce qui me dérangeait encore plus, mais elle devait avoir ses raisons. Tout le monde avait une bonne raison de me faire quelque chose à Paris. Je me dis que Fabienne et M. Devaux devaient se réjouir que je ne proteste jamais. Je commençais à comprendre l'argument de Fabienne : elle n'aurait pas pu supporter toutes ces instructions et ces manœuvres.

La séance photo débuta dans le bureau de M. Chastain. L'un après l'autre, l'assistant de M. Bazin lui présentait des accessoires. On m'installa d'abord devant une machine à écrire, et Mlle Boverat posa un coussin sur une chaise afin que je sois assise à la bonne hauteur. Écris quelque chose, me dit M. Bazin. Je ne savais pas trop quoi faire – je n'avais jamais vu de machine à écrire. Pas grave, écris quelque chose, insista-t-il, et je promenai un doigt sur le clavier jusqu'à trouver la lettre F. J'appuyai dessus. Une longue tige métallique se dressa, mais elle ne fit rien de plus. Plus fort, dit Mlle Boverat en s'approchant pour me montrer comment taper sur les touches. En un clin d'œil, le titre de mon – de notre – livre apparut sur la page. Je fis comme elle me l'avait montré. Bientôt, il y eut une ligne entière de F sur la page.

Ensuite, on me donna un téléphone et on me demanda de faire comme si j'étais en pleine conversation. J'amusai tout le monde en plaquant le microphone contre mon oreille et l'écouteur sous mon menton. Derrière le bureau de M. Chastain, du sol au plafond, il y avait des étagères remplies de livres. M. Bazin me pria de regarder les livres, d'en sortir un, de le remettre, d'en sortir un autre et de le feuilleter.

Je mentirais si je disais que j'ai souffert. En vérité, j'étais aux anges. Je touchais des objets que quelqu'un comme moi, j'en étais sûre, n'avait jamais l'occasion de toucher – une lampe de bureau et son abat-jour vert, un couteau avec une chouette sculptée en guise de manche (la chouette avait même deux yeux de verre), un tabouret en forme de livre géant.

J'étais encore plus aux anges de savoir que tout le monde me regardait avec une forme de ravissement.

« Mademoiselle est un mannequin-né, dit M. Bazin.

— Mademoiselle nous réserve des tas de surprises », répondit M. Chastain.

Après cela, nous ressortîmes dans la rue, et M. Bazin me photographia arpentant une ruelle étroite, observant la vitrine d'un magasin, me tenant dans l'encadrement de la porte d'une papeterie, plus tard comparant deux savons parfumés chez un pharmacien. Mlle Boverat, sans que j'aie ouvert la bouche, les acheta. J'en offrirais un à ma mère et l'autre à Fabienne. Et je décrétai que j'aimerais toujours Mlle Boverat.

« Vous voulez me photographier devant la tour Eiffel ? » demandai-je à M. Bazin. J'aimais tellement sa voix douce. Parfois, quand il réglait son appareil photo, il marmonnait dans sa barbe une série de chiffres.

« Oh, non, dit-il. Ce ne serait pas intéressant. »

Je fus refroidie. Je croyais que nous étions devenus bons amis. Il avait discuté avec moi pendant que son assistant installait les éclairages, il m'avait interrogée sur ma scolarité, ma famille, les autres enfants du village. À cette dernière question, je n'avais pas répondu grand-chose. Dans mon univers, les filles étaient superficielles et théâtrales, les garçons étaient sales et grossiers. Je ne dis pas un mot de Fabienne.

SUIS-JE EN TRAIN de laisser penser que tout fut facile lors de ce voyage ? Suis-je en train de me dépeindre sous les traits d'une surdouée, pour reprendre le terme de M. Bazin – d'incarner une enfant prodige ? Mais voici une explication, peut-être, de la réussite que fut mon voyage. La vie est le plus difficile pour ceux qui savent ce qu'ils veulent et savent aussi ce qui fait qu'il leur est impossible de l'obtenir. La vie est encore difficile, mais moins, pour ceux qui savent ce qu'ils veulent mais n'ont pas compris qu'ils ne l'obtiendraient jamais. La vie est le moins difficile pour ceux qui ne savent pas ce qu'ils veulent.

Je ne savais pas ce que je voulais pendant ce séjour parisien. Il ne serait sans doute pas exagéré de dire que, le plus clair de ma vie, ne pas savoir m'a profité. Certaines personnes doivent comprendre ce qu'elles veulent de la vie avant de s'y consacrer. D'autres, comme moi, peuvent se consacrer à n'importe quoi, ce qui revient à ne se consacrer à rien. C'est peut-être pour cela que ma famille américaine me juge passive.

Souvent, j'imagine que vivre est un jeu de pierre-papier-ciseaux : le destin bat l'espoir, l'espoir bat l'ignorance, et l'ignorance bat le destin. Ou, dans une version qui me turlupine : le fataliste attire l'optimiste, l'optimiste attire l'ignorant, et l'ignorant attire le fataliste.

D'AUCUNS se demanderont peut-être pourquoi Fabienne captait à elle seule toute mon attention, quand d'autres camarades de classe auraient pu être de meilleures amies. D'aucuns se demanderont peut-être pourquoi elle m'a choisie, alors que je ne semblais guère pouvoir lui offrir plus qu'une camaraderie servile. À coup sûr, d'autres enfants, dotés de personnalités plus fortes, lui auraient mieux convenu. Mais ceux qui posent ces questions ne comprennent pas les enfants. Soit ils ont eu une enfance insipide, soit, pire, ils sont déterminés à rendre rétrospectivement l'enfance insipide, de sorte qu'ils en viennent à parler des enfants comme de larves ou de pupes. Et si vous faites partie de ces gens-là, je puis vous assurer que beaucoup des enfants que vous snobez sont plus intéressants que vous. Et ils vous méprisent, à juste titre.

Rien n'est plus inexplicable que l'amitié des enfants. Ce n'est pas de la camaraderie, bien que l'on confonde souvent les deux. La camaraderie des enfants leur est imposée : deux copains de jeu dont les parents aiment boire un verre ensemble le week-end, un garçon et une fille obligés d'être assis l'un à côté de l'autre en classe, des familles qui louent les deux maisons de vacances voisines chaque été. L'amitié des enfants, bien qu'elle doive satisfaire aux mêmes préalables géographiques et temporels, est plus rare : un enfant ne cherche pas à se lier à un autre enfant. Le lien, défiant la connaissance et la compréhension, est là ou il n'est pas là ; une fois qu'un lien voit le jour, aucun enfant ne sait comment s'en libérer jusqu'à ce que le décor change. Cela me stupéfie que souvent les chansons et les poèmes parlent du coup de foudre : ceux qui prétendent faire l'expérience de ce phénomène se sont pomponnés, prêts à aimer. Il n'y a là rien d'extraordinaire. Beaucoup plus fatidique, l'amitié des enfants se contente d'advenir.

Prenez par exemple Geneviève, qui a été assise à côté de moi, à l'école, pendant plusieurs années parce que nous faisions la même taille. Elle avait un joli visage, propre et doux. Son écriture était aussi belle que la mienne, elle excellait en orthographe et en mathématiques. Ses parents tenaient l'épicerie du village et ne buvaient pas. Plus que tout, elle a toujours voulu être mon amie, et elle exprimait son affection en m'apportant des plats de chez eux. Ils mangeaient mieux que les miens.

J'acceptais ses cadeaux. Lui interdire tout espoir de faire de moi son amie, grâce à un morceau de fromage ou à un sachet de raisins secs, eût été cruel. Je ne me montrais jamais froide ou désagréable avec elle. À l'école, nous parlions de choses triviales pour passer le temps – le serre-tête d'une camarade, une nouvelle chanson que nous avions apprise pour la fête de fin d'année, la fille du meunier qui était vouée à épouser le fils du brasseur, et d'autres ragots qu'elle rapportait du magasin familial. En un mot comme en cent, je l'aimais bien. Mais comment pouvait-elle s'attendre à ce que je lui donne plus de moi-même quand, sitôt l'école finie, je me précipitais pour retrouver Fabienne et rattraper une journée entière de séparation ? La nourriture que m'offrait Geneviève, je la donnais à Fabienne, qui avait le ventre plus vide que moi. Elle ne me demandait jamais où j'avais récupéré ceci ou cela. Elle savait que mes parents n'avaient rien à offrir.

Pourquoi n'aurais-je pas pu me contenter de Geneviève et de sa gentille innocence, de rentrer chez moi avec elle, main dans la main, épaule contre épaule, d'un même pas ? Ou d'ailleurs me contenter d'Anne, qui était douce et qui avait la plus belle voix de toute l'école ? Ou de Berthe, la plus grande de la classe, dont l'amitié était recherchée par beaucoup de mes camarades ? Ce sont de bonnes questions, mais autant demander à un platane : pourquoi ne gardes-tu pas tes feuilles en hiver ? Ou à une guêpe : pourquoi n'es-tu pas née plus utile, comme une abeille ?

JE RESTAI deux jours à Paris. Dans le train du retour à Saint-Rémy, regardant par la fenêtre le paysage qui m'était déjà familier, je n'arrêtais pas de toucher les barrettes dans mes poches. Les libellules n'allaient ni s'envoler ni mourir après la fin de l'été. Elles étaient plus belles que vraies.

Jean était mort. Je n'ai pas eu besoin qu'on m'annonce la nouvelle à mon retour. Je vis mes trois sœurs, qui étaient revenues en amenant leurs plus jeunes enfants, ceux qu'elles ne pouvaient pas laisser. Une de mes nièces courut vers moi et j'attrapai ses deux poignets avant qu'elle puisse laisser des traces de doigts collantes sur ma nouvelle tenue, que j'avais mise pour faire une surprise à ma famille. Personne ne s'en aperçut.

« Allez, prie pour lui », me dit ma mère.

J'allai dans la chambre de Jean et me signai. On l'avait couché sur son lit, récemment refait avec des draps blancs. Une mouche tournait près de sa tête ; je la chassai. Mais dès qu'il n'y avait plus personne, elle revenait. Je regrettai de n'avoir rien rapporté de Paris à Jean, non pour montrer à ma famille que j'avais pensé à lui, mais pour me convaincre qu'il avait compté dans ma vie. J'aurais aimé verser quelques larmes, afin que plus tard mes parents ne me reprochent pas d'avoir le cœur sec. Mais c'était inutile. Je ne trouvai dans mon cœur que de l'impatience.

Je mis du temps à retrouver Fabienne. Au lieu d'être à l'un de nos lieux de rendez-vous habituels, elle avait mené ses vaches et ses chèvres à l'autre bout du champ d'orge. Je m'attendis aussitôt à la voir de mauvaise humeur. Aux yeux du monde, elle était la fille qui boudait tout le temps. Mais moi, je la connaissais bien. Un changement dans ses habitudes n'était jamais le fruit d'un simple caprice.

De là où elle était assise, sur une souche, elle m'observait. «Tu sais que tu ne peux pas porter cette tenue à la ferme», dit-elle. C'étaient exactement les mots que je m'attendais à entendre dans sa bouche, pourtant il y avait dans sa voix une douceur étrange, comme si elle expliquait gentiment à un nouveau venu les mœurs campagnardes.

«Je… Je veux que tu voies mes vêtements, dis-je.

— Ils sont jolis sur toi. J'aime bien ton allure.»

Quand vous êtes habitué au tranchant d'un couteau, vous pouvez sans risque, avec la pression adéquate, passer votre doigt sur le fil ou appuyer votre paume dessus. Vous pouvez même tenir la lame entre vos dents sans vous couper les lèvres ou la langue. Mais si, en touchant la lame, vous ressentez la douceur soyeuse d'une peau de lapin? Je m'agenouillai à côté de Fabienne et posai une main sur son front. Il était moite, mais pas brûlant. «Tu vas bien? demandai-je.

— Pourquoi est-ce que je devrais aller mal?

— Tu parles bizarrement. Je me suis demandé si tu n'étais pas malade.

— Il y a des gens qui ne tombent jamais malades. J'en fais partie.

— Oui, bien sûr.

— Oui, bien sûr, dit-elle en m'imitant. Toi aussi tu en fais partie. Tu n'es pas au courant?»

J'étais au courant mais je ne voulus rien répondre, au cas où des esprits malveillants m'entendraient me vanter. C'était la différence entre nous. Fabienne croyait que rien, réel ou irréel, ne pouvait l'atteindre. Je voulais le croire aussi, mais j'étais plus prudente. «Jean est mort, dis-je.

— J'ai appris ça, oui. »

J'attendis qu'elle ajoute quelque chose. Elle ne le fit pas. Je sortis de ma poche les barrettes et expliquai qu'elles venaient de Paris, qu'à mon avis nous pourrions en avoir chacune une. Elle prit la libellule, m'observa à travers le torse à moitié opaque de celle-ci, puis la tourna vers le soleil. Je brandis la mienne et regardai dans la même direction. Le ciel s'assombrit, le soleil s'adoucit et pâlit, ressemblant à une pleine lune.

« Je crois savoir ce que ça signifie de ne pas être vierge, dit lentement Fabienne, les yeux toujours vers le soleil.

— Quoi ? Tu veux dire que tu n'es plus vierge ?

— Ce n'est pas ce que j'ai dit. J'ai dit : je crois savoir ce que ça signifie de ne pas être vierge.

— Tu veux dire que tu as découvert comment perdre ta virginité ? »

Elle se tourna vers moi avec son regard moqueur. « Ne sois pas bête », répondit-elle.

J'étais soulagée – nous n'avions pas changé. J'avais souvent eu le sentiment de n'être liée à mes parents et à mon frère et mes sœurs que par accident, et j'avais souvent pensé que si j'étais née dans une autre famille ce n'aurait été rien de plus qu'un accident différent. Mais Fabienne, elle, n'était pas un accident. Si Paris nous rendait étrangères l'une à l'autre, je n'y mettrais plus les pieds.

« Tu veux dire que tu as appris quelque chose de nouveau ? » demandai-je.

Si j'avais appris quelque chose de nouveau de Paris, pensai-je, il n'était que justice qu'il en soit de même pour Fabienne.

« Qu'est-ce qu'il y a de nouveau à apprendre ? »

Elle avait raison. Nous nous étions instruites de choses que personne ne nous enseignait, en observant les animaux de la ferme, en écoutant les gros mots des ivrognes et, beaucoup plus jeunes, en espionnant Joline et son petit ami américain. Nous n'étions pas prudes, mais nous n'étions pas impressionnées par la démence que les humains et les bêtes devaient endurer quand ils s'accouplaient.

« Ce que je veux dire... » Elle se tourna vers moi et secoua la tête. « Non, pas la peine. Alors, ce voyage, ça t'a plu ? »

Il y avait tant de choses que j'avais voulu lui raconter, pourtant je ne trouvai rien à lui dire.

« Tu as perdu ta langue à Paris ?

— Je t'ai écrit une lettre, répondis-je en m'asseyant à côté d'elle.

— Je n'ai rien reçu.

— Tiens. Je ne l'ai pas postée. »

Fabienne regarda l'enveloppe cachetée. « Je suis censée la lire ?

— Si tu veux. »

Elle plia l'enveloppe sans ménagement et la fourra dans sa poche. « Heureusement que tu ne l'as pas postée, dit-elle. M. Devaux aurait pu l'intercepter.

— C'est justement ce qui m'inquiétait !

— Tu sais ce qu'on va faire, désormais ? On va écrire nos livres sans son aide.

— Très bien », dis-je en gardant un visage impassible. Elle risquait de changer d'avis si elle voyait combien j'étais heureuse d'entendre ça.

« Maintenant tu devrais savoir écrire des livres, dit-elle. On doit se débrouiller toutes seules.

— Très bien.

— Tu ne me demandes pas pourquoi je ne veux plus qu'il nous aide ?

— Tu préfères que je te pose la question ? »

Fabienne soupira. « En temps normal, tu le ferais, même en sachant que je ne te le dirais pas. Tu posais tellement de questions, avant. Tu n'arrêtais pas. Mais je vois que Paris t'a changée. »

J'aurais pu protester. J'aurais pu promettre, juré, craché, que je n'avais pas changé d'un iota. Seulement, Fabienne n'était pas tout à fait la même ce jour-là. « Qu'a fait M. Devaux ? On le déteste, désormais ?

— Voilà, ça te ressemble plus, déjà. Non, il n'a rien fait. Il ne peut pas me faire de mal, tu sais ?

— Je sais.

— Par contre, toi, il peut te faire du mal, dit-elle. C'est ça qui m'inquiète.

— Comment ça ?

— Il pourrait raconter que ce n'est pas toi qui as écrit le livre, mais lui. Et les gens le croiraient. »

Je repensai à M. Bazin, qui comptait me rendre visite d'ici une semaine. Je ne voulais pas que le monde entier sache que je n'étais pas le véritable auteur de mon livre, quand bien même je n'avais pas voulu l'être au départ. « On fait quoi, alors ?

— Je sais exactement comment le faire taire, dit Fabienne. Mais je ne sais pas encore à quel point c'est nécessaire. »

Un frisson me parcourut. « Tu n'y songes pas ?

— Je ne songe pas à quoi ? »

Si elle y songeait, j'avais intérêt à ne pas le dire tout fort. Je regardai Fabienne en espérant qu'elle lirait dans mes pensées. Je ne voulais pas mettre des mots sur l'horreur.

« Oh ! dit-elle. Tu pensais que je voulais le tuer ? En effet, c'est un moyen de faire taire quelqu'un. Mais non, je n'ai l'intention d'assassiner personne. »

Je poussai un soupir. Tout pitoyable qu'il était, M. Devaux ne méritait pas de connaître une fin aussi terrible.

« Il m'a demandé d'être sa maîtresse, reprit Fabienne.

— Mais... Mais... C'est un vieillard ! Et veuf !

— C'est drôle, n'est-ce pas ? répondit-elle lentement. Je t'avais dit que les veufs peuvent être bizarres. Ils ont besoin de s'occuper. »

Dans ce cas, le père de Fabienne n'était pas la pire espèce de veuf qui soit. Peut-être que si M. Devaux se mettait à boire, il se sentirait mieux.

« Je croyais que c'était pour ça qu'on lui avait demandé de nous aider à écrire un livre, dis-je. Pour qu'il s'occupe.

— Mais maintenant il veut autre chose.

— On peut lui donner l'argent que l'éditeur a versé pour le livre. »

Fabienne se tourna vers moi et, du plat de la main, toucha ma joue. « Agnès, ma pauvre, je vois que Paris ne t'a pas rendue plus intelligente. »

La tendresse de son geste me plongea dans une colère noire. Quelle mouche la piquait ?

« Vois-tu, reprit-elle, ce n'est pas l'argent qui intéresse M. Devaux. Il m'a expliqué qu'on pourrait être amants et qu'ensemble on pourrait produire d'autres livres qui seraient publiés sous ton nom. Il a dit que c'était une bonne affaire pour nous trois, et que personne d'autre ne le saurait.

— Mais tu ne veux pas de lui comme amant, si ?

— C'est ça que je ne sais pas encore. Je n'arrive pas à me décider. Je me demande s'il n'a pas raison.

— Il est répugnant. Si tu veux quelqu'un, il faut qu'il soit plus jeune et plus beau », répondis-je. Pourtant j'étais de mauvaise foi. Un homme plus beau et plus jeune, comme le facteur désirable que nous avions inventé dans notre deuxième livre, était plus absurde que M. Devaux. Nous n'avions nul besoin d'un homme, jeune ou vieux, laid ou beau.

« Je n'ai pas besoin d'un amant, dit Fabienne. Mais je me demande ce que ça coûte d'essayer.

— Tu es une imbécile », dis-je, soudain furieuse.

Elle rit. « Moi ? Jamais. C'est toi, l'imbécile. Réfléchis. M. Devaux est inoffensif. Qu'est-ce qu'il peut bien me faire ?

— Et tu n'as pas envie d'avoir un petit ami, un vrai, au lieu d'un vieillard ?

— Non. Et toi ?

— Bien sûr que non.

— Eh bien, voilà. Tu sais, M. Devaux n'est pas un trop mauvais choix pour essayer quelque chose de nouveau. Ça pourrait être pratique quand on écrira d'autres livres. »

J'aurais aimé que M. Devaux soit mort. Il était injuste que Jean, qui n'avait jamais eu de petite amie, soit mort aussi jeune, alors qu'un vieillard comme lui n'en finissait pas de survivre. Je jetai un caillou sur deux oiseaux qui pépiaient dans un arbre, mais il ne vola pas assez haut. Fabienne en choisit un plus gros et visa les oiseaux. Ils s'égaillèrent dans deux directions différentes.

« Je lui ai dit que je lui ferais part de ma décision après ton retour, reprit-elle.

— Dis-lui d'aller au diable. »

Elle secoua la tête. « Tu ne veux pas savoir ce que je veux savoir ?

— Si M. Devaux ne craint pas qu'on apprenne qu'il veut que tu sois sa maîtresse ?

— Non, pas ça. Pourquoi il m'a demandé à moi, pas à toi.

— Moi ? Il me déteste.

— Un homme comme lui ne déteste aucune fille.

— Alors pourquoi ne demande-t-il pas à une autre fille ? »

Du moment que ce n'était ni Fabienne ni moi, je me moquais bien de savoir quelle fille ou quelle femme M. Devaux désirait.

« S'il te le demandait, et si tes parents l'apprenaient, ils lui rendraient la vie difficile. La plupart des parents le feraient, mais pas mon papa. Il s'en fiche. Si d'autres l'apprenaient, ils diraient que c'est autant ma faute que la sienne. Personne ne serait désolé pour moi.

— Ce n'est pas vrai, dis-je, seulement pour la rassurer.

— Si, c'est vrai. Personne n'était désolé pour Joline, tu te souviens ? Mais ne t'en fais pas, je m'en fiche des sentiments des autres.

— Pourquoi est-ce qu'on ne s'installe pas à Paris ? demandai-je.

— À Paris ? Tu crois que c'est possible ? »

Je n'arrivais pas à savoir si elle me taquinait ou me testait.

« Oui, dis-je. Il y a un photographe qui vient la semaine prochaine. On pourrait lui en parler.

— Un photographe ? Pourquoi donc veut-il venir ici ?

— Je ne sais pas. Tu penses qu'on devrait en parler à M. Devaux ?

— Il le faut, dit Fabienne. Mieux vaut qu'il l'apprenne par moi que par les autres. »

Je notai qu'elle n'avait pas dit « par nous ». Avait-elle l'intention d'aller chez M. Devaux sans moi ?

« Tu comprends, avant que je me décide, il faut qu'il devienne notre ami. Comme ça, il se taira.

— Ou on peut arrêter d'écrire des livres. S'il raconte la vérité aux gens, eh bien quoi ? On pourra les oublier, lui et le photographe.

— Et comment irait-on à Paris ?

— Il doit y avoir d'autres moyens.

— Lesquels, Agnès ? »

Je secouai la tête. Ce n'était pas à moi de régler les problèmes.
« Il y a un autre moyen de le faire taire ? demandai-je.

— Il peut mourir. Peut-être qu'il mourra bientôt. C'est un vieillard, tu sais. »

Je regardai Fabienne. Allongée sur l'herbe, elle contemplait le ciel qui ne lui donnait même pas à voir un filet de nuage. Je m'en voulus de lui avoir donné l'idée de tuer M. Devaux.

JE ME RAPPELLE qu'il y a longtemps, avant que Fabienne ait l'idée d'écrire un livre avec moi, nous avions parlé de la peur. Nous étions étendues au bord de la rivière, par une de ces journées d'été où nous vivions entièrement dans un monde créé par elle et moi.

« Qu'est-ce qui fait peur aux gens et qui nous fait peur aussi ? me demanda-t-elle.

— La plupart des gens ont peur de la mort.

— Pas nous.

— Pas nous, dis-je. Certaines filles, à l'école, ont peur des scorpions.

— Lesquelles ? Je pourrais attraper des scorpions et toi les mettre dans leurs cartables. »

Cela m'attirerait des ennuis, pensai-je. « Je connais une chose qui fait peur à tout le monde, dis-je. Être aveugle. »

Fabienne resta silencieuse un moment, puis ferma les yeux. Je regardai la lumière du soleil moucheter ses paupières pâles. « Ce n'est peut-être pas aussi terrible que tu le penses », répondit-elle.

Je plaçai mes mains devant ses yeux et lui cachai le soleil. « Si tu étais aveugle, ce serait encore plus noir que ça.

— Qu'est-ce que tu en sais ? Tu n'as jamais été aveugle.

— Eh bien, j'ai entendu des gens dire que le monde est tout noir quand on est aveugle.

— À mon avis, tu es bête de croire les gens. Ils disent toutes sortes de choses sans rien savoir. »

Elle rapprocha davantage mes mains et les plaqua contre ses yeux. « Ce n'est pas si terrible. On s'y habituerait, au bout d'un moment.

— Ça donnerait l'impression que le monde entier est un champ de mines. Et je serais incapable de faire le moindre pas.

— Non, au contraire, dit-elle. Tu devrais avoir l'impression que poser le pied ici ou là ne changerait rien. Dans un champ de mines, un aveugle n'a pas plus de risques de se faire tuer que quelqu'un qui voit clair. »

Je réfléchis et m'aperçus qu'elle avait raison. Je lui répondis malgré tout que je ne voudrais pas que nous soyons aveugles.

Mais n'étions-nous pas, en un sens, deux aveugles ? L'une marchait partout comme si pas une seule mine n'était enterrée dans le pré. L'autre ne trouvait pas le courage de faire un pas, car le monde entier était un champ de mines. Si le sort ne les avait pas placées côte à côte, elles auraient accompli leurs destinées différentes. Ce n'était pas notre cas. Fabienne et moi étions dans ce monde ensemble, et nous n'avions chacune que les mains de l'autre auxquelles nous raccrocher. Elle avait sa volonté. Moi, ma bonne volonté à être guidée par sa volonté.

NOUS ALLÂMES chez M. Devaux après le dîner. Je portais encore ma nouvelle tenue parisienne, mais il sembla ne pas la remarquer. Il voulut savoir si mon voyage s'était bien passé, et je répondis par l'affirmative. Il faut fêter ça, dit-il, avant de nous proposer de boire un verre avec lui. J'allais décliner lorsque Fabienne me serra très fort la main et répondit que nous en serions ravies. M. Devaux nous offrit un petit verre de gin à partager et s'en servit un plus grand. Fabienne avala une gorgée et émit une sorte de sifflement. « Je ne comprends pas comment on peut aimer boire, dit-elle.

— Tu t'y feras, va, fit M. Devaux. Réessaie. »

Fabienne inclina le verre juste assez pour pouvoir en lécher le bord.

« Et moi, je peux ? demandai-je.

— Non, tu es trop jeune, dit Fabienne.

— J'ai un mois de plus que toi.

— Quand même, tu es jeune », dit-elle avec un clin d'œil. Elle se tourna alors vers M. Devaux.

« Vous n'êtes pas d'accord, monsieur Devaux ? Agnès est terriblement jeune et on devrait protéger son innocence, non ? »

Il ne répondit pas.

« Bon, reprit Fabienne en posant le verre sur une étagère proche. Agnès a promis à ses parents qu'elle rentrerait de bonne heure. C'est l'enterrement de Jean, demain.

— J'ai oublié de faire mes condoléances à ta famille », s'excusa alors M. Devaux. J'avais l'impression qu'il ne ressentait absolument rien.

« Je vais la raccompagner, dit Fabienne.

— Elle sait comment rentrer chez elle. Tu peux rester. »

Cela ne me disait rien qui vaille, mais Fabienne ne l'écouta pas et me fit ressortir avec elle. « Je reviens tout de suite, monsieur Devaux », lança-t-elle. Elle me tint par le coude, fermement, jusqu'au coin de la rue.

« Écoute, dit-elle, j'ai trouvé une idée pour m'occuper de son cas. Ça va le faire taire.

— Comment ça ?

— Tu savais qu'il buvait ? »

Je fis signe que non. M. Devaux était un homme cultivé ; il ne fréquentait jamais le bar du village. Ce soir-là, c'était la première fois que je le voyais avec un verre.

« Pendant ton absence, je l'ai vu se saouler. Il devient bon à rien et faible quand il est saoul. »

J'imaginai M. Devaux affalé à côté de la table, la tête ballante sur ses bras tendus et, derrière lui, Fabienne brandissant un tisonnier. Je frémis. « Ne fais pas ça, dis-je.

— Quoi donc ?

— Ne le tue pas.

— Le tuer ? Qui a dit qu'on le tuerait ? Tu veux le tuer ?

— Non. Mais je ne veux pas que tu fasses quoi que ce soit qui puisse nous causer des ennuis.

— C'est lui qui va avoir des ennuis, dit Fabienne. Voilà ce que je vais faire. Je ferai semblant de boire avec lui et je le ferai boire encore plus. Ensuite, je sortirai en courant et en appelant à l'aide. Je dirai qu'il a essayé de me déshabiller.

— Et si personne ne te croit ?

— On me croira. En plus, ce n'est pas un mensonge complet. Il a vraiment essayé de me toucher, l'autre jour.

— Où ?

— Ici. »

Fabienne montra sa poitrine.

Imaginer M. Devaux toucher une partie du corps de Fabienne me donna la nausée. « Et s'il te coince quelque part pour t'empêcher de fuir ?

— Tu penses, vraiment ? J'ai les coudes et les genoux pointus. C'est un vieillard. »

Je me retournai vers la maison de M. Devaux. Il ne nous avait pas suivies. « Partons, dis-je. Oublions-le.

— Non, c'est impossible. Il va nous faire des ennuis, à moins qu'on lui tende un piège avant.

— Laisse-le. On peut arrêter cette comédie de livre. On peut trouver autre chose à faire sans son aide.

— Mais tu oublies que c'est à nous de décider quand on arrête. On ne peut pas le laisser nous faire du chantage. Alors voilà ce que tu vas faire. Tu vas rentrer chez toi, tu vas attendre une demi-heure, peut-être une heure, et tu vas revenir ici. Il sera ivre et idiot. Je sortirai en courant et en appelant au secours. Tu attends de m'avoir entendue crier et à ce moment-là tu cries aussi. Je raconterai aux gens ce qui se passe. Tu ne seras pas obligée de dire quoi que ce soit. Contente-toi de pleurer. C'est nous deux contre lui.

— Et si les gens ne nous croient pas ?

— Si je crie assez fort et si tu joues bien ton rôle, ils n'auront d'autre choix que de nous croire. »

AU LIEU DE RENTRER chez moi, je me cachai dans une haie toute proche. La nuit tomba rapidement. Attendre le cri de Fabienne, ce fut comme attendre la mort. Je me dis que je n'avais aucun motif de douter d'elle. Elle avait toujours eu raison sur tout. Mais c'était comme me dire que je n'avais aucun motif de craindre la mort parce que j'étais encore jeune. Des jeunes gens meurent ; des enfants, aussi. Je pensai à Jean, qu'on enterrerait le lendemain. D'ici un an, plus personne ne se souviendrait de lui. S'il arrivait la même chose à Fabienne, je serais la seule à me souvenir d'elle. Cette pensée me fit trembler des jambes. Évidemment qu'elle pouvait mourir. Même si nous décidions d'être gentilles avec M. Devaux et de ne pas le tuer, qu'est-ce qui l'empêcherait de nous tuer ? Peut-être m'avait-il renvoyée chez moi pour pouvoir tuer Fabienne. Comment n'y avais-je pas pensé ?

Je ressortis de la haie. Deux hommes approchaient dans la rue ; l'un tenait une lampe torche dont le disque lumineux dansait sur le sol. Je marchai vers eux, leur souhaitai une bonne soirée et me mis à courir. Arrivée devant la porte de M. Devaux, je vis qu'elle était fermée, ce qui n'arrivait jamais quand nous allions lui rendre visite. Je la poussai, en vain, puis frappai, de plus en plus fort.

Pas de réponse. Je plaquai mon oreille contre la porte – aucun bruit à l'intérieur. Était-ce trop tard ? Je me retournai et regardai les deux hommes, déjà distants, et le faisceau de la lampe torche visible mais ténu. Bien que la maison mitoyenne fût plongée dans l'obscurité, peut-être ses occupants venaient-ils d'éteindre les lumières pour faire des économies. Plus loin, deux fenêtres éclairées d'une lueur orange flottaient dans le noir.

À l'aide ! dis-je d'une voix faible, en claquant des dents, comme si je ne faisais que m'entraîner à prononcer ces mots. Je haussai le ton. Ma voix stridente me surprit. Un jour, un lièvre s'était retrouvé piégé dans la ratière, derrière notre grange – on n'imagine pas qu'un animal aussi petit puisse pousser un cri aussi horrible. J'étais comme ce lièvre. Les deux hommes revinrent sur leurs pas en courant, et non loin de là quelqu'un ouvrit sa fenêtre. Rapidement, il y eut un attroupement devant la maison de M. Devaux.

Étais-je hystérique au point de ne pas pouvoir répondre aux questions de ces gens, ou faisais-je semblant de l'être pour ne pas avoir à leur répondre ? Aujourd'hui encore, les deux hypothèses me paraissent plausibles. La vérité, cependant, est que certaines personnes font si bien semblant qu'elles finissent par ne plus faire la différence entre faire semblant et être. Fabienne manœuvrait, elle mentait, mais jamais, au grand jamais, elle n'a fait semblant. Elle a toujours été elle-même. Je m'adaptais. Entre s'adapter et faire semblant, la différence n'est pas si grande.

La porte s'ouvrit. Fabienne, puant l'alcool, le chemisier arraché au col, bouscula les badauds et se jeta dans mes bras. Elle criait, aussi, mais je ne savais pas si elle m'imitait pour se moquer de moi ou si elle était vraiment, comme moi, en proie à une hystérie aveugle. Quelqu'un lui donna une couverture. Elle m'attira contre elle et déploya la couverture autour de nos épaules. Enfin, sous la couverture, elle me donna un coup dans les côtes. Elle doit penser que je suis une idiote, me dis-je. J'étais arrivée trop tôt.

M. Devaux ne parut pas tout de suite. Cependant, lorsque quelqu'un cria qu'on allait chercher M. Meinen, le gendarme, il se présenta. Il franchit le seuil de l'entrée; les gens reculèrent. Il était respecté dans le village. Il était courtois avec tout le monde. Il n'allait pas au bar le soir et ne se saoulait pas, contrairement à tant d'hommes. Qu'il fasse en réalité comme les femmes, à savoir boire en secret chez lui – les gens pouvaient le lui pardonner. Mais pour deux filles qui hurlaient, dont l'une avait ses vêtements déchirés, cela, non.

M. Devaux ne semblait avoir ni honte ni peur. En nous voyant, toutefois, ses yeux rougis se figèrent. Il me fit penser à un animal pris au piège après s'être vainement débattu pour sa survie, prostré dans un coin de sa cage non parce qu'il avait soudain cessé d'avoir peur, mais parce que la peur ne changeait rien à l'affaire. Il ne méritait pas ça, pensai-je en regardant le sommet chauve de son crâne, cerclé de cheveux gris clairsemés. Je n'avais même pas eu le temps de lui raconter mon expérience avec les journalistes et le photographe. S'il y avait bien quelqu'un au village qui s'intéressait vraiment à mon voyage, c'était M. Devaux.

Fabienne et moi n'eûmes pas à débiter trop de mensonges à M. Meinen. Que nous nous soyons liées d'amitié avec M. Devaux n'était pas un secret. Lui-même avait raconté que j'avais plus de potentiel que les villageois ne le pensaient, ce que mes voyages parisiens avaient confirmé. Il avait également dit qu'il se chargerait en personne d'instruire Fabienne, et de m'aider, afin que nous puissions toutes deux tracer notre chemin à la mesure de nos aptitudes. On nous voyait souvent passer chez lui à la nuit tombée, et généralement en repartir ensemble. Ce soir-là, expliquai-je au gendarme, M. Devaux avait trouvé un prétexte pour me renvoyer la première. Mais, m'en voulant d'abandonner Fabienne à son sort, j'étais retournée la chercher.

Selon Fabienne, M. Devaux lui avait donné du gin, après quoi elle s'était sentie faible et nauséeuse; il lui avait alors demandé de se reposer sur un canapé. Non, expliqua-t-elle, elle ne se souvenait pas de ce qui s'était alors passé. Soit elle s'était endormie, soit elle avait perdu conscience, et elle était en train de faire un cauchemar avec des bruits diaboliques dans sa tête lorsqu'elle m'avait entendue crier. M. Meinen lui demanda où se trouvait M. Devaux quand elle s'était réveillée. Elle ne savait pas. Il faisait noir dans la maison. Elle pensait qu'il était mort.

Pendant que nous discutions avec le gendarme, M. Devaux, hors de portée de voix, s'était assis sur une chaise branlante qui trônait depuis toujours près du mur. Et lorsque M. Meinen lui dit de l'accompagner au poste, il obéit et partit sans un regard pour nous.

Et maintenant ? Je tapotai la main de Fabienne en espérant qu'elle saurait répondre à ma question muette. « On peut y aller ? fit-elle en levant la tête vers les adultes autour de nous. Je suis épuisée. »

Quel âge as-tu, Fabienne ? voulut savoir quelqu'un, et elle répondit quatorze ans. Un autre soupira et dit que le monde devenait fou. Ils décidèrent qu'il valait mieux l'annoncer au père de Fabienne le matin, quand il serait moins saoul et moins susceptible de faire une bêtise. Deux femmes proposèrent de nous raccompagner chez moi.

Mes sœurs firent taire leurs enfants, qui s'étaient précipités dans le salon pour voir qui étaient ces visiteurs impromptus. Parmi les adultes, il y eut quelques murmures féroces. Après, même mon père fut gentil avec Fabienne. Ma mère jeta pour nous un peu de paille et des vieilles couvertures dans un coin de la cuisine. Même si je voyais bien qu'elle était mécontente de ce désagrément à la veille de l'enterrement de Jean, elle n'en dit rien, ni à Fabienne ni à moi.

« Qu'est-ce qui s'est passé ? demandai-je à Fabienne lorsque nous fûmes enfin seules. Tu as vraiment beaucoup bu ?

— Il m'a beaucoup fait boire. Mais il n'a pas vu que j'avais tout renversé sur mon chemisier. Il n'a pas une très bonne vue, tu sais. Pauvre vieux.

— Il t'a vraiment obligée à le faire avec lui ?

— Oh, Agnès, je ne suis pas idiote. Non, j'ai dit que je voulais d'abord l'entendre parler. Alors il s'est mis à me raconter comment il était dans sa jeunesse.

— Il était comment ?

— Bête.

— Plus bête qu'aujourd'hui ?

— Il m'a dit qu'il avait des tas de rêves. Il voulait être poète. Il voulait voyager. Il voulait épouser une très belle fille qui saurait chanter, danser et faire des poèmes. Là-dessus, il a commencé à devenir vraiment mièvre. Je l'ai déjà vu comme ça. Je crois que c'est pour ça qu'il ne va pas au bar. Quand il boit, il pleure.

— Et après ?

— Et après tu es venue défoncer la porte. Je t'avais dit de ne rien faire avant de m'entendre.

— Donc tu ne l'as pas vraiment fait avec lui ? »

Soulagée, je m'allongeai sur la paille.

« Et si j'avais voulu et que tu avais tout gâché ? Et si c'était le seul homme qui s'intéresse assez à moi pour vouloir faire de moi sa maîtresse ? »

Je levai la tête, mais il faisait trop noir pour que je voie son visage. À la manière d'une aveugle, je fis courir un doigt sur le sommet de son crâne, puis sur sa mâchoire. Pour la première fois, je pus imaginer à quoi elle ressemblait aux yeux de ceux qui ne l'aimaient pas.

« Quoi ? fit-elle. Tu me chatouilles.

— J'aurais préféré qu'on n'ait jamais fréquenté M. Devaux. J'aurais préféré qu'on n'ait jamais écrit de livre. »

Elle me donna une tape violente sur la tête. « Tu ne vois donc pas qu'on pourra écrire tout ça dans notre prochain livre ?

— Ça ? Tu veux dire cette nuit ?

— Oui. Pourquoi pas ? Vois les choses sous cet angle : tout ce qui arrive dans nos vies n'est pas réel tant qu'on ne l'a pas écrit.

— Qu'est-ce qui va arriver à M. Devaux, à ton avis ? demandai-je. Et s'il raconte une autre version que la nôtre ?

— Peu importe. Rien ne s'est passé comme prévu, mais tout s'est très bien terminé. »

JEAN FUT enterré le lendemain. M. Devaux fut libéré avant le déjeuner. M. Meinen passa chez Fabienne et s'entretint avec son père, mais sans lui dire ce qui s'était passé ou avait pu se passer. Personne ne souhaitait voir le père de Fabienne aller chez M. Devaux avec une hache après une soirée passée au bar. M. Meinen lui demanda plutôt si Fabienne pourrait être hébergée par quelques dames de la famille.

« Il a expliqué que l'influence d'une femme plus âgée pourrait m'être profitable », me raconta Fabienne le soir même, sur le chemin du cimetière. Je lui montrai la tombe de Jean, et nous nous allongeâmes à côté de la terre encore fraîche, sur une tombe où était gravé le nom de mes grands-parents. Celui de mon grand-père était en haut, plus grand que celui de sa femme.

« Qu'est-ce que ton père a répondu ?

— Il n'a personne chez qui m'envoyer. Il ne peut pas se permettre de me perdre. Qui leur ferait à manger, à mes frères et lui, si je partais ?

— Est-ce qu'il a demandé pourquoi M. Meinen était venu lui parler ?

— Si quelqu'un lui parle avant qu'il ait posé la main sur son verre, il ne pense qu'au verre. Après... Eh bien, tu sais comme il est, après.

— Mais tu as de la famille ? Une tante, une cousine ? »

Je voulais être sûre qu'elle n'irait nulle part.

« Je dois forcément en avoir quelque part, en cherchant bien, mais qui aurait envie d'une chose pareille ? Je m'occupe très bien de moi toute seule, dit Fabienne. Quoi ? Pourquoi est-ce que tu me regardes comme ça ? Tu espères qu'ils vont m'envoyer quelque part ?

— Non. Mais il faut qu'on trouve un moyen de les en empêcher. Par exemple en faisant venir quelque temps ici une de tes cousines ou tantes. »

Du plat de la main, Fabienne toucha mon visage.

« Quoi ? demandai-je.

— Souvent, je me demande à quoi ressemblent les visages des adultes quand ils racontent n'importe quoi. Maintenant je sais.

— Je ne raconte pas n'importe quoi.

— Tu parles comme une adulte. Ça te fait la peau coriace. »

Je touchai ma joue et sentis sa fraîcheur lisse. « La lettre que je t'ai écrite à Paris, dis-je. Tu l'as lue ?

— Qu'est-ce qu'elle contient que je ne sache déjà ? On se voit tous les jours. »

C'était ce que je redoutais. Je n'avais jamais écrit de lettre avant celle-là. Quand une lettre n'est pas postée, c'est peut-être de la malchance. Écrite pour rappeler l'envoyeur au souvenir du destinataire, elle devrait arriver quand l'envoyeur est loin. Les mots d'une lettre, contrairement à ceux que l'on prononce, ne s'évaporent pas. Or ma lettre n'avait rien fait de tout cela. Fabienne n'avait même pas pris la peine de la lire.

Elle se pencha au-dessus de moi. « Regarde comme tu fronces les sourcils, dit-elle. Je te taquine ! Je l'ai lue, ta lettre.

— Vraiment ?

— Si tu as envie d'y croire. Ou peut-être que le feu de cuisson l'a lue pour moi. Tu ne penses pas que M. Devaux devrait faire du feu son disciple ? Il dévorerait toute la poésie et toute la philosophie qu'il veut enseigner. »

J'étais toute malheureuse. Je ne connaîtrais jamais le véritable sort de ma lettre. « Qu'est-ce que tu penses d'un déménagement ensemble à Paris ?

— Tu crois que c'est possible ?

— Pourquoi pas ? J'ai déjà rencontré quelques personnes là-bas. Je les aime bien. Et j'aime bien Paris. »

Quelque part, une chouette hulula, et Fabienne hulula en retour. Elle était douée pour imiter les oiseaux et les autres animaux. J'étais incapable de reproduire le cri d'un agneau ou d'une vache. Je n'arrivais même pas à faire un aboiement convaincant pour attirer un chien.

« Où est-ce qu'on habiterait ? demanda Fabienne après que la chouette eut de nouveau hululé. Qu'est-ce qu'on ferait, là-bas ? Je crois qu'il n'y a pas de vaches et de chèvres à mener en ville, si ? Qu'est-ce que tu dirais à tes parents ? Que tu es partie vivre de ta plume à Paris ? Et qu'est-ce que je dirais à mon père ? Que je vais travailler à l'usine ?

— Tu pourrais peut-être devenir gardienne de zoo ?

— Combien y a-t-il de zoos à Paris ?

— Je ne sais pas, dis-je. Mais on pourrait se lancer à Paris avec l'argent que nous verse M. Chastain. Pour le reste, on se débrouillera plus tard.

— Tu commences à parler comme moi. Sauf que moi, quand je dis que je me débrouillerai, j'ai une idée en tête. Tu as appris à reprendre mes mots, mais tu ne sais pas comment provoquer les choses pour de vrai. »

LORSQUE M. BAZIN, le photographe, arriva une semaine plus tard, il eut l'air déçu de me voir porter la tenue complète que m'avait achetée Mlle Boverat à Paris. Non, dit-il, ce n'est pas ça qu'on veut. Il me demanda de remettre mon uniforme d'écolière et de lui montrer mon école. Mme Loisel, la directrice, le reçut chaleureusement. Elle considérait comme un grand honneur, lui dit-elle, que son établissement ait produit une enfant écrivain. Depuis quelque temps elle se montrait gentille avec moi, alors que jusqu'à présent je ne l'intéressais guère. Je ne léchais pas les bottes des maîtresses, de même que je ne leur faisais pas d'ennuis. Désormais, je n'étais plus incolore et oubliable. En mon for intérieur, je me délectais de l'attention qu'on m'accordait, même si je gardais toujours les yeux baissés et un sourire modeste aux lèvres.

Dans l'école, M. Bazin me fit poser pour quelques photos : debout près du portail, des livres serrés contre ma poitrine ; assise à mon pupitre, le menton dans les mains ; faisant le cochon pendu sur les barres asymétriques ; marchant dans la cour avec un livre ouvert – mon propre livre. C'était la première fois que j'en voyais un exemplaire mais, avant même que j'aie eu le temps de le regarder de près, M. Bazin me le reprit des mains et m'expliqua que nous retournerions à la ferme pour trouver un décor plus couleur locale.

Le bruit s'était déjà répandu. Une volée de petits gamins s'étaient rassemblés, posant des questions à M. Bazin et le tannant pour qu'il les photographie. Toutes les fois où le fiancé américain de Joline était passé ici, il avait les bras chargés de chewing-gums et de chocolat. M. Bazin dut réclamer l'aide des adultes qui nous observaient ; l'un d'eux alla chercher M. Meinen afin qu'il rétablisse un peu la discipline chez les enfants.

Ma mère prêta à M. Bazin une paire de bottes en caoutchouc pour qu'il puisse marcher dans le fumier et la boue. Elle posa ses souliers en cuir, déjà poussiéreux à force d'avoir arpenté la cour de récréation avec moi, dans un recoin plus propre de la maison. Je troquai mon uniforme d'écolière pour ma tenue de travail, une combinaison gris foncé qui avait appartenu à ma mère, ainsi que des bottes en caoutchouc trop grandes pour moi. Je me sentais moche comme tout. Je demandai à M. Bazin pourquoi je devais me déguiser de la sorte.

« On veut donner à tes lecteurs un aperçu de ton apparence dans la vraie vie, répondit-il.

— Une paysanne ?

— Une paysanne avec un talent immense et un avenir radieux.

— Vous pensez vraiment que j'ai un avenir radieux, monsieur Bazin ?

— Tout dépend de ce que tu feras de ta nouvelle célébrité. Mais oui, ton avenir sera meilleur que celui de tous ces gamins.

— Si je monte à Paris, vous pensez que je pourrai trouver un moyen de gagner ma vie ?

— Mais tu as... Quel âge as-tu ? Quatorze ans, c'est tout, n'est-ce pas ?

— Oui.

— Tu ne crois pas que tu es trop jeune pour envisager d'aller travailler à Paris ?

— Qu'est-ce que je ferai de ma célébrité si je reste ici ? Demain, tous les villageois auront oublié que vous êtes venu pour faire de moi une vedette. Ce qui les intéresse, ce sont les vaches, les chèvres, les betteraves et les choux. Personne ne lira mon livre ici. »

M. Bazin secoua la tête et répondit qu'il n'était pas en état de me donner le moindre conseil professionnel. Il me suggéra de solliciter M. Chastain.

À sa demande, je nourris les poules et leur jetai des poignées de son, le tout en souriant devant l'objectif. Puis je m'assis à même le sol de la grange et retins deux jeunes chèvres, beaucoup plus près de moi qu'elles n'en avaient l'habitude. Mais leurs protestations n'émurent pas M. Bazin, lequel ne cessait de me dire de les serrer plus fort, et de sourire, et de leur parler, et de sourire encore. Je déversai des seaux de nourriture dans les auges, alors même que ce n'était pas encore l'heure du manger pour les cochons. Je sortis un des lapins du clapier et enfouis mon visage dans sa fourrure. Je pompai l'eau du puits. J'accrochai quelques draps sur la corde à linge. J'arrachai les mauvaises herbes du potager et mis les derniers haricots de la saison dans un panier. Je fis plus de choses en deux heures que je n'en faisais habituellement en une journée. Je me sentais idiote.

M. Bazin ayant repéré la bicyclette de mon père, il me demanda si je pouvais l'enfourcher et rouler un peu sur la route. Or mon père m'interdisait formellement de toucher à sa bicyclette. C'était son trésor. Les jours un peu plus tranquilles, il aimait la retourner et en nettoyer toutes les pièces à l'aide d'un chiffon huilé, y compris les rayons des roues, jusqu'à ce qu'elle retrouve tout son lustre, comme neuve.

Je répondis que je ne savais pas monter à vélo. M. Bazin me dit alors de pousser la bicyclette jusqu'à l'arrière de la grange. Il me suivit vaillamment, les pieds dans le fumier boueux. Exactement ce qu'il me fallait, remarqua-t-il en raclant ses souliers crottés sur les roues et les rayons du vélo, qui ressemblait maintenant à une version clochardisée de lui-même. J'espérais que mon père ne serait pas furieux. Peut-être ma nouvelle stature aiderait-elle. Comme ma mère et les autres adultes, il avait montré du respect quand M. Bazin était arrivé.

Obéissant à celui-ci, j'enfourchai le vélo, un pied sur la pédale et l'autre à terre. Je n'étais pas douée pour l'équilibre, si bien que je faillis tomber deux ou trois fois. M. Bazin me rétablit avec une main tout en tenant son appareil dans l'autre. Sa poigne était plus forte que ne me l'avaient fait penser ses mains douces, néanmoins il n'y avait pas la moindre trace de méchanceté chez lui.

Lorsqu'il fut enfin satisfait du résultat, nous remîmes la bicyclette à sa place, près de la maison. J'arrachai quelques feuilles aux branches d'un arbre pour essuyer la boue du mieux possible. M. Bazin me regardait d'un air amusé. Après avoir patienté quelques minutes, il me dit que nous ferions mieux de continuer. « Qu'est-ce que tu peux me montrer encore ? demanda-t-il. Il y a d'autres choses qui symbolisent ta vie quotidienne ici ?

— Vous voulez photographier des vaches ?

— Oui, mais je n'en vois pas.

— On n'en a pas, répondis-je. Mes parents sont bien assez occupés aux champs comme ça. En revanche, j'ai une amie qui a des vaches. On peut aller la chercher. »

La veille au soir, j'avais rappelé à Fabienne que le photographe parisien arriverait le lendemain et j'avais été déçue qu'elle ne demande pas à m'accompagner. « Tu ne veux pas passer le voir tant qu'il est là ? Tu disais qu'on avait besoin de toute l'expérience possible pour écrire des livres.

— Et mes vaches dans tout ça ? Et mes chèvres ? »

Chaque fois que Fabienne ne voulait pas faire quelque chose que je proposais, elle répondait qu'elle était occupée par ses bêtes. Je savais qu'elle se contentait de les mener jusqu'au pré et de s'allonger au bord de la rivière pendant des heures. À quoi pensait-elle en mon absence ? Je m'étonnai moi-même de n'avoir jamais songé à lui poser la question. Jusqu'à présent, ma vie était séparée en deux parties : quand j'étais avec Fabienne et le reste – ce qui se passait alors ne me semblait pas important. Je devais subir l'école et la maison, qui me tenaient éloignée d'elle. Mais sa vie à elle était continue, à moins qu'elle considérât le temps passé avec moi et le temps passé sans moi comme deux entités distinctes, et qu'elle eût à subir, elle aussi, notre séparation. Osais-je l'espérer ? Pas un instant.

« Ce serait une bonne chose que tu le rencontres, non ? lui avais-je demandé. Il pourra peut-être nous aider à trouver un moyen de déménager à Paris.

— Personne ne peut nous aider. Et je n'ai besoin de l'aide de personne pour obtenir ce que je veux. »

Elle se trompait. Quoi qu'elle voulût, j'étais là, et je l'aidais toujours. Mais cela, je ne le dis pas. De même, je ne lui rappelai pas que M. Devaux avait fait bien plus que nous aider : il avait provoqué beaucoup de choses. Après cette fameuse nuit, Fabienne et moi n'avions pas reparlé de lui, et quand nous sortions le soir nous évitions le chemin qui menait jusque chez lui. Mes parents me dirent que M. Meinen n'arrivait pas à savoir si M. Devaux avait commis un délit. En tout état de cause, pour le village il avait fait assez de grabuge comme ça. Il allait bientôt partir, m'expliquèrent mes parents. Où ça ? demandai-je, à quoi ils répondirent qu'ils n'en savaient rien. Lorsque j'en fis part à Fabienne, elle hocha simplement la tête et dit qu'elle l'avait prévu.

« VOUS AVEZ LU le livre ? » demanda Fabienne à M. Bazin lorsque je les présentai l'un à l'autre. Elle était assise sur une pierre et ne se leva pas à notre arrivée. Je me dis que M. Bazin la trouverait peut-être grossière, mais si ce fut le cas il n'en montra rien.

Il répondit qu'il l'avait bel et bien lu et que c'était pour ça qu'il était venu me photographier au village.

« Vous vouliez voir si tout était comme dans le livre ? dit Fabienne.

— Quand les photos seront publiées, elles serviront beaucoup à Agnès.

— Mais pas au livre ?

— Bien sûr que si. Elles donneront un contexte aux histoires.

— Vous l'aimez, ce livre ? »

M. Bazin me jeta un coup d'œil et répondit oui.

Fabienne voulut savoir s'il en possédait un exemplaire ; il lui tendit celui qu'il avait apporté comme accessoire. Quant à moi, je n'en avais reçu aucun, bien que M. Chastain m'eût promis de m'en adresser quelques-uns. Devais-je discuter avec Fabienne pour voir si, à son avis, M. Devaux avait brûlé le colis qu'on m'avait envoyé de Paris ?

Elle étudia attentivement la couverture. « Pourquoi est-ce qu'ils ont mis aussi le nom de M. Devaux sur la couverture ? »

Je regardai par-dessus son épaule. Le titre, *Les Enfants heureux*, et mon nom, Agnès Moreau, étaient encadrés par un rectangle bleu. Au-dessous, en caractères plus petits, ceci : « *Récit recueilli par Maurice Devaux**. » Quand j'avais posé un peu plus tôt avec le livre, je n'avais même pas pensé à regarder de plus près la couverture.

« Sans doute que M. Devaux a joué un rôle important, dit M. Bazin.

— Il se donne plus d'importance qu'il n'en a, rétorqua Fabienne. Tous les hommes font ça. » M. Bazin la regarda, mais sans répondre, et me fit signe de le suivre. Je voyais bien qu'il n'aimait pas Fabienne. Comme la plupart des gens. Au village, les adultes la trouvaient sans manières et violente, et ils évitaient de s'en prendre à elle. Elle avait la réputation de jouer des tours cruels aux poulets ou aux petits enfants, et même à des chiens apparemment capables de se défendre. J'espérais qu'un Parisien la regarderait d'un autre œil. Pourtant, je sentais que dans l'esprit de M. Bazin elle n'était qu'une petite campagnarde insolente, et même pas jolie, qui plus est. Je savais qu'elle se moquait bien de savoir ce que cet homme pensait d'elle, mais je me rendis compte qu'elle avait été sage en ne mettant pas son nom sur la couverture. Elle n'aurait pas été en mesure de faire la moitié de ce que j'avais fait à Paris.

Les vaches étaient indifférentes, et M. Bazin n'eut aucun mal à me photographier à leurs côtés. Lorsque nous revînmes vers Fabienne, il la remercia pour son aide. « Vous pouvez me dire ce que signifie cette préface ? » lui demanda-t-elle. Elle avait lu le livre pendant la séance photo.

« C'est un simple texte de M. Chastain expliquant comment il a découvert Agnès, répondit M. Bazin. Avec l'aide de M. Devaux.

— Oui, c'est ce qui est écrit dedans. Je sais lire. Ce que je veux savoir, c'est si chaque livre comporte une préface qui raconte comment son auteur a été découvert.

— Non. Mais c'est un cas exceptionnel, et naturellement les gens se posent des questions. Non pas que quiconque doute qu'Agnès ait écrit le livre, mais il s'agit d'expliquer comment la participation de M. Devaux ne fait que rendre la situation plus crédible.

— Crédible ? Qu'y a-t-il ici qu'on ne peut pas croire ?

— Quand il arrive une chose extraordinaire, les gens aiment avoir des explications et des certitudes, répondit M. Bazin. Et ton amie Agnès a écrit un livre extraordinaire. »

Je craignais que les questions de Fabienne ne le dérangent. Je me fis la réflexion que les gens que j'avais décidé d'apprécier ne la trouvaient peut-être aucunement appréciable.

« Par exemple, reprit M. Bazin, les gens pourraient se demander comment l'idée d'écrire et de publier un livre a pu venir à une jeune paysanne. Et la préface répond à cette question. C'est M. Devaux qui a vu le potentiel d'Agnès. Ou alors, les gens se demanderont dans quelle mesure l'écriture est due à M. Devaux. Et la préface explique que, s'il a aidé pour la grammaire, les mots et les phrases relèvent de la seule Agnès. Tu comprends que ce sont là de bons outils pour assurer le succès du livre ? »

Fabienne ne répondit pas tout de suite. Elle regarda un moment la préface et me lança : « Tu ne m'avais pas dit qu'ils t'avaient fait passer un test pour voir si tu écrivais bien. »

Je lui pris le livre des mains et elle me montra du doigt la dernière page de la préface. C'était le paragraphe que j'avais écrit pour M. Chastain dans son bureau. Au-dessous, il avait noté que, après s'être personnellement assuré de mon aptitude à écrire, il avait été satisfait ; il était convaincu que ce paragraphe, rédigé en moins de vingt minutes, fournirait aux lecteurs la preuve qu'ils tenaient là un prodige littéraire.

« Oh, dis-je. J'avais oublié de t'en parler.

— Oublié ? »

J'avais peur qu'elle lâche une méchanceté devant M. Bazin. Mais ce dernier s'était éloigné de quelques mètres pour photographier des campanules.

Fabienne se tourna vers lui et demanda s'il pouvait prendre une photo de nous deux.

« Pourquoi ? » demandai-je. Avait-elle changé d'avis ?

« On ne s'est jamais fait tirer le portrait », dit-elle.

M. Bazin nous fit poser contre un tilleul, moi les bras croisés, Fabienne les deux mains sur mes épaules, comme si elle était en train de diriger ma tête vers elle.

LE LIVRE PARUT en octobre. M. Chastain organisa un autre voyage à Paris, afin que je rencontre de nouveau des journalistes. À cette occasion, je m'aperçus que vivre à Paris avec Fabienne ne serait pas aussi simple que je l'avais pensé, du moins tant que nous ne serions pas un peu plus âgées. Je demandai à Mlle Boverat, l'assistante de M. Chastain, comment elle s'était retrouvée à travailler pour la maison d'édition. Sa réponse me découragea, car nous ne disposions d'aucun appui qui aurait pu nous recommander pour un quelconque poste, comme celui que Mlle Boverat avait trouvé en la personne de son oncle.

M. Chastain fut un peu étonné d'apprendre que M. Devaux avait quitté Saint-Rémy. Il n'avait reçu de lui aucune lettre l'informant de son départ.

« Pourquoi avez-vous besoin de lui ? Vous pouvez m'écrire, dis-je.

— La question est de savoir si toi, tu as besoin de lui.

— Besoin de lui pour faire d'autres livres ? Non, pas du tout.

— Le livre dont tu parlais quand nous t'avons rencontrée cet été, tu l'as terminé ?

— Oui.

— Tu l'as écrit toute seule ? M. Devaux l'a lu ? »

Je réfléchis avant de répondre. « Il en a lu des bouts, mais pas le livre en entier », dis-je, ce qui n'était pas tout à fait un mensonge. Fabienne n'avait toujours pas trouvé la fin.

« Et il t'a parlé des bouts qu'il a lus ? Donné son avis ?

— Il a dit que je m'améliorais.

— Et ?

— Rien de plus. Voyez-vous, monsieur Chastain, le livre parle d'un receveur des postes de village. »

Je sentis que sa curiosité était piquée. Je promis de lui envoyer le texte aussitôt que je l'aurais recopié au propre.

« M. Devaux nous a aidés pour d'autres choses. On aimerait quand même avoir un adulte pour te chaperonner et te conseiller avant toute décision professionnelle. Qui d'autre pourrait t'aider dans ce domaine ? Tu as une idée ? Tes parents, par exemple ? » Il dit cela uniquement par gentillesse, pensai-je. Il avait rencontré mes parents. Je le soupçonnais de ne pas les considérer si utiles que ça.

« Est-ce que M. Bazin peut me chaperonner ?

— Le photographe, tu veux dire ? Oh, non, certainement pas !

— À quel âge est-ce que je pourrai m'occuper moi-même de mes affaires ? demandai-je.

— On en reparlera. On n'est pas obligés de prendre une décision tout de suite. »

De retour chez moi, je racontai à Fabienne que M. Chastain avait hâte de voir notre prochain livre. À vrai dire, je ne savais pas si cette histoire d'amour entre le jeune postier et la sœur de son meilleur ami était intéressante, mais Fabienne semblait convaincue par ce que nous avions écrit.

« À ton avis, quand est-ce qu'on arrêtera d'écrire des livres ? lui demandai-je.

— La semaine prochaine. Une dernière chose à régler, et le livre sera terminé.

— Ce que je veux dire, c'est est-ce que ce sera bon ? Après ce livre-là, on n'en écrira pas d'autre, n'est-ce pas ?

— Pourquoi ? Tu ne veux pas ?

— Je ne vois pas en quoi cela va nous aider à nous installer à Paris, dis-je.

— Évidemment que tu ne vois pas.

— Mais toi, tu vois ?

— Voilà ce que je sais : si on arrête d'écrire maintenant, on n'ira jamais à Paris. Tu comprends, c'est comme un jeu. On ne sait pas quand le jeu sera terminé, mais puisqu'on a commencé et qu'on n'en a pas d'autre pour le moment, autant continuer. »

Jamais nous n'avions joué aussi longtemps. En temps normal, c'était Fabienne qui perdait patience.

L'argent des *Enfants heureux* – ma moitié après que M. Devaux eut partagé la somme entre Fabienne et moi –, je l'avais donné à mes parents. Ils étaient contents, je le voyais bien, mais cette joie ne suffit pas à changer les choses. Certaines personnes, en vieillissant, devenaient exubérantes et ronchonnes. Mes parents, que la mort de Jean avait fait vieillir du jour au lendemain, avaient l'air ratatinés, plus éteints et ralentis dans tout ce qu'ils faisaient.

À l'école, les institutrices semblaient me respecter un peu plus. Quelques filles m'avaient interrogée sur mon livre et mes voyages à Paris. Une autre que moi aurait profité de l'occasion pour se faire des amies et s'assurer une position plus enviable dans la petite société de l'école. Mais je ne voyais pas l'intérêt de changer quoi que ce soit. Geneviève, toujours loyale alors que je me montrais modérément amicale avec elle, m'apprit qu'aux yeux de certaines filles j'étais devenue arrogante et distante, maintenant que j'étais écrivain.

UNE SEMAINE PLUS TARD, je reçus une lettre de M. Chastain. *Les Enfants heureux* allait être traduit en anglais, puis publié en Grande-Bretagne et aux États-Unis au printemps suivant.

« Tu penses que ça va nous aider ? demandai-je à Fabienne.

— Tout est bon à prendre, répondit-elle.

— Peut-être qu'un jour on ira en Amérique.

— Pour quoi faire ?

— On pourra trouver du travail, là-bas. Et vivre ensemble.

— Rien que toi et moi ?

— Oui, dis-je. On n'a besoin de personne d'autre, si ? »

Fabienne me regarda bizarrement. Ce n'était pas un de ses regards habituels, taquins, méprisants ou faussement affectueux. Je connaissais chacune de ses expressions comme elle connaissait chacune de mes pensées. Cette fois, ses yeux trahissaient autre chose. De l'inquiétude. De l'incrédulité. De l'hostilité, même.

« Je suis sérieuse, repris-je. Je ne pense pas qu'on veuille des maris ou des enfants, si ?

— Tu peux toujours rêver. »

Je secouai la tête. Je lui dis que c'était elle qui avait inventé le jeu de l'écriture du livre, et que je ne faisais que la suivre, et que je ferais ce qu'elle voudrait.

« Je ne parle pas de ça, répondit-elle. Tu penses qu'il y a une raison à tout et que tout ce qu'on fait changera les choses plus tard. Et tu penses que tout ce qui arrive aujourd'hui débouchera sur quelque chose de bon à l'avenir.

— C'est ça que je pense ? »

Souvent, j'avais besoin qu'elle me dise ce que je pensais.

« La plupart des gens pensent comme ça », dit-elle. L'absence de malveillance dans ses propos était inhabituelle. Fabienne ne tombait jamais malade. Elle se sentait rarement fatiguée. Pourtant quelque chose dans sa voix m'évoquait une personne fatiguée ou malade.

« Je suis comme la plupart des gens ?

— Il n'y a rien de mal à ça. Mais moi, je n'agis jamais avec des intentions grandioses en tête.

— Comment, alors ? »

Elle me regarda comme elle aurait regardé un oiseau blessé juste avant de lui briser le cou. De toute ma vie, personne ne m'a regardée avec une pitié aussi tendre. « Je crois que tu ne comprends pas.

— Explique-moi, alors, l'implorai-je. Qu'est-ce que je ne comprends pas ?

— Ton problème, c'est que tu ne penses pas beaucoup et que tu ne ressens pas grand-chose. Donc tu es facilement amusée et comblée.

— Je ne pense pas beaucoup parce que tu le fais à ma place.

— Exactement. Et ça ne me dérange pas de penser pour deux. Mais toi, qu'est-ce que tu peux faire pour moi ? »

N'ai-je pas fait tout ce que tu m'as demandé de faire ? pensai-je. Elle tira alors de sa poche un couteau pliant. « Ferme les yeux », dit-elle. Je m'exécutai. Je la sentis prendre mon bras gauche et retrousser la manche jusqu'au coude. « Ne regarde pas », dit-elle.

Un objet pointu titilla mon avant-bras. Avant même que j'émette un son, Fabienne m'intima de me taire. Je me demandai si elle n'avait pas l'intention de me trancher la veine. « Qu'est-ce que tu sens ? dit-elle.

— Un couteau. »

Elle appuya un peu plus la pointe du couteau et la fit courir le long de mon bras. « Et là ? Ça te fait mal ?

— Un peu. »

Elle lâcha mon bras et me dit de garder les yeux fermés. « Qu'est-ce que tu ressens, maintenant ?

— Rien. »

Elle me demanda de rouvrir les yeux. À côté de mon bras intact il y avait le sien, marqué jusqu'au poignet d'une entaille rouge et étrangement nette dont s'échappaient des gouttes de sang.

« Tu ne ressens rien, n'est-ce pas ? demanda-t-elle. Je peux penser pour nous deux, oui, mais est-ce que tu peux faire le reste ? Ressentir pour nous deux ? Non, ça... »

Elle passa son pouce sur l'entaille, puis rabaissa sa manche. « Ça prouve que tu ne peux pas ressentir pour nous. »

Si elle me lacérait le bras, elle ne ressentirait pas non plus ma douleur. Mais je ne le dis pas.

Fabienne replia le couteau et le rangea dans sa poche. Sur un ton différent, comme s'il ne s'était rien passé d'inhabituel, elle m'annonça qu'elle avait trouvé la fin de l'histoire d'amour.

Au vu de ce que nous avions écrit jusqu'à présent, j'étais sûre que le postier finirait par conquérir le cœur de son amoureuse. Or non, ce n'était pas ce que Fabienne avait en tête. La jeune fille rejetait le jeune homme et lui disait qu'elle n'avait jamais rien ressenti pour lui. Mais ce n'est pas possible, disait-il ; il pensait qu'il se passait quelque chose d'unique entre eux. La fille répondait qu'il se passait toujours quelque chose entre deux êtres. Mais dans leur cas, expliquait elle, tout était dû à sa sœur à lui. Comment ça ? demandait-il. Pose donc la question à ta sœur, disait-elle.

Quand le postier allait voir sa sœur, elle lui expliquait qu'un homme devrait avoir le cœur brisé en mille morceaux, mais une seule fois. Elle était d'avis qu'il valait mieux qu'il ait le cœur brisé par quelqu'un en qui elle avait confiance. Dès lors, disait-elle, il pourrait briser tous les cœurs du monde. C'était tout ce qu'elle et sa meilleure amie pouvaient faire pour lui.

« Quelle fin bizarre, dis-je.

— Bizarre uniquement parce que la plupart des gens veulent les voir tomber amoureux. Il faut bien qu'on garde à l'esprit de ne jamais donner aux gens ce qu'ils veulent.

— Ça veut dire aussi que je ne devrais pas te donner ce que tu veux et réciproquement ? »

Elle fit un geste, comme si elle allait m'asséner une claque sur l'oreille. « Tu es une parfaite imbécile. On est différentes, bien sûr. Toi et moi, on est comme...

— Des jumelles ? dis-je lorsqu'elle ne termina pas sa phrase. Une seule et même personne ?

— Non. Toi et moi, on est comme le jour et la nuit.

— C'est-à-dire ?

— Est-ce qu'il existe une heure qui n'est ni le jour ni la nuit ? Non. Donc tu vois, toi et moi, à nous deux on couvre l'ensemble du temps. Tout est à nous. »

IL SE PRODUISIT une chose étrange avant même la parution des *Enfants heureux* en Angleterre. Une certaine Mme Townsend écrivit de Londres pour me dire qu'elle admirait mon travail et proposer de me rendre visite au début du mois de décembre. Le courrier avait été adressé à M. Chastain, lequel me l'avait réexpédié, accompagné d'une lettre de lui. Il m'y expliquait que Mme Townsend l'avait contacté lors de la publication du texte en France et qu'elle l'avait par la suite rencontré à Paris. Ils avaient évoqué mon avenir, m'écrivit-il, et à ce propos Mme Townsend avait fait une proposition ingénieuse. N'étant pas en position de dévoiler son projet ou de décider à ma place, il la laissait régler les détails avec ma famille. Néanmoins, poursuivait-il, il soutenait à fond cette initiative. À la fin de sa missive, il me demandait si j'avais terminé d'écrire le roman que j'avais promis de lui envoyer.

« Tu ne le lui as pas envoyé ? s'exclama Fabienne après avoir lu les deux lettres. Je croyais que tu l'avais fait hier. »

De ma plus belle écriture, j'avais fini de recopier le livre, auquel Fabienne avait donné le curieux titre de : *Le Cœur dans la poste*. Je ne comprenais pas. À quel cœur pensait-elle ? À celui du jeune facteur ou à celui d'une des deux filles ? Fabienne m'avait dit d'aller poster le livre, puis s'était mise à parler de ce que nous écririons par la suite. Mais j'avais trouvé des prétextes pour ne pas aller au bureau de poste la veille. Le nouveau receveur, plus jeune que M. Devaux (mais ni aussi jeune ni aussi beau que celui que nous avions inventé dans notre livre), était plutôt sympathique, mais la seule perspective d'aller à la poste m'épuisait. J'allais devoir engager la conversation avec lui. Même sans m'assaillir de questions, il jetterait un coup d'œil à l'adresse et en un rien de temps les villageois connaîtraient le contenu du colis. Si écrire ce livre était un jeu, je préférais qu'il reste entre Fabienne et moi. Malgré tout, comme un jeu de cour de récréation, tôt ou tard les autres décréteraient qu'ils pouvaient y participer.

«Je le ferai aujourd'hui, dis-je. Je répondrai à la lettre de M. Chastain, aussi.

— Pourquoi ? Tu as l'air bizarre. Qu'est-ce que tu as ?

— Quand est-ce que ça va s'arrêter ?

— Ne t'inquiète pas. On ne va pas faire ça éternellement. Mais au moins pendant quelque temps. On n'a rien trouvé de mieux, si ?»

SANS ÊTRE GRANDE, Mme Townsend donnait l'impression de dominer tous ceux qu'elle rencontrait. En voyant ses cheveux permanentés, raides et gris acier, je me demandai comment elle pouvait dormir à son aise sans se faire mal au cou. Son tailleur sur mesure et ses talons sévères n'auraient pas détonné à Paris. Mais ici, à Saint-Rémy, ils la faisaient ressembler à ces dames de cour qu'on découvrait dans nos livres d'histoire – la seule raison pour laquelle on les prend au sérieux est qu'elles se donnent des airs impeccables de ce genre. Elle portait un collier de perles, et plus tard, la connaissant mieux, je me suis souvent dit que ces perles, avec leur couleur douce, paraissaient dures et froides sur elle. Tout lui donnait une apparence dure et froide. Mme Townsend était de ces femmes dont on sent qu'il faut gagner leur estime, bien qu'on ne sache pas pourquoi. Elle n'était pas bienveillante, mais juste. Comme Dieu, peut-être.

Elle arriva en début d'après-midi, et je n'en fus informée qu'à la fin de la journée, lorsque l'institutrice m'annonça que ma mère était passée et avait demandé que je rentre aussitôt la classe terminée. Mme Townsend avait déjà convaincu mes parents d'accepter son offre. J'irais en Angleterre, dans son école, qui était, à l'en croire, un établissement très fermé voué à l'éducation des plus beaux jeunes esprits féminins venus des quatre coins de la planète. À la seule condition que je reste sous sa stricte supervision pendant toute une année, sans possibilité de rentrer chez moi. Cela, expliqua Mme Townsend, afin de s'assurer que je profiterais au mieux de son établissement. « Tu seras notre plus jeune élève », me dit-elle, avant de préciser que la plupart des filles passaient une année là-bas avant d'entrer dans le monde. « Mais ce sera pour ton bien, puisque tu auras les plus grandes pour modèles. Je m'attends naturellement à ce que tu sois à la traîne dans toutes les matières sauf en français, ce qui justifie d'autant plus que tu sois placée en de bonnes mains le plus tôt possible. »

Nous étions assis à la table du dîner, moi d'un côté, mes parents et Mme Townsend de l'autre. Quand elle parlait, mon père donnait l'impression d'étudier le bois de la table, cependant il hochait la tête dès qu'il le fallait. Ma mère, elle, semblait regarder dans le vide.

« Mais on n'a pas les moyens, dis-je en voyant que mes parents ne protestaient pas.

— Ça, répondit Mme Townsend, ce ne sera pas ton problème. »

Elle expliqua alors que, comme elle l'avait dit à mes parents, elle m'avait trouvé quelques bienfaiteurs.

« Mais pourquoi ?

— Pourquoi les bienfaiteurs investissent-ils dans ton éducation ? Parce que tu t'es révélée être une jeune fille exceptionnelle. »

Prononcée de cette voix sévère, la louange ressemblait davantage à une accusation. Je n'avais rien à dire pour ma défense. « Quand voulez-vous que j'aille dans votre école ? demandai-je.

— Tout de suite après le Nouvel An. J'imagine que tu ne vois aucune raison de t'attarder ici, Agnès. Tu es bien placée pour savoir ce qu'il faut faire quand les occasions se présentent. »

Elle avait le soutien plein et entier de mon éditeur parisien, poursuivit-elle, ajoutant que M. Chastain et elle avaient évoqué le fait que j'aurais besoin de la supervision d'un adulte pour ce qui touchait ma carrière professionnelle. « J'ai cru comprendre que M. Devaux n'était plus disponible. Bien entendu, j'ai proposé mes services à M. Chastain, qui a reconnu que je te serais utile à bien des égards. Ma foi, tu n'as pas l'air convaincue.

— Vous voulez dire que j'irai à l'école en janvier?

— Aucune raison d'attendre plus longtemps, si?»

Mme Townsend me dit qu'elle organiserait mon voyage jusqu'à Paris, où elle me retrouverait, et que de là nous partirions pour Londres. «Tu n'as pas besoin d'emporter beaucoup d'affaires. Une fois arrivées à Londres, la première chose que nous ferons sera de faire les boutiques pour toi et...» Elle regarda mes cheveux. «Nous ferons un tour chez le coiffeur avant d'aller à Woodsway.»

Bientôt, je ne me ressemblerais plus du tout, pensai-je.

«Tu me remercieras plus tard, reprit Mme Townsend. Je ne suis pas sûre que tu mesures bien ta chance.»

« ET SI JE NE VEUX PAS aller en Angleterre ? demandai-je à Fabienne le soir même.

— Dans ce cas, tout le monde te prendra pour une idiote. »

Mais qu'en avais-je à faire de ce que pensaient les autres ? Il n'y avait qu'une personne dont l'opinion comptât pour moi, et je ne dissimulais jamais mon idiotie devant Fabienne. « Je ne vois pas pourquoi je devrais partir, dis-je. Je ne parle même pas l'anglais.

— Bien sûr que si. *Hello. How are you ? By god, you're lovely. Smoke gets into your eyes, babe.* »

C'étaient quelques-unes des phrases dont nous nous souvenions grâce au petit ami de Joline.

« *Gimme une Lucky Strike !*

— *Gimme a Lucky Strike !* me corrigea Fabienne. Si tu veux aller en Amérique, il va falloir que tu apprennes l'anglais.

— On pourrait d'abord aller en Amérique et apprendre l'anglais là-bas.

— Mais pourquoi pas maintenant ? Je ne vois pas ce qu'il y a de si terrible à aller dans cette école anglaise.

— Je n'aurai pas le droit de revenir, même pour une visite, dis-je.

— Peut-être que cette femme n'a pas envie de dépenser plus d'argent pour tes voyages. »

Je réfléchis quelques instants. « Je sais ! Je vais demander des sous à mes parents. Ils devraient accepter, je leur ai donné tout l'argent du livre. »

Fabienne fit non de la tête. « Elle a peut-être d'autres raisons.

— Par exemple ?

— Qu'est-ce que j'en sais, moi ? Allez, on rentre. J'ai froid. »

Pourtant, il ne faisait pas si froid et il n'était pas si tard. Le ciel noir sans lune et le vent dans les branches nues avaient toujours été nos amis. Je rattrapai Fabienne, mais en restant un peu derrière elle car j'avais peur de voir son visage.

« Tu sais très bien que je n'ai pas envie d'y aller », dis-je d'une voix suppliante. Si je pouvais la convaincre de se ranger à mon avis, je trouverais le courage de dire non à Mme Townsend.

« Tu dois y aller, répondit-elle.

— Tu veux que j'aille là-bas ? »

Elle s'arrêta de marcher, retira un de ses souliers et en frappa un tronc d'arbre. Était-elle gênée par un caillou ? Elle ne disait rien.

« J'irai si tu veux que j'y aille, repris-je. Mais tu dois savoir que si j'y vais, je le fais pour nous deux.

— Comment ça ? Qu'est-ce que je gagnerais à ce que tu ailles dans une école anglaise ?

— Dans ce cas, je vais écrire à Mme Townsend pour lui annoncer que j'ai changé d'avis.

— Oh, arrête de faire l'idiote, dit Fabienne. Qu'est-ce que je gagnerais à ce que tu n'ailles *pas* en Angleterre ? »

Je ne savais pas quoi répondre.

« Tu écriras un livre quand tu seras dans cette école ?

— Toute seule ? »

J'avais très envie de lui retirer sa vieille écharpe et de la fouler aux pieds. « Tout est ta faute. Regarde un peu dans quel pétrin tu m'as mise.

— Un pétrin amusant, dit Fabienne. C'est ce qu'on sait faire de mieux, toi et moi, pas vrai ?

— C'est ce que tu sais faire de mieux. »

La situation n'était pas du tout amusante pour moi, me dis-je. M. Devaux, qui avait dû fuir, ne devait pas penser qu'il se trouvait dans un pétrin amusant. Même ses pigeons, qui avaient toujours vécu dans ce village, devaient apprendre à se créer un nouveau foyer. J'avais toujours su que Fabienne aimait tout transformer en un jeu, mais j'avais seulement voulu être près d'elle, la regarder et l'encourager.

« Ne sois pas si morose, dit-elle en prenant ma tête entre ses mains. Ce sera forcément une grande aventure. »

Toute seule ? Sans Fabienne, rien de bon n'était possible. Mais au moment de le lui dire, je ressentis comme une gêne. Je n'étais pas totalement honnête.

« On pourra s'écrire, dit-elle. Ce sera comme si c'était à nous de mettre notre cœur dans la poste. »

Je souris. C'était sa première phrase réconfortante de la soirée.

« D'ailleurs, tu devras tout me raconter une fois que tu seras là-bas. On pourra en faire notre prochain livre.

— Et tu promets de m'écrire ? »

D'un geste, Fabienne m'intima le silence. Elle faisait souvent ça quand elle voulait me faire comprendre qu'elle mijotait quelque chose. « Je t'écrirai, répondit-elle au bout d'un moment. Mais tu recevras aussi des lettres de Jacques.

— Qui est Jacques ?

— Ton petit ami. »

Je dus avoir l'air plus bête que jamais, car elle éclata d'un rire sec. « Oh, Agnès, sers-toi de ta cervelle. Jacques, ce sera moi.

— Mais tu m'écriras quand même en tant que Fabienne ?

— En tant que Fabienne et en tant que Jacques.

— Pourquoi veux-tu m'écrire sous deux identités ?

— Deux identités valent toujours mieux qu'une, répondit-elle. C'est plus intéressant. Fabienne et Jacques t'écriront tous les deux, à propos de choses différentes. »

J'imaginai ce dont Fabienne me parlerait dans ses lettres. Je connaissais bien le village, ses habitants, ses animaux. Comment parviendrait-elle à tenir deux correspondances alors qu'il ne se passait jamais rien ici ? « Comment est-ce que j'écrirai à deux personnes si elles sont toutes les deux toi ?

— Tu trouveras une solution. Ne me regarde pas comme si je te demandais de te jeter dans le feu. Ce ne sera pas si difficile que ça.

— Mais… »

J'hésitai. « Tu vas me manquer.

— Il y en a pour une année seulement. Ce sera comme, pouf, une nuit de sommeil.

— Oui », dis-je bravement, ne voulant pas qu'elle voie ma déception. Je savais bien que je n'allais pas lui manquer. N'empêche, est-ce qu'elle n'aurait pas pu mentir, rien qu'une fois ? Me dire quelques mots tendres et aimants ? Ça aurait été gentil, non ?

Mon cher Jacques,*

Je t'écris de Paris. Dès mon arrivée à la gare d'Austerlitz, j'ai commencé à imaginer qu'un jour tu ferais le même voyage et que tu verrais les immeubles gris aux fenêtres hautes, les tours noircies par la fumée et le plafond de verre de la gare. En pensant à ton voyage, je me suis sentie moins seule.

Mme Townsend n'est pas venue en personne me chercher à la gare, elle a envoyé quelqu'un de l'hôtel. Je séjourne dans une chambre voisine de la sienne, séparée par une porte qu'elle m'a demandé de ne pas fermer à clé. Nous resterons deux jours à Paris, puis nous partirons pour Londres. Garde-moi dans ton cœur, je t'en supplie. Je t'écrirai de nouveau une fois que je serai installée à l'école.

Agnès

J'écrivis cette courte lettre avant de partir pour Londres. J'avais peur d'en dire trop, car elle était adressée à Jacques et non à Fabienne. Je voulais voir si cela faisait une différence pour moi d'écrire à Jacques, que je n'avais pas rencontré mais qui avait commencé à prendre forme dans mon cerveau à bord du train vers Paris. Je n'avais jamais trop réfléchi à quelqu'un d'autre qu'à Fabienne, et un petit ami, même fictif, me semblait un intrus. D'un autre côté, me dis-je, Jacques se ferait une plus haute idée de moi que Fabienne. Il ne me traiterait jamais d'imbécile, et il serait un peu plus disposé à m'écouter. Il pourrait même m'aimer.

Et le plus beau, naturellement, c'était qu'il était en réalité Fabienne.

Peut-être me serait-il plus facile de lui dire certaines choses que je n'avais jamais dites à Fabienne. Peut-être aurait-elle la même impression et me dirait-elle des choses qu'elle ne me dirait jamais en tant que Fabienne.

Il me tardait de recevoir une lettre de Jacques, mais cela n'arriverait pas avant mon arrivée à l'école. Fabienne et Jacques n'avaient pas d'autre adresse où m'écrire. Pour la première fois, j'avais hâte d'être en Angleterre, et dans cette école.

Je demandai au réceptionniste de l'hôtel de bien vouloir poster la lettre pour moi. Sur l'enveloppe, j'avais dû inscrire le nom de Fabienne. Quel était le nom de famille de Jacques ? Fabienne ne me l'avait pas dit, et je n'avais pas pensé à le lui demander. Le réceptionniste, un homme qui avait des rouflaquettes et une voix douce, deux choses que je trouvais fascinantes, me montra un journal vieux de quelques jours. J'y découvris une photo de moi fixant l'objectif et, derrière, la rue floue. *Mademoiselle** est une célébrité, me dit-il. Je dus me forcer à ne pas rire, mais à sourire. Plus tard, il me téléphona dans ma chambre pour m'annoncer que le directeur de l'hôtel se demandait si je voyais un inconvénient à signer un exemplaire de mon livre, afin que l'établissement puisse le mettre en valeur.

Quel curieux monde. Des gens qui ne me connaissaient pas n'avaient aucun mal à m'aimer.

LE LENDEMAIN, Mme Townsend me déposa au bureau de M. Chastain et dit qu'elle passerait me chercher un peu plus tard. Je ne savais pas si c'était parce qu'elle était étrangère ou parce que je la connaissais mal, mais lorsque je vis M. Chastain et Mlle Boverat, son assistante, j'eus l'impression de respirer plus facilement.

M. Chastain me tendit un paquet épais. « Ton courrier des lecteurs », dit-il.

Devais-je ouvrir le paquet ? Des gens écrivant des lettres à une personne qu'ils n'avaient jamais rencontrée - voilà qui était nouveau pour moi.

« Évidemment, tu n'es pas obligée de leur répondre, ajouta-t-il. D'ailleurs, je te conseille de n'écrire à aucun d'entre eux.

— Ils n'attendent pas une réponse, quand même ?

— Ils peuvent toujours. En revanche, il ne faut pas que les gens pensent avoir accès à toi facilement.

— Est-ce que je dois les lire ?

— Tu peux en lire quelques-unes, mais pas forcément toutes. Si tu es d'accord, en guise de réponse, nous enverrons de ta part une carte disant que tu vas passer un an en Angleterre, pour parfaire ton éducation, et leur demandant de respecter ta vie privée et ton temps précieux. »

Je n'en revenais pas. Les paroles de M. Chastain faisaient de moi une personne importante. « Très bien », dis-je. Je posai le paquet sur mes genoux. J'emporterais les lettres à l'hôtel et je les lirais avant de me coucher.

M. Chastain me regarda de plus près. « Tu n'as pas l'air trop enthousiasmée par l'Angleterre.

— Est-ce que vous savez que j'y resterai longtemps sans voir ma famille ?

— Oui. Et je suis d'accord avec Mme Townsend quand elle dit que c'est pour ton bien.

— Ah. »

Je me demandai si Mlle Boverat m'adresserait quelques mots de réconfort.

M. Chastain désigna une liasse de feuillets au centre de son bureau. « Tiens, dit-il, c'est ton prochain livre, entièrement tapé à la machine. On a remarqué un changement dans celui-là. Il est un peu différent des *Enfants heureux*, tu ne trouves pas ? »

J'étudiai son visage, partagée entre l'espoir qu'il me dise que le livre ne valait rien et la crainte que ce fût vraiment le cas.

« C'est un bon changement, reprit M. Chastain. En tout cas c'est notre avis. Espérons que les critiques et les lecteurs le partageront. Il est moins morbide que le précédent, ce qui est une évolution naturelle de ton intellect, pourrait-on dire. Pourtant, il a ta patte. Les personnages ne pourraient être que les tiens.

— Donc vous allez le publier ?

— Mais oui, bien sûr, ça ne fait aucun doute. D'un autre côté, si tu me permets, Agnès, il va de soi que ce livre doit être le dernier à avoir pour cadre ton village. Les lecteurs en auront assez appris sur l'endroit, et y retourner une énième fois n'apportera pas grand-chose. Ce déménagement en Angleterre est une bonne décision. Une petite paysanne française qui va dans une école d'étiquette anglaise en tant qu'enfant prodige. Ça ferait une bonne histoire, à la fois d'actualité et pleine de potentiel.

— Qu'est-ce que c'est, une école d'étiquette ?

— J'imagine que Mme Townsend te donnera une explication plus complète une fois que tu seras sur place. Tu ne seras pas une élève comme les autres là-bas, bien sûr, mais ce sera d'autant plus intéressant pour toi et tes lecteurs.

— Vous voulez dire que je dois écrire un livre sur ma scolarité en Angleterre ?

— Rien ne presse, dit M. Chastain. Et rien ne t'y oblige. Avec Mme Townsend, nous sommes d'accord, nous allons atténuer la publicité à laquelle tu seras exposée dans son école. Le but est de trouver un équilibre. N'aie crainte, nous n'allons pas te cacher dans la campagne anglaise. Nous voulons appâter les lecteurs avec quelques aperçus alléchants de ta vie là-bas. »

J'acquiesçai comme si je comprenais ce qu'il entendait par là.

« Mme Townsend est convaincue que tu as besoin d'un apprentissage en bonne et due forme pour être mieux préparée à la prochaine étape de ta carrière. Et elle t'en a peut-être parlé, mais elle comme moi avons le sentiment qu'il te faut quelqu'un de capable pour remplacer M. Devaux, dont les services ne sont plus disponibles. Penses-tu que Mme Townsend et moi pouvons t'aider sur ce point ? »

Je répondis que oui. Fabienne aurait fait de même. Elle n'était jamais très intéressée par ces discussions professionnelles, aussi ne voyais-je pas pourquoi je devais m'embêter davantage.

« Parfait, dit M. Chastain. Et... Est-ce que je peux te donner un conseil ? Quand tu seras dans l'école de Mme Townsend, tiens un journal détaillé. Tout ce que tu y noteras sera intéressant et pourra servir plus tard. Tu vois ce que je veux dire, Agnès ? »

«*AU REVOIR**, Paris», dit Mme Townsend au moment où le train quittait la gare du Nord. Elle me demanda si je voulais faire mes adieux à la ville. Paris ne m'appartenait pas et, en voyant la capitale par la vitre du train qui partait en marche arrière, je ne ressentis ni joie ni tristesse. Mais puisque Mme Townsend ne détachait pas de moi ses yeux scrutateurs, je plaquai ma paume contre la fenêtre, comme si ma main était trop lourde pour un au revoir.

À bord du bateau en partance de Calais, Mme Townsend dit: «*Au revoir**, la France.» Je m'agrippai à deux mains au bastingage et posai mon menton dessus. C'était la première fois que je montais dans un bateau. La mer qui s'étendait entre la terre ferme et moi, de remous en remous, me donnait la nausée. Trois jours auparavant j'étais à Saint-Rémy, à nourrir les poulets et les cochons, à dormir sur un matelas de fortune à même la terre battue. À Paris, j'étais la jeune paysanne qui avait écrit un livre et dormi dans un lit d'hôtel aux draps plus doux que ma propre peau. Que serais-je en Angleterre?

Ta célébrité nous a devancées outre-Manche, m'avait dit Mme Townsend au petit déjeuner, juste avant notre départ, en me montrant un journal anglais. Je n'avais déchiffré que mon nom, à côté de ma photo, et Saint-Rémy. Sur la photo, je tenais un chevreau récalcitrant dans les bras.

Le jour où je serai autorisée à rentrer chez moi, me dis-je, le chevreau sera peut-être déjà assez vieux pour avoir ses propres petits.

« Est-ce que M. Chastain t'a préparé une revue de presse ? » demanda Mme Townsend.

Je la regardai d'un air ahuri.

« Je lui en toucherai un mot. J'ai gardé certaines coupures de journaux mais il y en a peut-être d'autres. »

J'apprendrai plus tard que Mme Townsend était une bonne archiviste. De sa propre vie et de la mienne, tout le temps qu'aura duré sa tutelle sur moi. Les gens comme elle, obsédés par le désir de rendre compte en détail de leur vie, sont pareils aux artistes qui créent des illusions d'optique. Une année reste une année n'importe où, un jour reste un jour pour n'importe qui, et cependant, grâce à quelques artifices, ces archivistes font croire qu'ils remplissent leurs journées d'une substance précieuse, enviable, éternelle, qui n'est pas donnée à tout le monde.

LE SOIR TOMBAIT plus tôt à Londres qu'à Saint-Rémy. Lorsque Mme Townsend et moi ressortîmes du grand magasin, toutes les rues étaient éclairées et les gens pressaient le pas comme s'ils avaient hâte de quitter ce monde sombre et humide. Un portier nous héla un taxi, puis disposa habilement les paquets et les boîtes à nos pieds. Hormis une paire de gants en daim destinée à Mme Townsend, tout était pour moi : robes, jaquettes, jupes, bas, souliers, chapeaux, gants, chemises de nuit, une brosse à cheveux avec un bouquet de pivoines peint au dos, une boîte bleu ciel contenant une brosse à dents de la même couleur. Il y avait même une robe du soir, d'un blanc merveilleux. En l'essayant, j'avais eu l'impression d'entrer dans un nuage. En juin, l'école organiserait son bal d'été, m'annonça Mme Townsend en regardant la vendeuse ajuster les épaules de la robe. Elles discutèrent en anglais, puis Mme Townsend me dit, en français, qu'elles avaient décidé que le centimètre de trop ne serait pas un problème, puisque je grandissais.

Je sentis que je devais exprimer ma gratitude ou mon enthousiasme, mais je ne trouvai pas les mots justes. Au moment de nous installer dans le taxi, je me dis une fois de plus qu'il me fallait la remercier. Toujours rien. Je touchai la barrette en forme de libellule qui était dans ma poche. Elle m'accompagnait depuis mon départ; je caressais son corps lisse et mince dès que je le pouvais. J'étais rassurée à l'idée que Fabienne possédait sa sœur jumelle, même si je savais qu'elle ne l'emportait pas partout, comme moi.

Dans le taxi, je regardai les lampadaires à travers la pluie. Je n'avais jamais vu de gouttes s'étirer sur une vitre depuis l'intérieur d'une voiture. Lorsque celle-ci s'élança, les traînées d'eau changèrent de sens. Dans mon village, la pluie n'était que la pluie. Dans cette nouvelle vie, les gouttes, les lampadaires et les silhouettes noires des arbres nus semblaient tous avoir quelque chose à me dire, mais s'ils devaient parler, ce serait en anglais, langue qui m'était toujours étrangère. Je regrettai de ne pas avoir écouté la pluie me parler en français quand j'étais chez moi.

« À quoi penses-tu ? demanda Mme Townsend.

— À rien. Vraiment.

— Londres en janvier n'est pas l'endroit le plus gai du monde, dit-elle. Mais nous reviendrons bientôt. Je t'assure, au printemps, tu tomberas amoureuse de cette ville. »

Je hochai la tête.

« Sache néanmoins que ta loyauté va d'abord à Woodsway, dit-elle. À mon avis, tu aimeras cette école comme tu n'as jamais aimé aucun autre endroit. »

Mme Townsend menait souvent la discussion sans avoir besoin que je lui réponde. Malgré tout, je n'osais pas laisser mon attention s'égarer une seule seconde. À Paris, en guise de cadeau de départ, M. Chastain m'avait offert un épais cahier relié de cuir. Note tout, m'avait-il dit plusieurs fois, même si je savais déjà que toute ma vie ne se retrouverait pas dans ce livre. Certains propos de Mme Townsend, par exemple, auraient intérêt à ne pas y figurer.

Elle commença à me parler de Woodsway. Dans toutes les conversations, il ne s'agissait pas uniquement de l'école, mais d'un avenir – le mien – qu'elle entrevoyait avec enthousiasme. À mon arrivée, j'allais devoir apprendre l'anglais, ensuite l'italien et l'allemand. « Et bien entendu toutes les autres matières que nous sommes si fiers d'enseigner à nos élèves. Tu ne quitteras pas l'école tant que nous ne t'aurons pas transformée. Vois-tu, un maître travaille à la manière d'un sculpteur. Quels que soient les matériaux qu'on me donne, je m'assure qu'il en sortira quelque chose. Et ce doit être beau, et parfait. Telle est mon exigence. Rien qui soit simplement utile ou décoratif, mais toujours quelque chose de durable. »

Quand nous étions entrées dans le grand magasin, quelques personnes m'avaient jeté un coup d'œil, puis regardée de plus près en découvrant Mme Townsend, aussi élégante et impénétrable que son manteau de fourrure. Quelles histoires ces gens s'étaient-ils racontées à mon sujet, je ne pouvais le savoir. Une orpheline sourde et muette qu'elle avait ramassée à un coin de rue ? Dans le lobby de l'hôtel, les employés semblaient toujours regarder le haut de ma tête, ou le vide au-delà, même s'ils saluaient tous Mme Townsend avec une impeccable courtoisie. Au restaurant, ce soir-là, lorsque arriva le plat que Mme Townsend avait commandé pour moi (insipide à mon goût), elle m'expliqua comment je devais placer mes bras et me servir de la fourchette et du couteau. « Tu devrais regarder les filles quand tu arriveras à Woodsway. Cela nous épargnera une certaine gêne, à toi comme à moi, dit-elle. Je ne peux décemment pas tout t'enseigner, mais je suis convaincue que si tu es assez intelligente pour écrire un livre, tu devrais pouvoir apprendre bien des choses en observant le monde qui t'entoure. »

Le lendemain, nous déjeunâmes avec un certain M. Thorpe, qui devait publier mon livre au Royaume-Uni. Il était très grand, à tel point qu'il dut se baisser pour me serrer la main. Dans mon esprit, les hommes très grands étaient comme les hommes très petits. On ne pouvait vraiment pas les prendre au sérieux. Pour garder le mien, je passai l'essentiel du déjeuner à étudier Mlle West, que M. Thorpe appelait son assistante. Ses lèvres étaient parfaitement maquillées, dans une nuance de rouge que je n'avais encore jamais vue.

M. Thorpe et Mlle West s'adressaient surtout à Mme Townsend. À la fin du déjeuner, M. Thorpe se tourna vers moi et dit en français : « Nous avons entendu parler de votre deuxième livre. M. Chastain compte le publier l'été prochain.

— Oui, dis-je.

— Vous écrirez d'autres livres qui se passent dans votre village natal ?

— Non.

— Et pourquoi pas ? demanda Mlle West. Vous pensez retourner y vivre après votre passage dans l'école de Mme Townsend ? »

Ne sachant pas à laquelle de ses questions répondre, je levai les yeux vers Mme Townsend. « Allez, dit-elle. Raconte-nous ton projet. »

J'expliquai que je n'avais pas de projet particulier, mais que j'aimerais m'améliorer en fréquentant l'école de Mme Townsend. « J'ai beaucoup de choses nouvelles à apprendre.

— Est-ce que vous allez écrire un livre sur votre séjour en Angleterre ? demanda M. Thorpe.

— Mon séjour à l'école, vous voulez dire ?

— Je pense qu'il est encore un peu tôt pour qu'Agnès décide, intervint Mme Townsend.

— Oui, confirmai-je. J'ai bien peur que ce ne soit pas le moment pour moi de réfléchir à ce que j'écrirai par la suite.

— Nous sommes bien de cet avis, dit M. Thorpe. Cependant, puis-je attirer votre attention sur une chose, *mademoiselle** ? Même si le monde brûle d'envie d'entendre ce que vous avez à dire, ne faites pas attendre les gens trop longtemps. »

Un serveur qui passait par là regarda mon visage, par-dessus son plateau, puis mes mains. J'avais l'impression que le monde attendait que je commette une erreur, que je plonge ma cuiller dans la soupe de la mauvaise manière, que j'accroche ma robe toute neuve à un clou que je n'avais pas vu. Tôt ou tard je craquerais, telle une criminelle incapable de supporter un interrogatoire.

Plutôt tôt que tard, décidai-je. Fabienne aurait approuvé cette détermination. C'était elle qui affirmait que nous devions sans cesse surprendre le monde.

« Je n'écrirai peut-être plus jamais de livre », répondis-je.

En voyant la tête des trois adultes, je compris que j'avais prononcé une phrase parfaitement inacceptable. M. Thorpe et Mme Townsend échangèrent quelques mots en anglais en hochant la tête. Pendant ce temps, je regardai le verre devant moi et essayai de comprendre quelle espèce de fleur y était gravée. Lorsque je levai de nouveau les yeux, mon regard croisa celui de Mlle West. Je lui souris, comme si je me moquais de savoir ce qu'elle pensait de ma première bourde en Angleterre.

« COMMENT ÇA, tu n'écriras peut-être pas d'autre livre ? » me lança Mme Townsend l'après-midi même, tout en me montrant comment faire mes bagages pour le voyage à Woodsway. Outre les tenues pour les diverses occasions, elle m'avait acheté deux valises en cuir. Elle m'avait demandé de lui indiquer quelle couleur je préférais. J'avais choisi le rose ; elle n'avait pas approuvé. Elle avait pris une autre couleur – bleu anglais, l'appelait-elle. Plus élégant et plus convenable, avait-elle précisé.

« Je ne sais pas si j'ai envie d'écrire d'autres livres.

— *Fadaises* », répondit-elle. J'apprendrais plus tard que c'était le mot qu'elle employait quand mes propos lui déplaisaient. « *Fadaises*. Tu es trop ignare pour mesurer ta chance. Et trop jeune pour décider de ce que tu veux. »

Je ne savais pas si je devais lui présenter mes excuses, mais je le fis quand même.

Elle me regarda et soupira. Ce lourd soupir, je l'apprendrais également, survenait quand elle me trouvait fruste, ou primitive, ou déraisonnable. *Déraisonnable* était le terme de Mme Townsend, bien qu'elle ne me fît jamais tout à fait entendre raison.

« Agnès, il y a une chose dont tu dois te souvenir. Il y a des millions de jeunes filles dans le monde, et beaucoup sont plus jolies que toi, et beaucoup sont plus intelligentes que toi. Beaucoup viennent de milieux plus respectables. Mais comment se fait-il que toi seule aies autant de chance ? »

J'avais de la chance parce que Fabienne ne voulait pas être moi.

« Toutes ces filles rêveraient d'être à ta place. Qu'est-ce qui te rend si unique ? Es-tu vraiment le prodige que la presse dépeint ? »

Ne sachant quoi dire, je me contentai de la regarder. Je découvrirais bien assez tôt que ses questions attendaient rarement une réponse de ma part.

« Tu as quelque chose en toi, cela je n'en doute pas, reprit Mme Townsend. Sans quoi tu n'aurais pas écrit un livre. Peut-être que tu ne savais pas ce que tu faisais. Tu es simplement devenue un auteur par accident. Mais si tu abandonnes en cours de route et arrêtes d'écrire, tu redeviendras comme les autres, c'est-à-dire rien. Tu comprends ?

— Oui, *madame**.

— Inutile de m'appeler *madame**. Toutes les filles de Woodsway m'appellent par un nom spécial. Kazumi. C'est japonais. Vas-y, essaie voir. »

Je n'avais jamais imaginé Mme Townsend autrement que comme Mme Townsend. Kazumi ne lui allait pas du tout, tout le monde le voyait bien. Kazumi aurait dû être svelte, avec des membres longs et souples, ainsi qu'un léger parfum agréable. Mme Townsend, carrée et rugueuse, n'était pas la bonne personne à appeler Kazumi.

« On m'a donné ce nom à l'époque où je vivais au Japon, dit-elle. Tu sais où se trouve le Japon ?

— Oui, *madame**.

— Oui, Kazumi, me reprit-elle.

— Oui, Kazumi. »

Quelle horreur de penser que j'allais devoir l'appeler comme ça. J'en ressentis une démangeaison des pieds à la tête, mais je ne pouvais pas me gratter devant elle.

« Le Japon est un pays magnifique, dit-elle. Tu as déjà songé à voyager ? »

Je la regardai d'un air hébété.

« Naturellement, tu ne saisis pas encore l'importance des voyages. Il y a beaucoup d'endroits dans le monde qui méritent d'être visités.

— J'aimerais aller en Amérique, un jour.

— Pourquoi là-bas ? fit-elle avec un froncement de sourcils. Ce n'est pas ce que j'appellerais une ambition digne de toi. »

Pour les chocolats que le petit ami de Joline nous distribuait généreusement, pensai-je. Pour les savons parfumés, et les chewing-gums, et les rires faciles de ces soldats aux grandes jambes dont je gardais le souvenir d'enfance. Pour les oranges qu'ils nous avaient apportées. C'était la première fois que nous en voyions, et encore aujourd'hui j'adore les oranges, ces fruits bon marché qui donnent toujours à la vie un air de luxe. Quand j'avais parlé de l'Amérique à Fabienne, elle s'était montrée dédaigneuse, répondant sèchement que je pouvais toujours rêver. Mais pour la première fois aussi elle m'avait regardée avec inquiétude et respect. Pourquoi ? Parce que j'avais eu l'idée de l'Amérique avant elle. Comment Mme Townsend pouvait-elle savoir ce qu'était une ambition digne de moi ? Elle estimait qu'écrire un livre était un exploit formidable. Peut-être était-ce le cas, pour elle. Fabienne s'était simplement redressée sur la tombe et m'avait dit : On va jouer à un nouveau jeu : on va écrire un livre. Un jeu n'était jamais une ambition.

« Il y a d'autres lieux à voir, dit Mme Townsend. Des lieux chargés d'histoire, de culture, de beauté. »

AVANT DE ME METTRE au lit ce soir-là, j'écrivis à Fabienne. Le lendemain matin, je me réveillerais de bonne heure et demanderais au réceptionniste de l'hôtel de poster ma lettre avant que nous allions à la gare.

La lettre était brève, plus ou moins comme ceci :

Ma chère Fabienne,*

Je t'écris de Londres. C'est une ville aussi grande que Paris, mais je ne suis pas sûre de l'aimer autant que Paris. On m'explique que je trouverai plus de raisons de l'aimer au printemps. Dès qu'il fera beau, m'a dit Mme Townsend, nous ferons des sorties scolaires à Londres, visiterons les musées et irons au théâtre et au concert. Elle m'a acheté plus de vêtements que je peux imaginer en avoir besoin un jour. Je vais ressembler à une poupée dans ma nouvelle école. Nous sommes aussi allées voir un certain M. Thorpe, qui publiera le livre à Londres. Il est très grand. Je me demande s'il n'a pas besoin d'un lit sur mesure. Peut-être qu'il aura aussi besoin d'un cercueil sur mesure à sa mort.

Tu me manques, ma chère Fabienne. Pour tout dire, je me sens terriblement malheureuse. Mme Townsend me demande* *de l'appeler par un nom absurde, Kazumi. C'est comme une vieille truie qui déciderait de se faire appeler Mignonnette.*

Si seulement je pouvais prendre un autre train et retourner chez moi demain.

Agnès

Après avoir cacheté l'enveloppe, je me couchai et pleurai dans mes draps. C'était la première fois que je pleurais depuis mon départ. C'était peut-être ça qu'on appelait *le mal du pays**. Mais ce n'était pas de mon pays que j'avais la nostalgie. Ce n'était pas un lieu qui me manquait, mais une personne.

LE LENDEMAIN, à Waterloo Station, un homme s'approcha de moi et me demanda en français si j'étais Agnès Moreau. Mme Townsend était en train de discuter avec un porteur. Lorsqu'elle se retourna et aperçut l'homme, son visage devint glacial.

« Qu'est-ce que vous voulez ? » lui lança-t-elle.

L'homme répondit qu'il était photographe et qu'il travaillait pour une agence parisienne. Ayant entendu dire que Mlle Moreau allait fréquenter une école anglaise, il voulait savoir si elle ne voyait pas d'inconvénient à être photographiée là-bas.

« Ce n'est pas à elle d'en décider », répondit Mme Townsend. Elle se présenta comme la directrice de Woodsway et ma tutrice légale en Angleterre. « Nous ne jugeons pas souhaitable d'exposer inutilement nos élèves à l'attention du public. Vous comprenez, j'en suis sûre ?

— Je comprends. Malgré tout, ces instants du voyage de Mlle Moreau vaudraient le coup d'être immortalisés. »

Mme Townsend secoua la tête et, avec froideur mais courtoisie, lui demanda de bien vouloir nous excuser car nous avions un train à prendre. Elle me fit monter en hâte dans la voiture. Lorsque je m'assis près de la fenêtre, je vis l'homme sur le quai. J'aurais aimé lui sourire et lui faire comprendre que je n'étais ni impolie ni revêche. Après tout, c'était le premier compatriote que je rencontrais à Londres. Contrairement à M. Bazin qui était venu dans mon village pour me photographier, il était grand et beau, avec des yeux magnifiques et des joues rasées de près. Et il était moins pataud que lui.

« Cet homme ne renoncera pas si facilement », dit Mme Townsend. Assise face à moi, elle aussi le regardait tandis qu'il se détournait.

Je ne dis plus rien. J'avais beau n'avoir passé que quelques jours avec Mme Townsend, je savais déjà que nous n'étions d'accord sur presque rien. Je n'étais pas en mesure d'exprimer ma désapprobation, mais au moins j'avais la possibilité de garder le silence. Il m'apparut que c'était là une des raisons pour lesquelles je préférais les photographes aux journalistes : les premiers attendaient rarement de moi que je parle ; les seconds me posaient sans arrêt des questions.

« Il est de mon devoir de te protéger contre la frivolité, reprit Mme Townsend.

— Un photographe est venu dans notre village, une fois...

— Oui, nous avons tous vu son travail. Que les choses soient bien claires, Agnès. Je suis d'accord avec cet homme. Ton séjour en Angleterre mérite d'être immortalisé. Néanmoins, je n'approuve pas la manière dont il t'a suivie en douce. Il aurait dû savoir qu'il fallait d'abord me demander.

— Oui, Kazumi.

— Ces Français... »

Je dus tiquer, car elle sourit. « Je ne dis pas ça pour te blesser. J'ai un père anglais et une mère française. J'ai le droit de critiquer la France autant que toi. »

Pourquoi voudrais-je critiquer la France, ou n'importe quel autre pays ? Cependant je ne le dis pas. « Est-ce que vous êtes née en France ? demandai-je.

— Ah, je te retrouve. Je sais que tu dois être chamboulée en ce moment. Mais tu es un auteur, et c'est ton travail que d'être curieuse de tout et de poser des questions. »

Encore une chose que j'allais devoir faire, donc. Poser des questions, que je sois curieuse ou non.

Le train émit un long sifflement. Le sifflement des trains anglais fut la première chose que j'aimai dans ce nouveau pays. Les trains français produisaient un son perçant, comme quelqu'un qui pousse un cri strident. Ce train dans lequel nous étions assises – son sifflement ressemblait à un salut. J'aurais aimé que Fabienne soit avec moi. Elle était douée pour imiter les oiseaux et les animaux. Elle aurait facilement sifflé comme ce vieux train au caractère égal.

Mme Townsend me demanda si j'étais bien assise. Je hochai la tête. « Alors, oui, Agnès, comme je te le disais, mon père est anglais et ma mère, française. Mais ils se sont connus en Suisse, et c'est là-bas que je suis née. Mon père y dirigeait un pensionnat, donc on pourrait presque dire que je suis née dans le métier. »

Je souris et acquiesçai.

« La Suisse est un pays magnifique. Tu devrais y aller, un jour.

— Oui, Kazumi.

— Et le Surrey, où se trouve Woodsway, est également une région magnifique. La Suisse de l'Angleterre, comme certains la surnomment. »

M'aurait-on donné une carte, à cette époque-là, que je n'aurais su situer ni le Surrey ni la Suisse. Bien plus tard, alors que je faisais le voyage en bateau entre la France et les États-Unis, une femme me dit qu'elle venait de Sacramento, *le Paris du Delta*. Quel delta ? me demandai-je. Appeler un lieu par le nom d'un autre lieu était une blague stupide dont les gens ne se lassaient jamais.

Les deux femmes assises de l'autre côté du couloir, l'une plus âgée que l'autre, nous regardèrent puis reprirent leur conversation presque inaudible. Peut-être comprenaient-elles le français ? Mme Townsend n'avait pas du tout l'air gênée qu'on nous entende.

« J'ai vécu dans plusieurs pays, reprit-elle. Mais la Suisse et le Japon sont mes préférés. L'Autriche… Disons que c'est un endroit compliqué. La Chine, Singapour et la Malaisie, c'est bien pour une visite mais je ne vois personne s'y sentir chez soi, à part les indigènes. L'Angleterre est incomparable. Tu as de la chance de pouvoir habiter quelque temps ici.

— Vous n'avez jamais vécu en France ?

— Je n'ai fait qu'y passer, dit-elle. L'idée de vivre en France ne m'attire pas. »

À cela, je n'avais rien à opposer.

« Quand j'avais ton âge... Non, j'étais même beaucoup plus jeune que ça - je voulais être écrivain. Je tiens un journal depuis le jour de mes neuf ans. J'ai écrit des poèmes, des histoires et des pièces de théâtre.

— Ah, fis-je.

— En un sens, on peut dire que j'ai toujours été écrivain, puisque je n'ai jamais cessé d'écrire, précisa-t-elle, l'air mélancolique pendant un instant. Mais je n'en ai jamais rien fait de professionnel, contrairement à toi. »

J'aurais aimé pouvoir lui expliquer que cela ne me dérangerait pas de *ne pas être* un auteur. J'aurais aimé pouvoir dire : Tenez, prenez mon succès, prenez tout ce que vous voulez, mais laissez-moi rentrer chez moi.

Elle me parla encore un peu de sa vie, surtout de ses voyages, de ses rêves de devenir écrivain, toujours vivaces, et de son dévouement à l'enseignement. « Je crois vraiment qu'on peut changer les choses par l'éducation, dit-elle. De toutes mes élèves, Agnès, tu es celle qui me permettra de maximiser mon influence.

— Oui, Kazumi », répondis-je, pleine d'appréhension.

Quand je repense aujourd'hui à ce voyage, je m'émerveille qu'une fille lente d'esprit comme moi ait pu connaître un rare moment de clairvoyance quant à l'avenir : dans cette voiture, assise face à Mme Townsend, je ressentis le besoin de hurler, de m'échapper avant que le train rejoigne son destin. Mais avec le recul, et le présent pour venger le passé, chacun peut prétendre au statut illusoire de devin.

À NOTRE ARRIVÉE en gare d'Easthumble, nous revîmes le photographe français sur le quai. Il avait pris le même train que nous et avait su où nous allions. Il ne me vint pas à l'idée que, peut-être, quelqu'un l'avait renseigné sur notre itinéraire. Je craignais seulement que Mme Townsend ne s'agace de sa présence. Ce fut le cas. Après m'avoir ordonné lapidairement de m'installer sur un banc et de ne parler à personne, elle s'éloigna sur le quai en compagnie du photographe. Comment aurais-je pu parler à qui que ce soit ? Hormis le photographe et nous, seules deux autres personnes étaient descendues, et il y avait aussi un homme qui faisait les cent pas sur le quai, perdu dans ses pensées, chapeau à la main. Je me doutais bien qu'aucun d'entre eux ne viendrait vers moi pour me dire, *Bonjour**.

Le train siffla et repartit lentement, comme s'il était presque désolé de m'abandonner là. Je regardai le large dos du chef de gare et admirai son uniforme. Je remuai les orteils dans mes bottines neuves. J'observai mes mains, les gants en daim, aussi doux que le ventre d'un agneau. Mes larmes de la veille me semblaient aussi lointaines et irréelles que mon enfance, que la France. Ma vie n'était pas si atroce que ça. D'autres bonnes surprises m'attendraient peut-être à notre arrivée à Woodsway.

Qui sait, je pourrais même me transformer en Fabienne et voir en toute chose un jeu amusant.

Mme Townsend et le photographe revinrent. Avec M. Lambert, m'annonça-t-elle, ils s'étaient mis d'accord. Ils pensaient tous deux que mon séjour à Woodsway méritait d'être immortalisé. M. Lambert allait prendre quelques photos de moi à la gare. Mme Townsend ajouta que, le semestre n'ayant pas commencé, M. Lambert ne nous y accompagnerait pas le jour même, mais passerait nous rendre visite une fois que je serais installée.

Être une jeune écrivain célèbre pouvait être un jeu. Afficher un sourire radieux face à l'objectif de M. Lambert, contempler mélancoliquement la cime des arbres noyée dans la brume de janvier, consulter les horaires à la gare (en anglais, que je ne savais pas lire), écouter Mme Townsend d'un air sage et pénétré – tout cela pouvait faire partie du jeu. Ce n'était pas la même chose qu'écrire un livre. Je ne pourrais rien écrire sans Fabienne, mais je pouvais inventer mes propres jeux. Je regardai M. Lambert droit dans les yeux lorsqu'il me souhaita bonne chance et me dit au revoir. « Donnez-moi vite des nouvelles de la France, *monsieur** », lui dis-je. Je n'avais jamais été aussi directe avec un inconnu.

Un certain Meaker nous retrouva à la gare. Il avait déjà pris nos bagages dans sa voiture, pendant que M. Lambert me photographiait. Je saluai Meaker, mais il ne parlait pas le français. Il est temps maintenant que tu passes à l'anglais, me dit Mme Townsend. Elle m'apprit à demander : « *How do you do ?* » à Meaker. Ses cheveux roux avaient besoin d'un sérieux coup de peigne, et je m'imaginai aussitôt m'approchant à pas de loup pour toucher cette tignasse sur son crâne. Meaker était de ces hommes qui vous donnent envie de faire quelque chose pour eux, ou sur eux, plutôt que de leur serrer la main en prononçant un insipide comment-allez-vous.

Il était le seul homme qui habitât à Woodsway. Il en était le chauffeur, mais travaillait aussi comme jardinier et préposé à l'entretien. Il fit vite son entrée dans mon journal – le tout premier devoir qu'on m'ait donné à faire dans ma nouvelle école. Une heure durant, après le dîner, je fus retenue à un pupitre dans le salon de Mme Townsend et je dus noircir l'épais cahier relié de cuir que m'avait donné M. Chastain.

Je ne savais pas à propos de quoi écrire, mais Meaker me semblait un bon sujet, lui qui était aussi inoffensif qu'un arbre - non pas un vieil arbre imposant, ni un arbrisseau, mais un arbre qui ressemblait à n'importe quel autre arbre. Par prudence, cependant, je ne mis pas son nom dans mon journal. J'écrivis que le premier homme à m'accueillir en Angleterre, le jour de mon arrivée, était un homme qui avait un nid sur la tête. Le lendemain, je décidai d'y déposer quelques œufs d'alouette. Puis je fis de lui un acrobate qui se déplaçait sur des échasses pour ne pas devoir se servir d'une échelle quand il travaillait au verger. Il était très doué pour garder son équilibre, car jamais les œufs ne tombaient du nid. Il était gentil avec la mère perchée sur son crâne et dormait assis sur une chaise pendant qu'elle couvait ses œufs. Ensuite, une fois les oisillons sortis de leur coquille, il les nourrissait quand leur mère n'était pas rentrée à temps pour leur estomac affamé. Ainsi devenait-il l'ami des petits et, même s'ils étaient assez grands pour prendre leur envol, ils ne partaient jamais, puisqu'il leur offrait toujours un festin de vers de terre et de larves de son jardin.

IL Y AVAIT quinze filles à Woodsway, et je serais la seizième. Les autres, parties chez elles, ou chez leurs amies, ou au ski, n'étaient pas encore rentrées de leurs vacances d'hiver.

La maison, Shelbrooke Manor, avait été bâtie peu de temps auparavant, me dit Mme Townsend. Style Tudor, mais pas époque Tudor, précisa-t-elle, avant d'ajouter que cette demeure offrait bien entendu tout le confort moderne dont ne disposaient pas les maisons anciennes. Il y avait autrefois un moulin non loin de là, celui de Shelbrooke, et un industriel avait construit la maison pour sa famille, mais il était mort avant de l'avoir vue achevée. Puis ses deux fils s'étaient fait tuer pendant la Grande Guerre. La veuve et ses trois filles y avaient vécu, et cela faisait maintenant sept ans que Shelbrooke Manor hébergeait l'école d'étiquette de Woodsway pour jeunes filles. C'est la maison parfaite pour une école de filles, m'avait dit Mme Townsend en me faisant la visite des lieux, le jour de mon arrivée.

Il n'y avait personne hormis la cuisinière, son aide et les deux bonnes, lesquelles semblaient avoir une façon bien à elles, mystérieuse, de s'affairer. Comme notre ventre, on les entendait – on les sentait – plus souvent qu'on ne les voyait.

Les jours précédents, j'avais mangé seule dans la salle à manger. La plus jeune des deux bonnes, Essie, me servait mon plateau, mais elle ne parlait pas français, de sorte qu'en entendant mon mauvais anglais elle avait l'air gênée pour moi. Bien que n'étant pas beaucoup plus âgée que moi, elle gagnait déjà sa vie. Je me demandai s'il existait des écoles d'étiquette en France. Fabienne et moi pourrions travailler dans un endroit comme celui-là, dans les coulisses d'une belle demeure. Personne ne connaîtrait notre véritable identité et, pour cette raison même, nous serions heureuses et libres.

Deux fois par jour, le matin et l'après-midi, Mme Townsend me donnait des cours d'anglais. Son salon était meublé d'objets d'apparence orientale, dont j'ai su et oublié depuis les noms. Cette pièce n'était pas celle où les leçons avaient généralement lieu. Mais comme les filles n'étaient pas encore revenues, m'expliqua Mme Townsend, autant prendre nos aises.

« Je vois que tu essaies quelque chose de nouveau, me dit-elle un après-midi. Tu travailles à une approche différente ? »

Je ne comprenais pas de quoi elle parlait.

« Dans ton écriture, je veux dire. Tu tentes de nouvelles choses ?

— Mon écriture ?

— J'ai jeté un coup d'œil sur ce que tu as écrit dans ton journal la semaine dernière. Tu as fait du très bon travail. »

Mon journal. Au lieu d'être inquiète, je me sentis justifiée. Si Mme Townsend n'avait pas demandé à lire mon journal au terme de mon heure d'écriture, le soir, je m'étais bien doutée qu'elle entrerait dans ma chambre en mon absence. C'était une belle chambre, vraiment très belle. La croisée donnait sur le verger, et les rideaux de dentelle blanche étaient d'une telle élégance qu'il m'arrivait de m'asseoir sur le rebord de fenêtre en m'en enveloppant comme d'un costume. Des rangs de roses pâles fleurissaient sur le papier peint bleu ciel, toutes aussi jolies et parfaites, toutes identiques. Le lit, la commode et le bureau – rien n'était neuf, je le voyais bien, mais ils étaient plus beaux que tout ce que n'importe quel habitant de Saint-Rémy avait jamais vu. Que Mme Townsend entre dans ma chambre et lise mon journal, c'était pour moi le prix à payer. J'avais eu la sagesse de ne pas écrire au sujet d'une sorcière qui ressemblait à Mme Townsend, avec des cheveux permanentés comme des fils d'acier et un collier de perles qu'on aurait pu prendre pour un chapelet d'yeux de merlans frits.

« Cet homme qui a un nid dans les cheveux, c'est Meaker ?

— Oh, non... Pas du tout.

— Donc c'est un personnage que tu as inventé ?

— Oui, Kazumi.

— Comment l'idée t'est venue ? »

Je secouai la tête, l'air d'être étonnée par moi-même. À Paris, les journalistes m'avaient demandé comment telle ou telle idée d'histoire m'était venue. J'avais toujours réagi comme s'ils me posaient une question trop compliquée, et trop absurde. « Je ne sais pas, dis-je à Mme Townsend. Je ne peux jamais expliquer comment une idée me vient. Certaines de nos poules sont de bonnes pondeuses mais elles ne peuvent pas expliquer comment elles pondent leurs œufs.

— *Fadaises*. Les écrivains ne sont pas des poules.

— Non, bien sûr. Ce que je veux dire...

— Je vois exactement ce que tu veux dire. Tu l'as déjà raconté devant la presse. Je ne sais pas si tu as trouvé cette analogie toute seule ou si quelqu'un te l'a apprise. Mais je te préviens : tu te fais du tort en employant ce genre de langage. Une poule peut être remplacée par une autre poule, et pour nous tous les œufs se ressembleront. Tu comprends ?

— Oui, Kazumi », répondis-je en essayant d'avoir l'air grave. Je n'y pouvais rien si Mme Townsend ignorait que les œufs de poules différentes ne se ressemblaient pas.

Elle hocha la tête et se rencogna au fond du canapé, comme pour mieux nous voir, moi et la chaise sur laquelle j'étais assise. « Je ne crois pas qu'il me revienne de brider ton imagination, aussi je te conseille de continuer de faire ce qui te paraît le plus naturel. Je n'en pense pas moins qu'une fantaisie comme celle que tu es en train d'écrire est indigne de ton talent.

— J'arrêterai de l'écrire.

— Non, ce n'est pas ce que je veux dire. Continue. Tout ce qui fait évoluer ton écriture aura forcément de l'intérêt, pour moi comme pour le public.

— Pourquoi ?

— Agnès, tu dois comprendre que tu as donné au monde une occasion rare de voir comment un esprit sous-formé change dès lors qu'il est soumis à un environnement différent. Je n'ai pas besoin de me montrer circonspecte avec toi. Tu as écrit un livre dont l'action se déroule dans ton village, et c'est du bon travail. Si je comprends bien, M. Chastain va en publier un deuxième, qui se passe au même endroit, et à coup sûr il recevra toute l'attention qu'il mérite. Mais est-ce que les lecteurs ont encore envie d'entendre une petite paysanne leur parler d'un village sinistre comme Saint-Rémy ? Le mois prochain, ils trouveront leur bonheur dans les récits d'un gamin des rues évoquant les quartiers mal famés ou dans les mémoires d'une jeune fabricante de bougies. Tu saisis ? »

Je ne saisissais pas. « Oui, Kazumi.

— Ton arrivée à Woodsway est comme le nouveau chapitre d'un livre. Quoi que tu écrives dans ton journal – des fantaisies, des poèmes épiques ou un compte rendu réaliste de ta vie –, tout a du potentiel, tu comprends ?

— Oui, Kazumi. »

Ces deux mots, je m'en rendis compte, suffisaient.

« Donc le conseil que je te donne est d'écrire, alors que s'ouvre ce nouveau chapitre, tout ce qui te paraît naturel. Mais tu devras toujours garder à l'esprit qu'il y a un abîme entre le potentiel d'un individu et sa capacité à le transformer. »

Si quelqu'un avait du potentiel, c'était bien Fabienne. Pourtant, c'était moi qui me retrouvais piégée dans cette maison par ce potentiel.

Le soir même, dans mon journal, je laissai l'homme au nid sur la tête offrir aux oiseaux un festin de vers de terre. Maintenant c'est à vous de vous envoler et de faire votre vie dans les bois, leur disait-il. Non, non, non, gazouillaient-ils en réponse. Mais l'homme ne les écoutait pas. Il n'était pas hostile, néanmoins il ne lui semblait pas naturel de rester éternellement l'ami des oiseaux. Voyez-vous, leur lançait-il, je commence à en avoir marre de dormir assis.

Il doit bien exister quelque part un autre homme que ça ne dérange pas d'avoir des oiseaux posés sur sa tête et qui n'en aura jamais marre de rester assis pendant son sommeil – se disaient les oiseaux entre eux. Ils ne ressentaient aucune tristesse au moment de faire leurs adieux à l'homme aux cheveux roux. Peut-être trouveront-ils une statue dans quelque jardin public, se disait-il. Il savait que les oiseaux lui manqueraient, mais une autre oiselle viendrait peut-être, au printemps suivant, faire un nouveau nid dans ses cheveux.

Le lendemain soir, en ouvrant mon journal, je regrettai un instant d'avoir fait partir les oiseaux. Maintenant que je ne pouvais plus écrire sur cet homme, j'avais le sentiment d'avoir perdu mon premier ami à Woodsway. Je regardais autour de moi, en quête d'un autre sujet, lorsque Mme Townsend entra dans le salon suivie de ses chiens. Ils formaient un drôle de couple : un géant nommé Ajax et un petit du nom de Willow. Un dogue danois et un loulou de Poméranie. L'harmonie, disait-elle, consiste à trouver l'équilibre parfait entre les contraires. Je ne comprenais pas de quoi elle parlait. Ses fadaises, contrairement à celles que Fabienne et moi inventions, me faisaient bâiller.

Les chiens de Mme Townsend, qui vivaient en harmonie et n'avaient pas à lutter pour leur nourriture, menaient peut-être une existence plus agréable que ceux de mon village, mais ils me faisaient pitié. Dès qu'elle remarquait qu'ils n'étaient pas à ses côtés, elle donnait un coup de sifflet – sifflet qu'elle gardait tout le temps dans sa poche et qui d'après elle émettait un son audible par les seuls chiens. Et quand elle soufflait dedans, les deux malheureuses bêtes déboulaient sur-le-champ, la queue entre les jambes, le regard fuyant. *Qu'est-ce que c'est que ça ?* leur lançait Mme Townsend sur un ton de reproche. Ou : *Qu'est-ce qui vous prend ?*

Avoir pitié d'eux ne me les rendait pas plus sympathiques pour autant. Je n'aimais pas ces chiens, mais ils avaient le mérite de me donner une forme d'inspiration. Le soir même, j'écrivis l'histoire d'un tigre et d'un renard qui vivaient dans un manoir dont les fenêtres en bois sombre donnaient sur une fontaine et une vaste pelouse, comme autant d'yeux perçants. Le tigre n'était pas féroce mais timide, et le renard était vaniteux mais pas beau. Ils se complimentaient sur leur fière allure et leur intelligence. Ils se proclamaient les animaux les plus chanceux du royaume. Ils vivaient en harmonie, mangeant côte à côte dans deux bols de porcelaine et dormant sous des couvertures de laine plus douces que leur propre poil. Un jour, me disais-je, un désastre les frapperait, et l'un d'eux devrait manger l'autre pour ne pas mourir de faim.

« LES FILLES SERONT de retour la semaine prochaine, m'annonça Mme Townsend un après-midi, aussitôt ma leçon d'anglais terminée. Juste après, le photographe passera nous rendre visite.

— Oui, Kazumi.

— Dis-moi, comment trouves-tu Woodsway jusqu'à présent ?

— C'est un bel endroit. Je m'y plais.

— Qu'est-ce qui te plaît dans l'école ? Bien que tu n'aies pas encore goûté à la vraie vie scolaire, naturellement.

— Tout me plaît ici, dis-je, regardant autour de moi pour préciser ma réponse. J'aime les nombreux livres qu'il y a dans la maison, j'aime les tapis, et les lampes. J'aime la cuisine de Mme Fisher. Et j'aime avoir ma chambre à moi, et pouvoir prendre des bains. »

Mme Townsend acquiesça. « Donc tu aimes les bains, maintenant ?

— Beaucoup. »

Le jour de mon arrivée, quand elle m'avait dit de prendre un bain, j'avais renâclé. Dans les chambres d'hôtel parisiennes et londoniennes, j'avais bien vu des baignoires, mais je les avais trouvées aussi suspectes que les toilettes capables de se vider et de vrombir grâce à une force mystérieuse. À Woodsway, Mme Townsend fit couler le bain en y ajoutant de la mousse, me regarda me déshabiller et m'encouragea à m'immerger entièrement. Elle me dit que je m'y habituerais bien assez vite. Elle avait raison. Après le bain, j'avais l'impression d'être au chaud, d'avoir la peau lisse et de sentir bon, et ça me plaisait.

« Parfait, dit Mme Townsend. Et tu te brosses bien les dents deux fois par jour, comme je te l'ai demandé ? »

Je fis signe que oui. Le brossage de dents était une autre chose que j'avais apprise ici. Mais je n'en tirais pas le même plaisir que du bain. Le goût du dentifrice m'écœurait.

« As-tu écrit à tes parents et à tes amis ?

— Oui, Kazumi.

— Et où sont les lettres ? Montre-les-moi avant que je les mette au courrier. »

Je marquai un silence avant de répondre. « J'ai demandé à Clara de me les poster.

— Clara ! Mais c'est l'assistante de Mme Fisher. Ce n'est pas à elle de poster tes lettres. »

Je sentis mon visage s'échauffer. À Paris et à Londres, les réceptionnistes des hôtels étaient toujours prêts à poster une lettre pour moi. Je m'étais figuré que dans cette nouvelle vie il me suffirait de demander et on m'aiderait.

« À l'avenir, tu viendras toujours me voir quand tu auras besoin de poster une lettre. » Mme Townsend sortit alors du tiroir une pile de courrier et me dit qu'il était arrivé ces deux derniers jours. « Qui est Fabienne Martin ? »

J'essayai de garder un visage impassible. « Une amie, répondis-je. Nous avons grandi ensemble.

— Et Jacques Martin ? C'est son frère ?

— Ah, oui. »

Solution astucieuse, pensai-je. C'était plus facile que d'imaginer un Jacques dont la vie me serait totalement inconnue.

« Pourquoi t'écrivent-ils tous les deux ? Tu leur écris à tous les deux ?

— Fabienne a arrêté l'école, répondis-je. Elle m'a demandé de lui écrire et de lui raconter ce que ça faisait de voyager à Paris et d'aller à l'école en Angleterre. Elle est curieuse.

— C'est compréhensible. Et Jacques ?

— Il... Il est... Jacques... c'est mon petit ami.

— C'est bien ce que je pensais. Quel âge a-t-il ?

— Seize ans. Enfin, dix-sept. Il a fêté ses dix-sept ans la semaine dernière. »

Elle étudia l'enveloppe. Je me demandai si Fabienne avait attribué à Jacques une écriture différente de la sienne, et de manière convaincante.

« À mon avis, tu es trop jeune pour avoir un petit ami. Qui plus est, l'écriture de ce Jacques montre qu'il n'est pas fait pour toi. L'appeler ton *petit ami** dans ton village, passe encore, mais il est temps que tu prennes les devants. Tu as parfaitement le droit d'écrire à ton amie Fabienne et à tes parents, mais je te conseille d'arrêter ce petit manège puéril avec Jacques. »

Je ne répondis pas tout de suite. Si Fabienne voulait m'écrire sous deux identités, il me fallait respecter mes engagements.

Mme Townsend étudia mon visage. « Quoi ? Tu n'es pas d'accord ?

— Je ne vois pas pourquoi je ne pourrais pas écrire à Jacques.

— Qu'as-tu à y gagner ? »

La question était : qu'avais-je à y perdre ? Réponse : beaucoup. Ces deux semaines passées, j'avais écrit à Jacques et à Fabienne séparément. Dans mes lettres à cette dernière, je racontais tout de ma nouvelle existence sans dire grand-chose de moi : les immeubles et les rues de Paris et de Londres appartenaient à d'autres gens ; le mobilier, les rideaux et le tapis de ma chambre appartenaient à Woodsway ; les vêtements neufs de ma garde-robe étaient comme des inconnus arrogants qui me toisaient du haut de leurs cintres. Dans mes lettres à Jacques, j'étais plus bavarde et moins soucieuse d'être traitée d'idiote : j'essayais les chaussons que je n'étais censée porter que dans ma chambre ; je buvais du thé dans des tasses cerclées d'or, aux anses si délicates que parfois je m'imaginais croquer dedans ; le savon au parfum si délicat, un ovale à moitié opaque aussi doré que du miel, avait rendu mon visage et mes mains doux et parfumés, contrairement à ces barres dures et couleur de bouse dont nous nous servions au village et qui nous brûlaient la peau. Jacques valait mieux que tous les garçons que j'avais connus : il possédait les qualités de Fabienne et il m'aimait plus qu'elle.

Je jetai un coup d'œil aux lettres, les premières que je recevais de Fabienne et de Jacques. Je me demandai en quoi elles différaient. « J'aime bien recevoir du courrier, dis-je. J'aime bien avoir des nouvelles de chez moi.

— Tu en as par tes parents. Et par ton amie, Fabienne.

— Jacques me dit d'autres choses. »

Mme Townsend me regarda. Dans ses yeux je lus à la fois de la surprise et de la répugnance. Pour la première fois, je ne lui avais pas répondu par mes éternels, Oui, Kazumi, Non, Kazumi, Merci, Kazumi. Quelqu'un qui entendrait son perroquet proférer des obscénités ne serait pas plus choqué.

« Bien, jetons un coup d'œil à leurs lettres. Voyons voir ce que Jacques te raconte que sa sœur ne peut pas te raconter. »

Je ne savais pas ce qu'elle entendait par là, mais avant même que je puisse réagir elle décacheta les enveloppes de Jacques et de Fabienne. Elle m'avait montré, une fois, une fine lame dont le manche était un poisson de jade sculpté. Je n'avais jamais vu de coupe-papier. Je détestai les déchirures irrégulières faites par ses doigts brutaux. Non, c'était elle que je détestais.

Elle me tendit les deux lettres. « Et si tu me les lisais à voix haute, que je puisse juger de leurs mérites ? »

Je reconnus le papier dont s'était servi Fabienne – des pages d'un cahier d'écolier, de celles sur lesquelles j'avais écrit nos histoires. Si je les reniflais, je pourrais peut-être sentir l'odeur encore fraîche du pré, ou celle, boueuse, de la cour de ferme. Comment diable m'étais-je retrouvée dans ce pays étrange, dans cette école étrange, à recevoir les ordres d'une femme se faisant appeler Kazumi alors qu'elle ne ressemblait en rien à une Kazumi ? Il n'y avait qu'une seule personne au monde dont les désirs fussent mes désirs, dont la vie fût aussi importante à mes yeux que la mienne. Je mis les lettres dans ma poche. « Je les lirai plus tard, dis-je.

— Ce n'est pas ce que je t'ai demandé, Agnès. »

Je sais, répondit une voix dans ma tête, mais personne n'a dit que je devais t'écouter tout le temps. Je m'affalai sur la chaise et observai le bureau qui me séparait de Mme Townsend. Bien que n'étant pas le genre de fille à bouder, de temps en temps je me laissais aller à ce que Fabienne appelait « faire la morte ». Je m'en abstenais toujours devant mes professeurs ou mes parents, mais parfois, si Fabienne se montrait trop brutale avec moi ou se moquait trop férocement de moi, je me figeais et m'imaginais être un tronc d'arbre ou un rocher. Fabienne avait beau être furieuse, quand je gardais mon corps immobile, mon souffle court et mes yeux mi-clos au point de ne plus voir que des formes floues, sa colère grandissante, ses menaces, voire ses coups violents ne pouvaient plus m'atteindre. Pour me faire sortir de cet état, elle le savait, il ne lui restait plus qu'à se radoucir. Même si elle ne s'excusait jamais, je sentais qu'à un moment sa colère laissait place à autre chose – du respect ou de la résignation, voire simplement l'envie de me voir revenir à la vie. Quelquefois, elle cueillait des baies sauvages et les frottait sur mes lèvres, ou posait deux ou trois feuilles sur mes paupières avant de les retirer soudain, telle une magicienne, me révélant un nouveau monde. C'étaient ses manières de me réveiller. Et je me réveillais toujours.

« Agnès », insista Mme Townsend. Elle tenait absolument à ramener mon attention vers elle, cependant je savais qu'en laissant mon esprit dériver je pourrais rester loin d'elle. Je me demandai si j'avais souri en gardant les yeux mi-clos. Quelques secondes plus tôt, j'avais presque senti le goût aigre-doux des baies que Fabienne écrasait parfois entre mes lèvres fermées pour tenter de me ramener à la vie. Une fois, une fois seulement, je lui avais mordu les doigts, sans qu'elle s'y attende. Et elle ne s'était pas fâchée. Elle avait même éclaté d'un grand rire.

« Agnès », répéta Mme Townsend, d'une voix moins dure cette fois.

Je rouvris les yeux et la regardai comme j'aurais pu regarder une des femmes dans le train entre Londres et le Surrey.

« Qu'est-ce que tu faisais ?

— Vous avez dit quelque chose ? »

Sentant qu'elle me scrutait, je gardai un air impassible et un regard vague. Peut-être allait-elle me prendre pour une folle, mais je me rappelai la phrase de M. Devaux, selon qui beaucoup de génies étaient fous.

« Nous étions en train de parler de ta correspondance, dit-elle.

— Ah, oui. »

Je plongeai une main dans ma poche et palpai les deux lettres.

« Et je t'ai demandé de me la lire, dit-elle d'un ton cajoleur, ce qui était nouveau pour moi.

— Mais ce sont des lettres qui me sont adressées.

— Est-ce une raison valable pour ne pas me les lire ? »

Fabienne avait-elle prévu que ses lettres n'échapperaient pas nécessairement à la surveillance de Mme Townsend ? Difficile à dire. Si elle y parlait de nos livres, Mme Townsend deviendrait méfiante. Je lui lançai un regard vide.

« Agnès ?

— Mais ce sont des lettres adressées à moi », répétai-je.

Elle prit une longue inspiration. Elle voulut dire quelque chose, se ravisa, désigna une pile de courrier sur le bureau. « En fait, elles sont là, les lettres dont j'aimerais vraiment parler avec toi. Elles viennent de tes lecteurs. Ton éditeur français me les a fait suivre. Tu veux les lire ? »

J'avais lu le courrier des lecteurs que M. Chastain m'avait donné à Paris. Plusieurs d'entre eux voulaient un autographe de moi ; d'autres demandaient à être mes correspondants. Un homme voulait savoir combien de temps – combien de temps précisément, quelques secondes, quelques minutes ? – les cochons mettaient pour dévorer un bébé mort. Il se demandait si j'avais prévu le fait que je fournissais aux assassins une nouvelle méthode pour détruire les preuves d'un crime – et une méthode ingénieuse, n'est-ce pas ?

Le fait que Mme Townsend n'exigeait plus que je lui lise à haute voix les lettres de Fabienne et de Jacques me laissa penser que j'avais remporté une manche. Aussi décidai-je de lui offrir quelque chose en retour. « Je ferai ce que vous jugez bon, dis-je.

— Voilà qui est sensé. Je ne vois pas pourquoi tu perdrais ton temps à lire ces choses-là. Pour l'instant, je vais les mettre de côté. Quand j'aurai un moment, je les parcourrai. Je ne m'attends pas à y trouver le moindre trésor mais si je tombe sur des pépites, je te le ferai savoir. »

Je la remerciai. J'avais hâte de regagner ma chambre et de lire les lettres de Fabienne et de Jacques. Mme Townsend les avait-elle déjà ouvertes, lues puis recachetées ? Même si ce n'était pas le cas, je ne pourrais pas l'empêcher d'entrer dans ma chambre et de les lire plus tard, pas plus que je ne pourrais l'empêcher de lire le journal qu'on me demandait de tenir.

20 janvier 1954

Ma chère Agnès,*

Hier, Fabienne est revenue du bureau de poste avec l'enveloppe qui contenait tes lettres à elle et à moi. Quand je lui ai demandé la mienne, elle m'a répondu que je devais me battre avec elle et que si je gagnais, je l'aurais. J'ai dit qu'elle pourrait me la donner à un autre moment, ou alors la lire et t'écrire une réponse à ma place. Elle m'a demandé, Tu as peur de perdre ? J'ai répondu, Je ne me bats pas avec les filles. Elle a dit, N'aie pas peur, tu ne pourras pas me faire mal.

Mais ce n'était pas lui faire mal qui m'inquiétait. Si je perdais à la bagarre avec elle, tout le village le saurait et se moquerait de moi. Si je gagnais, le village se moquerait aussi de moi pour m'être battu avec une fille.

En pleine nuit, elle a roulé ta lettre en boule et me l'a jetée au visage. J'ai fait semblant de ne pas être réveillé et quand elle est partie je l'ai lue en m'aidant de la lampe torche. J'aurais préféré que tu m'adresses la lettre directement, mais Fabienne m'a dit qu'il était plus prudent pour elle de recevoir nos lettres dans une même enveloppe, à son nom. Elle pense que si les journalistes apprenaient que tu écrivais à un garçon ils en feraient tout une histoire. Je ne vois pas pourquoi ils feraient une chose pareille. À mon avis, elle s'est arrangée avec toi pour pouvoir lire les lettres que tu m'écris. Elle sait ce que je ressens pour toi et je pense que c'est pour ça qu'elle veut absolument se mêler de nos affaires.

Il ne se passe pas grand-chose au village. Si je comprends bien, tu as une vie bien occupée et merveilleuse.

Tu me manques.

Ce n'est pas une lettre formidable, et je suis désolé d'avoir parlé de Fabienne comme ça. C'est ton amie, donc ce n'est pas honorable de ma part de m'en plaindre. Mais tu sais comment ça marche avec elle. Je ne la comprendrai jamais. N'empêche qu'elle est l'autre personne proche de toi, donc je lui pardonne.

Jacques

20 janvier 1954

Ma chère Agnès,*

J'ai lu les lettres que tu nous as envoyées, à moi et mon frère, avec beaucoup d'amusement. Tu as l'air parfaitement idiote quand tu lui écris, ce qui est compréhensible. Presque toutes les filles se transforment en petits oiseaux gazouilleurs quand elles se croient amoureuses. Tout ce que je peux dire, c'est que tu devrais faire en sorte, après Jacques, de ne plus tomber amoureuse d'un autre garçon. Jacques – il est correct. Il n'est pas si intelligent que ça, mais je le préfère à la plupart des autres garçons. Tu peux être amoureuse de lui aussi longtemps que tu le voudras.

En attendant, ne compte pas sur lui. C'est un garçon et bientôt il sera un homme. Les hommes ont le cœur très changeant.

Il s'est passé beaucoup de choses depuis ton départ. Le père Gimlett est mort – tu l'as peut-être appris par tes parents. Il faisait très froid, ce jour-là, et en voulant rejoindre les toilettes au fond de son jardin il a glissé et s'est cogné la tête. Pauvre vieux. Il est mort la vessie pleine.

Il y a deux semaines, Louisa a accouché d'un garçon, donc tu as perdu ton pari. Ils l'ont baptisé Pierre. La prochaine à avoir un enfant, ce sera Joséphine, en mars. Je parierai encore sur un garçon, donc tu dois parier sur une fille.

La semaine dernière, je suis passée chez toi et j'ai demandé à tes parents s'ils pouvaient me donner un de tes lapins. Je leur ai dit que je voulais avoir quelque chose de toi parce que tu me manquais. J'ai bien senti que ta mère ne me croyait pas. Ton père, en revanche, oui. Peut-être que tu lui manques, à lui aussi.

Devine quel lapin ils m'ont donné. Et devine ce qui s'est passé ensuite.

Raconte-moi tout. Je dis bien : tout.

Fabienne

Je viens de relire ces deux lettres, ainsi que les autres que j'ai reçues de Fabienne cette année-là, sous son nom et sous celui de Jacques. J'aimerais savoir ce que sont devenues mes lettres à elle. Elle a pu les jeter. C'est peut-être mieux. Comme ça, personne ne pourra fouiller dans ses affaires après sa mort et lire mes lettres.

Je donnais des noms à tous nos lapins, poulets et cochons, mais cela ne les empêchait jamais de se faire tuer. J'ai sans doute deviné de quel lapin elle parlait quand j'ai lu sa lettre pour la première fois. Aujourd'hui je ne me rappelle plus leurs noms. Cependant je savais, même à l'époque, que Fabienne avait demandé le lapin à mes parents non parce que je lui manquais, mais parce qu'elle avait faim.

Ce jour-là, je relus plusieurs fois les deux lettres. Celles que j'avais écrites à Jacques s'adressaient à une personne imaginaire, pourtant la réponse de Fabienne avait fait de lui un être réel. J'étudiai les deux lettres, avec leur écriture différente, côte à côte. Si Mme Townsend les lisait, soupçonnerait-elle quelque chose ? Je fis le tour de ma chambre jusqu'à trouver la cachette parfaite, à savoir la poche intérieure du manteau que je portais en quittant Saint-Rémy. Il était suspendu tout au fond de ma garde-robe, dans un coin. Après avoir replié les lettres et les avoir cachées dans la poche, je mis le manteau dans une des valises que Mme Townsend m'avait offertes. Elle comportait un verrou en argent, avec deux minuscules clés, en argent aussi, et je dus m'y reprendre à plusieurs fois pour le refermer. Je ne m'étais pas rendu compte, jusqu'alors, que je disposais d'une cachette qui échapperait aux yeux de Mme Townsend. Au-dessus de la valise fermée, je posai celle qui était ouverte, puis plaçai une des deux clés dans l'étui qui contenait ma brosse à dents, et l'autre à l'intérieur d'une vieille paire de chaussettes d'hiver, dans un tiroir de ma commode.

LA MAISON NE FUT plus la même lorsque les filles revinrent. La veille au soir, Mme Townsend m'avait dit qu'elle les aiderait à s'installer et que mes leçons avec elle seraient suspendues ce jour-là. Elle ne m'avait pas indiqué ce que j'étais censée faire. Devais-je rester assise dans le salon et saluer les filles quand elles arriveraient ? Je pouvais m'installer avec un des livres français que Mme Townsend m'avait demandé de lire, un recueil de poésie (mais pourquoi aurais-je besoin de lire de la poésie ?) ou un recueil des maximes de La Rochefoucauld (j'eus beau lire la première page, mon cerveau refusait d'absorber ce que mes yeux voyaient). Ou bien je pouvais faire semblant d'écrire mon journal. C'était encore la meilleure manière de me présenter : me retrouver au beau milieu de la vie scolaire, sans avoir à m'expliquer.

Dans cette nouvelle vie en tant qu'auteur des *Enfants heureux,* j'étais confrontée à la nécessité constante de devoir m'expliquer. Je me demandais si tous les auteurs étaient soumis aux mêmes exigences. N'importe quelle personne ayant écrit n'importe quoi était capable de s'expliquer mieux que moi. Peut-être pourrais-je simplement me poser quelque part sur le canapé, Ajax et Willow assis par terre près de moi, tous trois aussi naturels que le mobilier du salon.

Mais je n'eus pas le courage de mettre mon plan à exécution et je restai dans ma chambre, à écouter les filles parler dans des langues différentes et rire d'une façon qui détonnait en ce jour d'hiver froid, gris et humide. Malgré ma porte close, je sentais que l'air de la maison se transformait. Il devenait plus chaud, plus épais, légèrement embaumé par les boules de camphre et des parfums qui m'étaient inconnus. J'éternuai deux fois et fus bien contente de ne pas avoir quitté ma chambre. Imaginez-vous : éternuer dès que je croisais une fille, en tremblant comme un chiot excité !

À l'heure du thé, j'avais rencontré toutes mes camarades. Elles étaient agréables, certaines m'avaient saluée en français et d'autres en anglais, que je commençais maintenant à comprendre, un peu. Mais elles eurent tôt fait de se lancer dans des conversations par groupes de deux ou trois, pressées qu'elles étaient de tout se raconter.

Après le thé, une certaine Catalina, qui avait d'épais cheveux ondulés, tellement noirs qu'ils paraissaient presque bleus, et de grands yeux couleur prune, m'invita à m'asseoir dans la véranda avec elle et ses deux amies.

« Tu fais encore plus jeune que sur les photos des journaux », me dit-elle. Elle parlait un français parfait, mais avec une intonation étrange. Je souris, ne sachant pas si je devais acquiescer. « N'est-ce pas ? » demanda-t-elle à ses amies. Celles-ci m'observèrent, et curieusement je me sentis plus à l'aise que tout à l'heure, quand j'avais dû m'asseoir au milieu des filles en faisant mine d'en être. Que je me réjouisse d'attirer leur attention, ce fut là une découverte pour moi. Un animal de zoo peut-il se satisfaire davantage d'être observé dans une cage que d'avoir le droit de se promener dans la forêt avec ses congénères ?

« Qu'est-ce que ça fait d'être un auteur ? » me demanda une autre fille, Margareta. Elle parlait un français bizarre.

« La plupart du temps je n'y pense pas du tout, répondis-je en toute honnêteté.

— Tu vas écrire un autre livre ?

— Tout le monde veut savoir ! dit la troisième, prénommée Rose.

— Mon deuxième livre va paraître cette année. Mais après ça ? Je n'en sais rien. Peut-être pas.

— Pourquoi pas ? demandèrent elles en chœur.

— Ça prend beaucoup de temps d'écrire. Je suis venue à Woodsway pour recevoir une meilleure éducation que je n'aurais pu en recevoir chez moi. »

Les trois filles rirent, mais sans méchanceté. « Aucune d'entre nous n'est ici pour ce que tu appelles une éducation, m'expliqua Catalina.

— Tu es déjà célèbre, dit Margarita. L'éducation est bien la dernière chose dont tu dois te préoccuper.

— Ah bon ?

— Je pense que tu devrais écrire un autre livre. Tu pourrais nous mettre dedans.

— Oui ! s'écria Rose. J'ai lu un article dans le journal du soir, la dernière fois, comme quoi les gens se demandaient si tu allais situer ton prochain roman à Woodsway. Je pense que ce serait l'idéal ! »

Margareta et Catalina abondèrent dans son sens. Tout le monde semblait avoir un avis sur mon avenir. Je souris sans rien répondre.

« Tu es trop modeste pour une vedette littéraire, dit Margareta.

— Peut-être qu'Agnès est intimidée, suggéra Catalina avant de se tourner vers moi. Sans vouloir trop en faire, on avait toutes hâte de te rencontrer. »

Je leur demandai d'où elles venaient. Margareta était originaire d'Argentine, Rose du Siam (bien qu'elle ne me parût pas du tout orientale). Catalina me dit que son père était italien et sa mère américaine, et qu'ils vivaient à Rome.

« Toutes les filles viennent de l'étranger ? demandai-je. Il y a des Françaises ?

— Tu es la seule, répondit Margareta. Attends un peu que je raconte ça à mes parents. Ma tante n'arrête pas de les embêter en disant qu'ils ont fait une erreur en ne m'envoyant pas dans une école suisse. Maintenant, ils pourront lui répondre qu'aucune école suisse ne peut se targuer d'avoir une jeune écrivain française célèbre dans le monde entier !

— Pourquoi est-ce que ta tante veut t'envoyer dans une école suisse ? »

Margareta agita la main. « Oh, je ne vais pas t'embêter avec ça. »

Catalina, dont je voyais bien qu'elle était, des trois, la meneuse, m'expliqua que la plupart des filles de l'école venaient d'Angleterre et d'autres pays du Commonwealth. Avec deux autres camarades, des Américaines, elles étaient les seules à ne pas être *Her Majesty's subjects*.

« Quoi ? » L'expression anglaise m'échappait totalement.

« *Des sujets de Sa Majesté* ?* » tenta Rose sans conviction.

Je ne voyais pas de quoi elles parlaient, mais je hochai la tête pour faire croire le contraire. « Et vous parlez toutes anglais ? »

Elles répondirent par l'affirmative.

Plus tard, au dîner, Catalina m'invita à m'asseoir à côté d'elle. « Kazumi m'a demandé de t'aider, dit-elle. Si tu as besoin de quoi que ce soit, n'hésite pas.

— Tu penses que toi et tes amies, vous pourriez me parler tout le temps en anglais ? »

Un peu plus tôt, Mme Townsend m'avait expliqué que les filles devaient converser en français le lundi, le mercredi, le vendredi et le dimanche, mais en anglais les autres jours.

« Pas tout le temps, répondit Catalina. On ne peut pas te parler en anglais les jours français. En plus, on a envie de travailler notre français avec toi. » Elle m'étudia de plus près. « Oh, et puis au diable les règles. Je peux parler en anglais avec toi, si c'est ça que tu veux. Au pire, tu ne me comprendras pas ! Je commence maintenant ?

— Oui, s'il te plaît », dis-je en anglais.

Mais Catalina ne parla pas tout de suite, occupée qu'elle était à regarder Mme Townsend, assise au bout de la table sur un siège rehaussé, les pieds posés sur un tabouret recouvert d'un tissu vert. De la sorte, m'expliqua plus tard Catalina, la directrice pouvait voir toutes les filles et écouter nos conversations.

Mme Townsend ne disait rien, mais ses yeux étaient plus écarquillés qu'à l'accoutumée. Catalina hocha la tête. À voix basse, elle me dit de retirer mes coudes de la table et de me tenir mieux, puis elle répéta la même chose en anglais. Je m'excusai. Catalina me dit de ne pas m'en faire. « On sait toutes comment avoir l'air polies et bien élevées, on est toutes capables de préparer un déjeuner parfait, mais aucune d'entre nous n'a écrit un livre », ajouta-t-elle.

Les filles, comme me l'avait annoncé Mme Townsend, étaient plus âgées que moi. La plus jeune, Margareta, avait seize ans. Les autres en avaient dix-sept et dix-huit. L'été suivant, me dit Catalina, la plupart d'entre elles seraient prêtes à entrer dans le monde. Ou, dans le cas de certaines Anglaises, à intégrer une école de secrétaires puis le Foreign Office, où elles se trouveraient un mari.

La fille qui était assise à côté de Catalina – une Américaine prénommée Helen – posa son couteau et sa fourchette et se tourna vers moi. « Dis, Agnès. » Je compris tout de suite que son français était mauvais. « Est-il vrai que tu gardais… » Elle était repassée à l'anglais. « Des cochons et des chèvres avant de venir ici ?

— Gardais ? »

Je pensais connaître le mot, pourtant je ne comprenais pas la question.

Mme Townsend intervint : « Ne mélange pas les deux langues quand tu parles, Helen.

— Oui, Kazumi », fit Helen, en anglais, avant de se tourner vers moi et de me demander en français s'il était vrai, comme l'affirmait la presse, que j'étais plus à l'aise avec les animaux de la ferme que la plupart des gens de mon âge.

« Tu ne manges donc pas de viande ? répondis-je, feignant la curiosité.

— Sauf que je ne suis pas obligée de rencontrer les animaux que je mange.

— Dommage. Ils ont tous de jolis noms. Certains sont bien élevés. D'autres, moins. On avait dans le temps une truie qui s'appelait Hélène, et elle était très grossière. »

Je sentis tous les regards sur moi, celui de Mme Townsend et ceux des autres filles. Catalina échangea un coup d'œil avec une camarade en face d'elle.

« Comme c'est amusant, dit Helen. On a tellement de chance de t'avoir ici parmi nous. » Elle se détourna de moi en plein milieu de sa phrase.

Je regardai l'arrière de sa tête. Fabienne aurait facilement pu lui tordre son magnifique cou. Cette pensée me rasséréna, mais revint me hanter plus tard dans la nuit. Même si Fabienne n'était pas douce, elle n'avait pas l'âme d'une meurtrière. Elle aurait répondu sèchement à Helen, elle aurait capturé des mille-pattes et les aurait relâchés dans son lit, mais jamais elle n'aurait pensé régler quoi que ce soit en tuant quelqu'un.

Se pouvait-il que, entre Fabienne et moi, ce fût moi, la vraie morbide ?

AINSI DÉBUTA ma nouvelle vie d'écolière, dont je me souviens encore aujourd'hui comme on se souviendrait d'un rêve étrange et pénétrant. À chaque répétition, le rêve se perfectionne, livrant de nouveaux détails, révélant des péripéties oubliées.

Le soleil, par la fenêtre, progressant sur le sol. Le clair de lune, par la même fenêtre, léchant le cadre d'une cathédrale espagnole en aquarelle. Peut-on dire que le soleil se déplace à tire-d'aile et la lune à dos d'escargot ? Les ailes des freux déployées et repliées, déployées et repliées, avant de se fondre dans le crépuscule, quand les filles, sortant de l'étude, bâillaient de leur élégant bâillement – c'était dans ces gestes-là que leurs corps s'éloignaient de l'enfance en attendant que la vraie vie commence. Le vendredi, on nous servait de la tourte au poisson, qui représentait pour moi un mets raffiné et que les autres filles touchaient à peine, car elles repensaient aux escargots dégustés avec leurs parents dans quelque café parisien ou hôtel de Menton. Mais parmi vous, filles difficiles, laquelle s'est jamais demandé pourquoi ces pauvres escargots s'embêtaient à conserver leur coquille qui ne les protégeait de rien ?

Les premiers seringas, emplissant l'air d'un parfum qui s'accusait aussitôt la nuit tombée. Les arbres en fleurs dans le verger :

aubépines et pommiers sauvages. Les pivoines, splendides et éphémères. La femelle troglodyte virevoltant en tous sens pour nourrir ses petits. Trois pianistes assises à trois pianos, jouant des airs différents. Les souliers de satin de la professeur de danse, pendus à son épaule comme deux poupées maigres et sans vie. Des tableaux impressionnistes français et des sculptures romaines projetées grâce à une lanterne magique. Les compositeurs du XIXe siècle sur le gramophone – leurs noms, comme leur musique, tourbillonnaient dans mon cerveau et me donnaient sommeil. Nous avions le luxe de pouvoir prendre un bain quand bon nous semblait, contrairement aux filles de certaines autres écoles, ce que ne manquait pas de nous rappeler Mme Townsend. Sans compter la visite hebdomadaire de Mme Flask, qui nous lavait les cheveux avec une précision clinique. Matinée et soirée font une journée. Jours et nuits font une semaine, un mois, une vie. Lâchez-moi à n'importe quel moment, tournez-moi dans n'importe quelle direction, je pourrais retracer le cours de ma vie. Les détails entraînent les détails. Avec tous ces détails, on peut espérer avoir le tableau d'ensemble. Mais un tableau d'ensemble de quoi ? Plus on se souvient, moins on comprend.

Les journées de Woodsway s'organisaient autour d'un gong, un objet en bronze gravé de caractères japonais noirs qui, au début, me prenait presque toujours au dépourvu. Contrairement aux autres filles, je ne possédais pas de montre-bracelet. Mme Townsend avait dû estimer que ce n'était pas un élément essentiel de ma garde-robe. Le gong avait la mauvaise habitude de toujours sonner – annonçant un repas, une leçon, le départ d'une sortie scolaire – au moment précis où j'étais occupée : à me débarbouiller la figure et à me brosser les dents, comme l'exigeait Mme Townsend ; à choisir la bonne tenue pour la classe, pour une excursion dans la journée ou pour le dîner – ce en quoi Catalina m'aidait souvent, tant il existait de règles non écrites, connues de toutes les élèves, sauf de moi.

J'appris rapidement à me vêtir et à me comporter comme il fallait, selon les règles de Mme Townsend. Il y avait néanmoins certaines choses chez moi qui ne pouvaient s'effacer ou se dissimuler sous un chemisier soyeux. C'est à Woodsway que je découvris pour la première fois les flocons de blé, qui, aussi longtemps qu'on les fît tremper dans le lait, laissaient toujours sur mes papilles un goût de sable. C'était curieux de regarder les filles boire du thé au petit déjeuner. J'en avais fait part dans une lettre à mes parents, consciente qu'ils en seraient impressionnés. Avec quel genre de gens fortunés, penseraient-ils, vivais-je ?

Le matin, Mme Townsend faisait la classe : langues, histoire de l'art, commentaire de texte. Après le déjeuner, nous nous égaillions dans la maison, révisant nos leçons, rédigeant des lettres ou ne faisant rien. Puis nous allions dans le jardin pour les leçons de maintien : je commençai par un livre posé sur la tête, alors que les autres filles marchaient en cercle en portant sur la leur un plateau et une pomme. Le tennis était très prisé – il y avait une raquette dans ma chambre, même si Mme Townsend estimait que le tennis n'était pas une priorité pour moi. Les après-midi pluvieux, nous nous retrouvions pour faire des bouquets – Mme Townsend était experte en la matière depuis ses années japonaises.

Deux fois par semaine nous recevions la visite de Mlle Griffin, la professeur de danse. Mme Kopp, une professeur de musique venue de Londres, arrivait avec son étui à violon et partageait son temps entre les violonistes, les pianistes et les chanteuses. J'étais exemptée de leçons de musique, et ma voix ne ferait jamais de moi une chanteuse. Pendant que les filles travaillaient leurs instruments aux quatre coins de la maison, je restais auprès de Mme Townsend et lui faisais la lecture en français ou en anglais – l'élocution, me disait-elle, était de la plus haute importance pour moi. Le jeudi, nous allions à Londres pour visiter musées et galeries. Mme Townsend n'était pas une grande amatrice de cinéma, au grand dam des jeunes filles, mais elle nous autorisait à écouter de la musique populaire à la radio, le soir. Bing Crosby était le chanteur préféré de toutes, Archie Lewis ne faisait pas l'unanimité. Il y en avait d'autres encore, dont les noms se sont effacés de ma mémoire.

12 février 1954

Ma chère Agnès,*

Cette fois, quand ta lettre est arrivée, Fabienne me l'a tout de suite donnée. Elle l'a d'abord lue, bien sûr, mais je pense que tu devais t'y attendre. Je sens, à la façon dont tu m'écris, que tu gardes pour toi les mots que tu ne veux pas qu'elle lise. J'aime les imaginer, ces mots : c'est comme si nous nous tenions par la main dans son dos.

Ma vie est un peu ennuyeuse sans toi, même si je ne le dis pas, même à Fabienne. Il m'arrive de passer devant le portail de l'école ou la place du village pour voir si les gens parlent de toi. Une fois, j'ai entendu une fille, une des trois Marie, dire à une autre : « Qu'est-ce qu'il y a de si exceptionnel à être écrivain ? Quand je serai grande, je serai vedette de cinéma. » J'ai ri si fort que Marie a dû se tourner vers moi avec un regard noir et me demander de ne pas être grossier.

Fabienne me parle rarement de toi. D'un autre côté, tu sais qu'elle ne parle pas souvent à grand monde. Quelquefois, j'essaie de lancer la conversation à ton sujet, mais elle fait comme si elle t'avait déjà oubliée. Elle n'a pas de cœur. Je le lui ai dit hier soir ; elle a répondu que je me trompais sur toute la ligne. Elle m'a dit : Tu auras bientôt une nouvelle petite amie parce que Agnès n'est pas là, alors que nous, Agnès et moi, serons toujours ensemble, quoi qu'il arrive. J'ai rétorqué que jamais je n'aimerais une autre fille comme je t'aime. Elle a ri et m'a dit qu'on ne devait pas faire confiance aux hommes.

Je pense qu'il faut que tu saches que je n'aurai jamais d'autre petite amie. Je compte économiser un peu pour pouvoir aller en Angleterre. Tu crois que ton école m'autorisera à te rendre visite ?

Jacques

12 février 1954

Ma chère Agnès,*

Ta Mme Townsend m'a l'air d'être une majestueuse vache en carton, comme celles qu'on trouve à l'entrée des foires agricoles. Tu es sûre qu'elle en vaut la peine ? Penses-tu avoir fait une erreur en décidant d'aller en Angleterre ?

Ton école m'a l'air d'être le lieu rêvé pour M. Devaux. Il pourrait y parler philosophie, art et poésie, puis arpenter les couloirs à la nuit tombée pour entrevoir une fille en train de se baigner ou de se changer. Je me demande ce que le pauvre homme fabrique, ces temps-ci. Tu penses qu'il écrit sur nous, par exemple ?

Tu ne m'as pas bien décrit les filles. À t'entendre, elles se ressemblent toutes. Si tu cherches le moyen de les distinguer les unes des autres, voici ce que tu peux essayer : va dans la partie ensoleillée du jardin et trouve un serpent. À cette époque de l'année, ils aiment prendre le soleil, mais pour l'essentiel ils sont encore léthargiques. Attrapes-en un par la queue et fouette-le fort, de la tête à la queue. Si tu le fais assez vite, aucun serpent n'a la moindre chance. Crois-moi : je fais ça depuis quelques jours et maintenant, quand j'agite un serpent mort à la manière d'un fouet, même des garçons comme Étienne et Paul me fichent la paix.

Une fois que tu auras un serpent mort, montre-le à toutes les filles, une par une. Fais-moi savoir laquelle aura crié et laquelle t'aura demandé à toucher le cadavre.

Non, si tu penses à ce que je sais que tu penses, tu te trompes. Je ne mange pas de serpents. Les tuer ne me fait même pas plaisir. Mais il est important de perfectionner cet art.

Jacques est bête, comme d'habitude. Il se croit amoureux de toi, mais je doute que dans six mois il se souvienne encore de toi. Je songe à lui trouver une petite amoureuse. À mon avis, il restera fidèle. On parie ?

Fabienne

Ces lettres me troublèrent. Quand j'écrivais à Jacques, j'imaginais quelqu'un qui ressemblait à Fabienne, mais comme il avait quelques années de plus que nous et comme il m'aimait, il était moins versatile. Se pouvait-il que le garçon que j'avais imaginé fût différent de celui qu'imaginait Fabienne ? Pourquoi se moquait-elle de lui dans sa lettre, et pourquoi me parlait-il d'elle en mauvaise part ? Quand il écrivait que je lui manquais et qu'il voulait venir me voir en Angleterre, parlait-il pour elle aussi ?

Depuis le retour des filles, Mme Townsend était plus occupée. Je partais donc du principe qu'elle n'avait pas eu le temps de venir dans ma chambre lire mon journal. Rose, qui guettait chaque jour les lettres de ses parents, au Siam, se tenait toujours près du guéridon du couloir quand le courrier arrivait, et ce jour-là ce fut elle qui repéra mes lettres et me les donna. Mme Townsend ne les avait peut-être pas encore vues. Néanmoins, je ne devais prendre aucun risque. Une chose était sûre : si Mme Townsend mettait la main sur elles, ces lettres me causeraient des ennuis. Elle pourrait décréter que non seulement Jacques n'était pas un correspondant convenable pour moi, mais que Fabienne exerçait aussi une mauvaise influence sur moi. Je lus les lettres jusqu'à les connaître presque par cœur, puis je les cachai.

Je ne pensais pas être en mesure d'introduire un serpent mort dans la maison. En revanche, les quelques jours suivants, quand je laissais mon esprit divaguer pendant que Mme Townsend parlait art et littérature, j'essayais d'imaginer les réactions des filles devant un serpent. Aucune, me disais-je, n'aurait la curiosité de vouloir toucher le cadavre froid et écailleux.

TROIS SEMAINES APRÈS le retour des filles, M. Lambert, le photographe qui nous avait accostées le jour de mon arrivée à Woodsway, fit sa visite. Je posai pour lui partout où il le souhaitait. J'enfilai même les vêtements que je portais autrefois chez moi, afin qu'il puisse montrer à quoi je ressemblais au moment où j'avais quitté ma campagne française, sortant de la voiture de Meaker et traînant ma valise dans l'allée avant d'être accueillie par quelques filles. À l'intérieur, je fus installée sur le tapis, à côté du canapé, et écoutai Mme Townsend me faire la lecture. Puis on présenta les chiens, Ajax et Willow, en train de m'encadrer devant la cheminée. Dans ma chambre, je disposai une robe et une paire de ballerines sur le lit et touchai le tissu « avec une convoitise mêlée de crainte », comme me le demanda M. Lambert. Il prit aussi quelques clichés des filles marchant dans le jardin ou se prélassant près de la fontaine.

« Une bonne publicité pour Woodsway, sans quoi la directrice ne m'aurait pas autorisé à faire ça », m'expliqua-t-il en français, une fois Mme Townsend et les filles rentrées pour une leçon. Elle avait demandé à Meaker de ne pas s'éloigner et de nous surveiller.

Je me sentis obligée de défendre Mme Townsend, non à cause des remarques désobligeantes de M. Lambert mais parce qu'un peu plus tôt il avait montré un certain empressement à l'égard de Helen. S'il avait eu le choix, il aurait fait d'elle la vedette de sa séance photo. « Mme Townsend me donne une éducation gratuitement, répondis-je.

— Sans cela, votre chambre serait vide. Vous êtes seulement une bouche supplémentaire à nourrir à sa table et une élève de plus dans la classe.

— Mais elle m'a offert tous ces vêtements. Vous les avez vus. Vous les avez photographiés.

— Je ne doute pas un instant que vous gagnez votre vie. »

Je n'aimais pas son ton caustique. Je ne dis rien.

M. Lambert changea d'objectif et me demanda ce que ça me faisait d'être transformée en jeune fille du monde. Mais jamais je ne deviendrais une jeune fille du monde, répondis-je, ajoutant que j'étais dans cette école pour recevoir une meilleure éducation que dans mon village. Il sourit. « *Mademoiselle**, vous êtes trop jeune pour comprendre les intentions des gens », dit-il. Il me fit asseoir sur une chaise en toile près du court de tennis, puis plaça une balle de tennis dans ma main gauche et une balle de croquet dans la droite. Il me demanda d'observer ces deux balles comme si j'étais fascinée par la différence entre elles. Après avoir pris quelques photos, il s'interrompit pour me confier qu'à Paris et à Londres on racontait que j'étais l'expérience de Mme Townsend, qu'elle entendait faire de la gardeuse de cochons que j'étais une débutante. « J'aurais dû penser à vous apporter un exemplaire de ces revues, dit-il.

— Je peux en acheter un ici ? »

Il haussa les épaules et, d'un geste de la main, désigna le jardin. « Ici ? »

Je me demandai si Mme Townsend les avait vus, ces articles. « Une fois, elle m'a parlé d'une sorte de revue de presse, dis-je.

— Restez comme ça et ne bougez plus », m'intima M. Lambert avant de prendre quelques clichés, précisant qu'il tenait là quelque chose de bon.

« Quoi ?

— Ce regard dans vos yeux. »

Je ne voyais pas de quoi il parlait. « Vous pensez que je devrais interroger Mme Townsend sur ces articles ? »

Il remit le cache sur son objectif et regarda autour de lui. Meaker, de l'autre côté du court de tennis, était en train de nettoyer et d'affûter ses outils de jardinier. M. Lambert se saisit d'une chaise et l'installa à côté de la mienne, un peu trop près. Mais Meaker ne leva pas les yeux, et je n'estimai pas nécessaire de m'éloigner du photographe. Ce dernier s'assit et me proposa une cigarette. Je fis signe que non ; il l'alluma pour lui.

« À votre place, me dit-il, je ne m'embêterais à lire aucune de ces choses qu'on publie sur vous.

— Pourquoi donc ?

— Vous ne m'avez pas l'air d'une fille capable de faire ça longtemps.

— Ça ? Quoi, ça ?

— Jouer les petits prodiges, faire le zouave devant tout le monde.

— Comment ça ? »

Je lui posai la question uniquement parce que cela me semblait être mon devoir dans cette conversation. Je devinais déjà sa réponse. Je ne savais pas si j'avais très envie de l'entendre.

« J'entends par là que les gens se sentent autorisés à rire de vous. Pour eux, vous êtes une distraction inoffensive. Si un article dit : "De gardeuse de cochons à débutante", à votre avis, qu'est-ce que les lecteurs penseront de vous ? »

Je secouai la tête. Peut-être valait-il mieux ne pas le savoir. Je me demandai si M. Bazin avait également lu ces articles et s'il me considérait, lui aussi, comme une distraction inoffensive.

« Vous n'avez jamais songé à comparer ce que les autres gagnent grâce à votre histoire et ce que vous y gagnez ? »

Je fis signe que non.

« Regardez, aujourd'hui j'ai pris de très bonnes photos de vous et je vais être payé pour ça. Mais vous, qu'est-ce que vous en retirez ? »

Je réfléchis un instant. « Je peux échapper aux leçons du jour.

— Je pensais que vous étiez venue ici pour recevoir une bonne éducation. Mais quoi ? Vous n'aimez pas ce qu'on vous enseigne ?

— Bien sûr que si, répondis-je, néanmoins consciente qu'il ne me croyait pas.

— *Mademoiselle**, il ne fait aucun doute que vous êtes une jeune fille très intelligente, alors je vais être franc avec vous. Qu'allez-vous faire une fois que vous aurez achevé votre éducation ici ?

— Je retournerai en France.

— Et ensuite ? »

Que faisait une jeune écrivain après une année passée dans une école d'étiquette anglaise ?

« Ce qu'on vous enseigne ici, vous pourrez vous en servir à l'avenir ?

— Oui, je crois.

— Et faire quoi ? Être une débutante ? »

Je n'aimais pas sa manière de sourire ; il ne soulevait qu'un coin de sa bouche. Mais il n'était pas le seul à se montrer cruel. Bien des gens sautent sur la première occasion de pouvoir imiter le chat qui joue avec une souris entre les pattes. M. Lambert était-il pire que Mme Townsend ? Au moins, il estimait de sa responsabilité d'anéantir toute illusion à laquelle j'avais pu me raccrocher jusque-là. « Vous essayez de m'expliquer une chose que je ne comprends pas, *monsieur** ?

— Pour beaucoup de gens, vous faites une bonne histoire, et tous ceux qui écrivent sur vous ou vous photographient obtiennent quelque chose en retour. La directrice de votre école, ici, en profite certainement plus que quiconque. Je ne serais pas étonné si dans les années qui viennent elle recevait de plus en plus de candidatures. Mais tous ces gens – et je me compte parmi eux... Nous sommes comme des abeilles. Vous n'êtes pas la seule fleur pour nous. Et combien de temps une fleur peut-elle rester éclose ? Vous voyez ce que je veux dire ? »

Je réfléchis un instant. « Qu'est-ce qu'il faudrait que je fasse pour devenir une abeille au lieu de rester une fleur ?

— Ce n'est pas à moi de le dire.

— Il vaudrait mieux que je retourne en France, dans ce cas ? » demandai-je, bien consciente qu'il ne répondrait pas à cette question non plus.

« JE VOIS que ce Jacques continue de t'écrire. » Un après-midi, Mme Townsend me convoqua dans son petit salon et me montra deux lettres, l'une de Fabienne et l'autre de Jacques. Rose, ce jour-là, avait dû occuper son poste un peu trop tard – je lui avais fait comprendre que chaque jour, comme elle, j'attendais impatiemment des lettres de chez moi, et elle m'avait promis de garder un œil ouvert.

Je regardai les lettres que tenait Mme Townsend. Depuis notre dernière discussion au sujet de Jacques, elle se comportait comme si elle avait oublié l'épisode au cours duquel j'avais fait la morte. Je ne savais pas dans quelle mesure je pouvais me fier à son amnésie, même si après leur retour les filles avaient monopolisé son attention. Elles étaient des clientes, comme me l'avait expliqué un jour Helen, et les clientes, dans n'importe quel monde, passaient avant les cas sociaux. Son français n'était pas bon, mais nul besoin de parler couramment une langue pour être désagréable.

« Y a-t-il entre Jacques et toi de nouveaux développements dont je devrais être au courant ? demanda Mme Townsend.

— Tout va bien entre nous.

— Donc c'est toujours ton petit ami. »

J'acquiesçai.

« Je pensais avoir été claire : il n'est pas convenable que tu aies un petit ami pendant ton séjour à Woodsway.

— Les autres filles parlent sans arrêt de leurs petits amis.

— Ce n'est pas vrai. Tu as dû mal comprendre. Les garçons dont elles parlent ne sont pas leurs petits amis, même si elles cherchent à le faire croire. Toutes les filles de Woodsway viennent de bonnes familles. Tu es beaucoup plus jeune, et tes parents t'ont confiée à moi. J'ai pour devoir de m'assurer que rien ne déraille. Tu comprends ? »

Je ne répondis pas. Ma vie avait déjà déraillé, depuis que l'idée d'écrire un livre était venue à Fabienne. Je ne pouvais pas suivre le mauvais chemin et penser arriver un jour à bon port.

« Dis-moi, est-ce que tu te considères encore amoureuse de lui ? »

Je n'avais jamais été amoureuse, et voilà qu'elle me demandait si j'étais amoureuse d'un garçon fictif. Cela aurait fait rire Fabienne. Moi aussi, à sa place. Cependant, rien de tout cela ne regardait Mme Townsend. Il ne lui revenait pas de dire combien de temps durerait ce petit jeu consistant à avoir un amoureux prénommé Jacques.

« Agnès, je t'ai posé une question.

— Oui.

— Alors tu es amoureuse de lui ? Franchement, tu es trop jeune pour être amoureuse, et tu es certainement amoureuse de la mauvaise personne.

— Comment savez-vous que c'est la mauvaise personne ?

— Le simple fait que tu me poses la question montre à quel point tu manques d'expérience, répondit-elle. Je crois qu'il est grand temps que tu cesses de correspondre avec lui.

— Mais j'ai envie de lui écrire. Et j'aime recevoir ses lettres. Il n'y a pas beaucoup de gens de chez moi avec qui je garde contact.

— Ton amie Fabienne t'écrit. Tes parents aussi. Ce n'est pas assez ?

— Où est le mal, s'il m'écrit ? Pourquoi est-ce que je ne peux pas profiter d'une chose que j'aime ?

— Tu es inculte. Si quelqu'un n'a pas le palais fin, ce n'est pas à lui de dire quelle nourriture est bonne. Il en va de même avec les gens. Tu n'as pas développé l'aptitude à les évaluer.

— Vous ne le connaissez même pas. Comment savez-vous qu'il n'est pas celui qu'il me faut ?

— Est-ce que tu le connais assez pour être sûre qu'il est celui qu'il te faut ? demanda Mme Townsend. Tu me surprends, Agnès. Je croyais que ton éducation, si lacunaire soit-elle, t'aurait au moins donné un avantage sur beaucoup de filles de ton âge. Mais tu te révèles aussi sujette à l'hystérie que les autres. »

Jusqu'à ce qu'elle me dise cela, je ne m'étais pas rendu compte que je pleurais. Même en séchant mes larmes d'un revers de manche – Mme Townsend fronça les sourcils mais ne me tendit pas de mouchoir –, je trouvai qu'elles faisaient un drôle d'effet sur mon visage. Je n'étais pas du genre à pleurer, et Fabienne méprisait les filles qui pleuraient.

« Allez, calme-toi et ensuite nous parlerons, dit Mme Townsend.

— Vous ne voulez pas que j'écrive à Jacques… Ça fait partie de l'expérience ?

— Je te demande pardon ?

— La presse parle de moi comme de votre expérience. C'est le photographe qui me l'a appris. »

Mme Townsend ouvrit un livre posé sur son bureau, en lut quelques lignes, puis le rangea dans une autre pile. Elle finit par lever les yeux. « M. Lambert ? fit-elle. S'il t'a dit ça, alors il s'est montré bien peu professionnel.

— Mais c'est vrai ?

— Tu es intelligente, sans quoi tu n'aurais rien écrit qui mériterait d'être publié. Tu peux te considérer comme un prodige, mais le monde n'est jamais à court de prodiges, et le monde est toujours prêt à passer au suivant. Si je peux me permettre d'être franche avec toi, aux yeux de tes éditeurs tu n'es guère plus qu'un singe enchaîné à son orgue de Barbarie. Qu'est-ce que tu feras quand tu cesseras d'être un auteur publié ? Tu retourneras dans ton village, garder les cochons ? Tu épouseras un paysan auquel tu donneras une portée d'enfants que tu pourras à peine nourrir ? Dis-moi, c'est ça que tu veux ? Je peux te renvoyer chez toi dès demain, si c'est ça que tu veux. »

J'aurais pris le premier train qui me ramènerait en France, mais Fabienne souhaitait que je reste ici pour que nous continuions d'écrire des livres.

« Allez, dis-moi, veux-tu que je te renvoie dans ton village ? »

Je fis non de la tête.

« Ton ingratitude est aussi choquante que ton ignorance. D'un autre côté, je ne devrais pas être surprise. Bon, maintenant, revenons à ce Jacques. Voyons ce qu'il a à nous dire. »

Je ne protestai pas lorsque Mme Townsend décacheta l'enveloppe. C'étaient les lettres de Fabienne que je devais protéger. Pour elle, il me fallait sacrifier Jacques. La perspective me rendit mélancolique. C'était comme dans les chansons populaires que nous écoutions à la TSF : *Je te laisse partir parce que je t'aime. Tu ne vois pas les larmes derrière mon sourire.*

Mme Townsend parcourut la lettre en quelques secondes et la jeta vers moi, avec celle de Fabienne, toujours cachetée.

« Et ça se morfond, et ça se languit... dit-elle. Des mots tous plus inutiles et mièvres les uns que les autres. Je ne vois rien de valable dans la lettre de Jacques. C'est un homme faible. »

Pourtant, il m'aimait comme personne ne m'avait jamais aimée. Je repliai la lettre et la lissai soigneusement.

« Tu dois immédiatement cesser de correspondre avec lui, reprit Mme Townsend. Pourquoi ne lui expliquerais-tu pas que ses lettres ne sont plus les bienvenues et que tu dois plutôt te concentrer sur ton avenir ? Mieux encore : écris à sa sœur et demande-lui de le lui expliquer à ta place. Je ne veux plus voir une seule lettre de lui, tu as compris ?

— Oui, Kazumi. »

CE SOIR-LÀ, Mme Townsend nous dit qu'au lieu d'écouter de la musique populaire nous ferions mieux d'écouter de la vraie musique sur le gramophone. Helen fut la seule à grimacer dans son dos. Les autres filles, malgré leur déception, se rassemblèrent dans le salon, et certaines s'assirent sur le tapis, aux pieds de Mme Townsend, caressant les chiens chacune à son tour.

Je trouvai une chaise dans un coin. Je ne savais pas quoi penser de la musique, un concerto d'un compositeur allemand dont le nom m'aurait échappé si Mme Townsend avait décidé de m'interroger. C'était plaisant mais long, comme ces promenades que nous faisions le week-end. Ce que Mme Townsend et les filles appelaient paysages n'étaient que des arbres, des fleurs et de temps en temps un ruisseau, deux fois moins jolis que ce que nous avions à Saint-Rémy.

Cette musique était sans doute à l'image des musées et des théâtres londoniens : des choses dont on nous disait qu'elles enrichiraient notre vie. Or il fallait déjà avoir une vie digne d'être enrichie. Selon les standards de mes camarades de classe, je n'avais pas encore le moindre genre de vie. Ce que les autres avaient facilement, je ne l'avais pas. Mon écriture avait peut-être été saluée dans notre école de village, mais ici la calligraphie dansante des filles ridiculisait mes tentatives. Certaines filles avaient beau parler le français avec un drôle d'accent, elles le lisaient et l'écrivaient toutes mieux que moi. Bien qu'il y eût des revues dans différentes langues aux quatre coins de la maison, je ne regardais que les images et survolais les textes, même s'ils étaient en français ou en anglais. Si quelques camarades – notamment Catalina – souhaitaient sincèrement m'aider, d'autres échangeaient des petits sourires dès que je me trompais, c'est-à-dire presque tous les jours. L'inélégance et l'ignorance me caractérisaient.

Être différente ne dérangeait pas Fabienne. Moi, ici à Woodsway, ça me dérangeait.

À la fin du concerto, Mme Townsend dit que nous pouvions nous amuser jusqu'à la fin de la soirée et quitta le salon, suivie par Ajax et Willow. Quelqu'un alluma la radio. Je décidai de ne pas rester. Je voulais retrouver ma chambre, la seule chose qui me plût encore dans ma vie ici.

Catalina me suivit en haut, jusque dans ma chambre. « Tu as l'air triste, ce soir », me dit-elle en anglais. Elle était l'amie la plus fidèle que je puisse trouver : comme convenu, elle me parlait tout le temps en anglais et ne passait au français que quand je ne comprenais pas ce qu'elle disait.

Je n'étais pas triste. Je m'ennuyais. J'avais la nostalgie de cet univers où tout se réduisait à Fabienne et à moi. Je n'aurais jamais quitté cette vie-là (la plus heureuse que j'aie jamais connue) si Fabienne n'avait pas eu la conviction que le monde avait quelque chose d'intéressant à offrir. Quelque chose qui nous dépassait et qu'il lui semblait important de connaître. Elle m'avait envoyée à Paris, puis en Angleterre, afin que je voie les inconnus et leur vie. Pendant quelque temps, j'avais essayé de rester concentrée sur l'aventure, la nouveauté de ce monde – les draps soyeux, les tenues chics, la nourriture abondante, les filles magnifiquement habillées et Mme Townsend qui, telle l'horloge à coucou du salon, répétait toute la sainte journée les mêmes instructions, dans le même ordre – s'était vite émoussée. Les filles, pareilles à des anges, pouvaient paraître d'une beauté parfaite, mais c'était parce que créer des anges n'exigeait aucune imagination – de beaux matériaux et un ensemble de règles suffisaient. Aucune ne se serait interrompue au beau milieu d'une conversation sur les vêtements ou la danse pour écouter au loin le hululement d'une chouette; aucune n'aurait répondu à cette chouette, dont le hululement était si réel qu'on savait que, quelque part, une mère regarderait son petit enfant, inquiète de ce mauvais présage. J'aurais aimé que Fabienne soit à mes côtés pour voir ce que je voyais: nous n'avions pas besoin du monde; et le monde n'avait pas besoin de nous.

« Eh, oh, dit Catalina. Tu es très loin, ce soir. »

Je fermai la porte. Je n'avais jamais mesuré l'importance d'une porte avant Woodsway. « Je vais bien. C'est juste que ces temps-ci mon Jacques me manque beaucoup. » Il était tentant de rejeter la faute de mon humeur sur Jacques. Aucune des filles ne soupçonnerait autre chose.

« Vous vous envoyez des lettres, non?

— Oui, dis-je. Mais Kazumi n'est pas contente. Elle m'a ordonné d'arrêter.

— Si Kazumi a pris cette décision à ta place, c'est pour ton bien.

— Elle ne connaît pas Jacques. Ses raisons ne peuvent pas être de bonnes raisons.

— Ne dis pas ça. »

Puis elle se radoucit. « Tu as une photo de lui? »

Il ne m'était jamais venu à l'esprit que quelqu'un puisse me demander une preuve de son existence autre que ses lettres. « On ne se fait pas tirer le portrait, chez nous », répondis-je.

Catalina réfléchit. « Je pense vraiment qu'il faut que tu saches que tu as un plus bel avenir que lui.

— Tout le monde me parle sans arrêt de mon avenir, mais personne ne comprend que je n'ai pas d'avenir.

— Comment ça? Tu es écrivain!

— Tu as lu mon livre?

— Kazumi nous l'a interdit. Elle a dit qu'elle voulait qu'on ne te connaisse que comme une camarade de classe. Mais bien sûr, aussitôt dit, certaines filles ont mis la main sur un exemplaire de ton livre.

— Tout le monde ici a donc lu mon livre?

— Pas tout le monde. Toutes les filles n'aiment pas lire, surtout en français. Peut-être que quelques-unes le liront une fois qu'il sera traduit en anglais. Mais j'espère que tu ne te vexeras pas si je te dis que ton livre n'est pas ce qu'on avait imaginé. Margareta et Rose ont trouvé les histoires atroces.

— Toi aussi ?

— Je ne l'ai pas lu, répondit Catalina. Tu me connais... Je ne suis pas une littéraire. Mais Rose nous a raconté certaines des histoires. Elles étaient plutôt choquantes ! Quand on t'a rencontrée, on a été surprises par ta gentillesse. »

Je me fis alors la réflexion que Catalina, Margareta et Rose étaient soit de véritables amies, soit d'excellentes comédiennes.

« Pardonne-moi de te dire ça, mais ta vie là-bas avait l'air épouvantable. Ce n'est pas une vie.

— C'était la belle vie pour moi et mon Jacques.

— Sauf que maintenant tu es ici. Tu devrais savoir que c'était une vie épouvantable.

— À quoi bon le savoir ? Je ne suis pas comme vous.

— Tu vaux mieux que nous toutes réunies, dit Catalina avec une telle sincérité qu'un mois plus tôt je l'aurais crue. Oh, s'il te plaît, n'aie pas l'air aussi déçue. Tu es écrivain. »

Je soupirai.

« Tu as envie d'écrire d'autres livres ? demanda-t-elle.

— J'en ai écrit un autre, il sera publié à l'automne.

— Et ensuite ?

— Non. Je ne veux plus jamais écrire.

— Vraiment ? Mais qu'est-ce que tu feras si tu n'écris pas de livres ?

— Quand je rentrerai en France, je veux trouver du travail à Paris.

— Quel genre ?

— Un poste de secrétaire. Ou de vendeuse. »

Catalina éclata de rire. « Tu plaisantes, j'espère !

— Où est le mal à trouver un travail ?

— Il faut que ce soit le bon, dit-elle. Voyons voir. Helen pourra travailler quelque temps pour son père, jusqu'à son mariage. Margareta répète sans arrêt qu'elle veut fonder une école expérimentale pour enfants sourds-muets. Rose ne travaillera jamais. Phillipa ou Gillian... » C'étaient deux Anglaises, l'une de Manchester, l'autre de Newcastle. « Elles auront du travail. Elles vont toutes deux intégrer une école de secrétariat à la rentrée prochaine.

— Tu crois que je peux faire ça, moi aussi ?

— Pourquoi voudrais-tu faire ça ? »

S'il existait des écoles de secrétariat à Londres, pensais-je, il devait y en avoir également à Paris. « Et toi, qu'est-ce que tu vas faire ? demandai-je.

— Je ne suis pas aussi ambitieuse. Je veux me marier et avoir des enfants. Mais toi, tu ne devrais pas te précipiter. Et certainement pas épouser Jacques. »

Je secouai la tête. « Je ne veux épouser personne. Je préférerais trouver du travail.

— Un jour ou l'autre, il faudra bien te marier. Mais il faudra que ce soit le bon mari. C'est plus important que de trouver un bon travail.

— C'est tout le problème. Tu ne vois donc pas que rien de ce que je trouverai, travail ou mari, ne sera assez bon pour vous ?

— Je vois, répondit Catalina, dont les yeux noirs exprimaient une vraie compassion. Je vois très bien. C'est pour ça que je veux que tu écoutes Kazumi. Elle a forcément de grandes ambitions pour toi. Elle paraît peut-être sévère comme ça, mais elle fait beaucoup pour toi. Plus que pour n'importe laquelle d'entre nous.

— Aucune d'entre vous n'en a besoin.

— C'est vrai, convint Catalina. Raison de plus pour que tu fasses confiance à Kazumi. »

LA MÉTÉO se radoucit, et Meaker passait plus de temps dans le jardin. Tantôt il marmonnait tout seul, tantôt il parlait avec un air gentil, comme s'il discutait avec les semis et les bourgeons. Il habitait la loge du gardien. Bien qu'un garçon du village vînt l'aider pour les tâches lourdes, la plupart du temps il travaillait seul, dans la propriété ou à l'intérieur de la maison, réparant les châssis de fenêtres branlants, remplaçant les ampoules grillées, donnant un coup de peinture çà et là, colmatant les tuyaux. Il nous saluait d'un hochement de tête et en remuant les lèvres, mais il ne nous adressait jamais la parole et discutait rarement avec la cuisinière ou les femmes de chambre. Les jours où nous allions à Londres, il nous déposait à la gare, emmenant la moitié des filles à chaque voyage. Je me demandais s'il avait remarqué que j'étais différente des autres.

« Pourquoi est-ce que Meaker ne parle jamais en notre présence ? » demandai-je à Catalina un après-midi que nous assistions à un match de tennis. Moi-même, je ne jouais pas. Après deux leçons, Margareta et Catalina décrétèrent qu'elles s'étaient attaquées à un trop gros chantier et me conseillèrent de réclamer à Mme Townsend un professeur particulier. J'en conclus que je pourrais très bien me passer de tennis.

« Il reste dans son coin, dit-elle. Je crois que Kazumi préfère qu'il en soit ainsi.

— Il a une femme, une famille ? »

Catalina rit. « Ces questions que tu poses... On ne se mêle pas des affaires des autres.

— Vraiment ? »

Les filles semblaient se mêler sans cesse des affaires des autres. La veille, un journaliste londonien avait écrit à Mme Townsend pour lui demander s'il pouvait m'interviewer avant la parution prochaine des *Enfants heureux* en anglais. Dès que j'en avais parlé à Catalina, plusieurs filles étaient venues me bombarder de questions.

« On le fait, mais uniquement de la bonne manière. Et avec les bonnes personnes. »

Je savais que faire partie de ces bonnes personnes aux yeux de Catalina et des autres était soumis à conditions. Je pouvais aisément retomber dans la catégorie opposée, redevenir une moins-que-rien comme Meaker.

« Est-ce qu'on a le droit d'aider Meaker à jardiner ? demandai-je.

— Je ne pense pas que Kazumi approuverait. »

Voyant ma tête, Catalina ajouta : « Tu aimes mieux jardiner que faire des bouquets, n'est-ce pas ? Tu devrais plutôt demander à Kazumi si tu peux t'occuper d'une des plantes d'intérieur. »

J'aimais beaucoup Catalina, qui avait le sang chaud et le cœur chaud. Tous les êtres humains, à moins d'être morts, ont le sang et le cœur chauds, aussi je trouve toujours risibles ces qualificatifs, même si en l'occurrence Catalina les méritait vraiment. Mais sa personnalité, je le comprends aujourd'hui, était altérée par son désir d'être bonne et d'être juste. La bonté était dans sa nature. Se montrer bonne lui procurait un plaisir sincère. En revanche, où nous mène le désir d'être juste, sinon au mauvais endroit ? Connaître la mentalité de Mme Townsend et parler en son nom – cela, Catalina le faisait avec une aisance et une assurance parfaites, tout comme elle avait dû parler au nom d'autres autorités avant Woodsway et continuerait de le faire après. J'étais trop jeune, à l'époque, pour redouter les gens de son acabit. Depuis, j'ai rencontré d'autres versions de

Catalina. À chaque fois, je dois réapprendre à fuir les bonnes intentions des autres.

La perspective de passer un peu de temps seule au jardin – peu importe que ce fût avec Meaker ou non – était alléchante. À Saint-Rémy, Fabienne et moi vivions le plus souvent dehors, à l'écart des autres. J'avais toujours attribué cela au mépris absolu dans lequel nous tenions les villageois qui nous entouraient. Mais où se situe la limite entre le mépris et la peur ? Les gens qui s'approchent trop de nous peuvent toujours nous faire quelque chose. Alors que Fabienne et moi avions le bon réflexe de garder nos distances, de nous protéger de dangers que nous ne pouvions pas nommer, à Woodsway je n'avais plus ce luxe. Fabienne était ma seule armure contre ce monde, mais même la plus solide des armures ne pouvait pas protéger à distance. Les filles de Woodsway, belles, cultivées, étaient pareilles à de merveilleux coquillages. J'avais appris, à l'occasion d'une sortie dans un musée londonien, que dans l'ancien temps on se servait de coquillages de formes et de tailles différentes comme de monnaie d'échange. Néanmoins je me rappelais aussi une illustration dans un vieux livre que M. Devaux nous avait un jour montrée, à Fabienne et à moi : des coquillages servant à supplicier une jeune mathématicienne condamnée à mort pour sorcellerie. C'était une des rares fois où Fabienne et moi n'avions pas récusé son désir de nous enseigner quelque chose. Nous avions regardé cette illustration avec un mélange d'admiration et d'effroi, et par la suite nous nous étions demandé ce qu'étaient devenus ces coquillages de torture, une fois la jeune femme tuée.

Occupée par les inscriptions pour l'année suivante, Mme Townsend passait de nombreux après-midi à écrire aux potentiels parents et à recevoir des visiteurs, parfois. Mes leçons individuelles auprès d'elle devenaient donc de moins en moins fréquentes. Le programme, après le déjeuner, était également plus léger pour les autres filles. En juin, il y aurait un bal auquel participeraient les garçons d'un pensionnat des environs – c'était une tradition à Woodsway. Mes camarades, impatientes de voir arriver cette soirée, leurs voyages d'été et ce qui les attendrait chez elles, avaient largement de quoi discuter.

Quant à moi, je n'avais pas grand-chose à dire, et même les plus indiscrètes des filles cessèrent de me demander ce que cela faisait d'être une écrivain publiée. J'étais en train de devenir anonyme, comme me l'avait prédit Mme Townsend.

J'aurais peut-être dû m'en inquiéter; je ressentais surtout une forme de léthargie. Woodsway avait perdu de sa nouveauté. À force de vivre jour et nuit avec le même groupe de filles, je les considérais comme un troupeau de chèvres ou une volée de poulets. Je pouvais faire abstraction de leurs jacasseries dès que je voulais. Je pouvais les regarder sans me fixer sur chaque visage. Si elles avaient envie de quelque chose, elles ne se précipiteraient pas vers moi. Je n'avais rien à leur donner. Je préférais encore mes poulets.

Fabienne me manquait cruellement. Ce n'était qu'en lui écrivant que je trouvais l'énergie pour me concentrer. Pendant quelque temps, je lui racontai tout ce qui me passait par la tête: Mme Fisher et les repas qu'elle mitonnait, les journées à Londres, nos promenades le week-end, les journalistes et les photographes qui écrivaient à Mme Townsend pour lui demander la permission de venir à Woodsway. Je lui parlais de toutes les filles de l'école, sans exception. Je ne lui dis jamais qu'elle me manquait, mais dans ma dernière lettre à Jacques, celle où j'avais dû lui annoncer que Mme Townsend nous interdisait désormais de correspondre, je lui ouvris mon cœur et lui dis des choses que je n'osais pas confier à Fabienne.

Celle-ci répondait toujours sans tarder. « Rien n'a vraiment changé », ou « Il ne se passe pas grand-chose ici ». Chacune de ses lettres commençait ainsi, après quoi elle énumérait les naissances et les morts dans le village, les mariages et les maladies. De temps à autre, elle plaçait une phrase dont le sens ne pouvait être compris que d'elle et de moi. « Le nouveau receveur des postes, M. Laure, reçoit régulièrement de la visite. Une femme qui a l'air plus vieille que lui. Il paraît que c'est sa fiancée et qu'elle est institutrice à Civray. Ils vont se marier aussitôt l'année scolaire terminée et ensuite elle s'installera à Saint-Rémy. » Dans ma réponse, j'écrivis: « Je me demande si M. Laure s'installera au village pour de bon, jusqu'à ce qu'un jour il devienne veuf, comme son prédécesseur. » Dans une autre lettre, Fabienne écrivait qu'une fille plus âgée lui avait dit que la barrette en forme de libellule bleu foncé jurait avec sa chevelure blond paille. « Elle est simplement jalouse, ajoutait-elle. Mais je lui ai répondu que si elle la voulait, je la lui vendrais cinq cents francs. Elle m'a traitée de folle et je me suis contentée de lui rire au nez. »

Imaginer Fabienne avec cette barrette me rendit heureuse. (À quoi pensait-elle au moment d'accrocher la libellule dans ses cheveux fins ?) En revanche, j'étais furieuse qu'elle soit prête à l'échanger contre de l'argent. (Bien que sa demande d'une somme exorbitante indiquât peut-être le contraire.) Avec elle, je ne pouvais jamais savoir. Si dans sa prochaine lettre elle me racontait qu'elle avait caché la barrette dans une saucisse et l'avait donnée à manger à un chien dont elle n'aimait pas le maître, je ne serais pas surprise.

Jacques ne m'envoyait plus de courrier séparément. Mais Fabienne, me dit-il, avait eu la gentillesse d'adjoindre sa lettre à la sienne, dans la même enveloppe. Si Mme Townsend n'avait pas encore remarqué le poids de la correspondance de Fabienne, je me demandais combien de temps elle mettrait à découvrir ce nouveau subterfuge de Jacques.

Ses lettres ne laissaient pas de me déconcerter. C'était Fabienne, et en même temps ce n'était pas Fabienne. Je connaissais bien ses humeurs, qui étaient un peu comme le ciel : qu'il pleuve, qu'il vente, qu'il fasse beau, je savais comment m'y faire une place confortable. En revanche, les humeurs de Jacques avaient quelque chose de plus trouble. Il critiquait Fabienne, comme agacé qu'elle fût ma meilleure amie. Il parlait de « notre avenir », mais j'ignorais ce qu'il entendait par là. Il se plaignait de ma longue absence et pestait amèrement contre l'ennui de Saint-Rémy. Il n'arrêtait pas de dire qu'il avait mis de côté assez d'argent pour aller me voir en Angleterre. Je ne savais jamais comment répondre à ces requêtes. Fabienne pouvait écrire sous deux identités, mais elle n'avait qu'un seul corps. Même si Mme Townsend autorisait la venue d'un visiteur français, serait-elle capable de se faire passer pour un garçon ?

C'EST À PEU PRÈS à la même époque que j'écrivis un petit conte dans mon journal. Je ne l'avais pas tenu depuis quelque temps, et je soupçonnais qu'un de ces jours Mme Townsend me demanderait de le lui présenter pour inspection.

Je choisis de raconter l'histoire d'une jardinière. C'était une vieille femme, aveugle, fripée, qui ressemblait à une sorcière et était crainte de ses voisins. Mais, se disait-elle, elle n'était pas une sorcière. Pourtant, ses mains avaient la faculté d'entendre aussi bien que ses oreilles. Elle savait que par beau temps la terre vibrait et que les jours de froid elle frissonnait en poussant de petits soupirs. Une racine en bonne santé pouvait chanter, une racine morte se cassait à la première note et ne retrouvait plus jamais le ton juste. Bourgeons, pétales et jeunes feuilles avaient tous leur propre manière de parler, de crier, de rire ou de gémir.

Une fois par jour, les villageois encerclaient sa cahute et l'appelaient par son nom, lui demandant de s'en aller parce qu'ils ne voulaient pas d'une sorcière parmi eux. Mais une aveugle faisant un jardin qu'elle ne pouvait pas voir, qu'y avait-il de si extraordinaire à cela? Les gens sont étranges, pensait la vieille femme: s'ils le voulaient, ils pourraient me sortir de ma cahute, ils pourraient me casser les bras et les côtes, ils pourraient me mettre dans une cage et me laisser mourir de faim, ou me jeter au fond d'un puits, ou me brûler sur un bûcher. Rien n'était plus facile que de se débarrasser d'une vieille femme privée de la vue et incapable de se défendre. Or les villageois n'avaient pas le courage de s'approcher d'elle. Ils ne faisaient que hausser le ton et proférer insultes et menaces. Ne voyaient-ils pas que leurs mots n'avaient aucun effet ? Même ses fleurs, habituées à tous ces cris, poursuivaient leurs conversations et dormaient de leur sommeil, pétales fermés.

UN JOUR que Mme Townsend était à Londres pour affaires, je trouvai Meaker dans le jardin. Il était en train de tailler les rosiers. Lorsque j'arrivai à sa hauteur, il hocha la tête mais ne s'interrompit pas.

Je m'assis par terre, non loin de la bâche sur laquelle les brindilles et les branches des rosiers, coupées à la même longueur, formaient un joli tas. J'avais remarqué ce détail concernant Meaker. Avant d'accomplir ses diverses tâches, il se montrait très méticuleux. Ses pinceaux et ses rouleaux, ses outils de jardinage, ses marteaux et ses clés – tout était aligné selon un agencement qui ne variait jamais d'un jour à l'autre.

« Comment allez-vous, monsieur Meaker ? » dis-je. Si Mme Townsend me demandait pourquoi j'étais allé parler au jardinier, je pourrais répondre que je travaillais mon anglais et que je souhaitais discuter avec quelqu'un ne parlant pas un mot de français.

« Comment allez-vous ? répondit-il. Quelqu'un vous envoie me chercher ? »

Ainsi donc, me dis-je, il parlait. J'aimais bien sa voix, ni aiguë ni rauque. Il s'exprimait lentement, clairement.

« Non, fis-je. Mais je me demandais si vous aviez besoin d'aide.

— De l'aide ?

— Je viens de la campagne. Vous le saviez ? »

Il hocha la tête. « Vous avez grandi dans une ferme. »

Il avait donc dû entendre mon histoire par les femmes de chambre, sinon par Mme Townsend en personne. « Je peux vous aider à jardiner », dis-je en joignant le geste à la parole, au cas où il aurait du mal à comprendre mon anglais. Mme Townsend aurait tiqué devant mon inélégance. « Je faisais ce genre de choses chez moi.

— Merci, mais je me débrouille très bien tout seul.

— Ce ne serait pas plus facile si vous receviez un peu d'aide ? »

Meaker s'interrompit et réfléchit longuement. « Non, ce ne serait pas plus facile.

— Pourquoi ?

— J'aime travailler seul. Je suis comme un homme-orchestre. »

Je ne savais pas ce qu'il voulait dire par là. Pendant quelques instants, aucun de nous deux ne parla. Il reprit sa taille, essuyant ses cisailles à l'aide d'un vieux chiffon après avoir coupé quelques branches.

« Depuis combien de temps êtes-vous ici ? » demandai-je.

Il essuya les cisailles une dernière fois et les posa à côté de ses autres outils. Il coucha ensuite une échelle par terre, m'invita à m'asseoir à une extrémité et s'installa à l'autre extrémité. « Je ne peux pas parler et travailler en même temps », dit-il.

Même si je n'en pensais pas un mot, je répondis que j'étais désolée de l'interrompre dans son travail.

« Je travaillais ici, dit-il. Quand Mme Townsend a loué la maison, je suis resté.

— Donc vous étiez le jardinier d'avant ?

— Oui.

— Qui habitait là ?

— Mme Brown. »

Ce devait être la veuve de l'industriel. « Qu'est-ce qui lui est arrivé ?

— Elle est morte.

— Comment ?
— C'était une vieille dame.
— Et ensuite ?
— Ses filles ont hérité de la maison. Elles ont envisagé de la vendre, puis ont décidé de la louer à l'école. »

La discussion semblait devoir s'arrêter là. Si je ne trouvais rien à ajouter, Meaker risquait de retourner à sa tâche. Il reluquait déjà ses cisailles.

« Vous avez toujours été jardinier ?
— Ça fait un moment, maintenant.
— Pourquoi avez-vous choisi d'être jardinier ? »

Les gens me demandaient toujours pourquoi j'avais décidé d'être auteur, ce à quoi je ne savais jamais que répondre. Si j'avais été vendeuse dans un grand magasin, j'aurais pu dire que j'aimais voir du monde et être entourée de beaux objets. Jardinière, que j'aimais les fleurs et les arbres. Je m'attendais plus ou moins à ce que Meaker me donne ce genre de réponse. Puis, si on lui avait appris à converser, il me demanderait en retour pourquoi j'avais décidé de venir à Woodsway. Ou pourquoi j'avais décidé d'écrire.

« Voyons, dit-il. Quand je suis revenu de la guerre…
— Quelle guerre ? »

Il avait l'air d'avoir le même âge que mon père.

« La Grande Guerre, celle avant la dernière, dit-il. Quand je suis revenu, je ne savais pas quoi faire. Alors je suis allé prier. Je suis catholique. J'imagine que vous l'êtes aussi, donc vous savez de quoi je parle. »

J'acquiesçai comme si je savais.

« J'ai prié. Quelques jours plus tard, j'ai reçu deux propositions - un apprentissage pour devenir jardinier et un poste dans une usine de boîtes de conserve. J'ai encore prié et en ressortant de la cathédrale j'ai décidé que je serais jardinier.
— C'est Dieu qui vous a dit quoi choisir ?
— Je ne saurais pas vous expliquer. Il n'a pas tout à fait dit ça.
— Mais est-ce que vous aimez les fleurs et les arbres ? »

Meaker réfléchit à ma question comme s'il s'agissait d'une épreuve difficile qu'il devait affronter. « L'amour n'a rien à voir avec ça.

— Ah. »

Je ne savais pas dans quelle direction devait partir une conversation digne de ce nom. J'aurais aimé qu'il me pose quelques questions. Il pouvait me demander si j'étais devenue écrivain parce que j'aimais écrire, et moi lui répondre que l'amour n'avait rien à voir avec ce choix, tout comme lui avec le jardinage.

« J'écris des livres. Vous le saviez ? dis-je, voyant que Meaker n'avait pas l'air enclin à m'interroger à son tour.

— Oui, il paraît.

— Je n'adore pas ça, donc je comprends ce que vous voulez dire. »

Meaker acquiesça.

« Vous aimeriez lire mon livre ?

— Je ne lis pas le français, répondit-il avant de regarder ses paumes, comme surpris en fâcheuse posture. J'ai combattu en France.

— Ah. Mais il va y avoir une traduction anglaise. Je peux vous en obtenir un exemplaire. »

Il me remercia et me dit qu'il travaillait trop pour avoir le temps de lire. Puis il ramassa ses cisailles. « Je crois que vous devriez rentrer, dit-il.

— Mme Townsend n'est pas là aujourd'hui.

— Vous n'avez pas des devoirs à faire ? »

Je sentais bien qu'il voulait que je le laisse tranquille, et je ne trouvai, sur le coup, rien à ajouter.

« J'AI APPRIS que tu étais allée dans le jardin avant l'heure de sortie », me dit Mme Townsend le soir même.

Je me demandai qui m'avait dénoncée. Meaker et moi avions discuté assis derrière la haie.

« Je voulais prendre un peu l'air, répondis-je.

— Toute seule ?

— Je ne peux pas me concentrer sur mon livre quand je suis dans la maison avec les autres filles. Je peux y faire mes autres devoirs, mais pour penser à l'écriture je dois être dehors. »

Bien que ce fût un mensonge, sur le moment je me demandai pourquoi je n'avais jamais songé à me servir de mon écriture comme d'une excuse.

« Donc en fin de compte tu as réfléchi à ton prochain livre, dit Mme Townsend.

— Un peu, oui.

— Et te promener pendant que tu crées, cela ne paraît pas absurde. Ce n'est pas comme ça que tu écrivais ?

— Si.

— Tu as déjà un titre pour ce prochain livre ?

— Je pense l'intituler *La Forêt de la sorcière.* »

Il y avait des arbres à Woodsway, mais pas de forêt digne de ce nom pour une sorcière. Donc si je donnais ce titre-là à un livre, personne ne saurait que j'y parlais de ma vie à l'école.

Mme Townsend me regarda fixement. J'essayai de débarrasser mon visage de ce que j'imaginais être de l'arrogance. Les mensonges facilement proférés pouvaient tout aussi facilement devenir vrais - comment ne l'avais-je pas compris plus tôt ?

« Tu as l'air enthousiasmée, dit Mme Townsend.

— Par le livre ? Je suis toujours enthousiasmée quand je pense à l'écriture.

— Qu'est-ce qui t'a fait changer d'avis ? Il y a quelques semaines, tu semblais douter. »

J'avais appris, par mes voyages à Paris l'année précédente, que je n'étais pas tenue de répondre à toutes les questions des journalistes. Parfois, le silence valait mieux. Je secouai la tête, comme si je n'en revenais pas moi-même.

« Peut-être que tu t'habituais à ta vie ici, dit Mme Townsend. Maintenant que tu es installée, tu te sens prête.

— Oui, vous devez avoir raison, Kazumi.

— Et tu disais que tu préférerais avoir un peu de temps pour réfléchir. La vie scolaire te dérange ?

— Non, pas du tout. J'aime apprendre. Seulement, je n'avais pas l'habitude d'être avec autant de monde sans arrêt. Chez moi, je me promenais souvent seule.

— Oui, bien sûr. Et si je te donnais la permission de te balader librement l'après-midi ? Tu penses que ça pourrait t'aider à écrire ? Mais je dois préciser une chose. Ce titre n'est pas une réussite. Il est un peu... puéril et ordinaire. Qui est la sorcière ? »

Je ne sus quoi répondre.

« Est-ce que tu as écrit quelque chose sur cette sorcière dans ton journal ? Dans tous les cas, apporte-le-moi. »

N'ayant pas sous la main un mensonge à lui opposer, je fus bien obligée d'aller chercher mon journal. Mme Townsend le feuilleta. « Tu ne l'as pas tenu régulièrement, dit-elle.

— Je suis désolée, Kazumi.

— Mais quand tu es avec les filles, tu apprends auprès d'elles, non ? Et auprès de moi, bien sûr.

— Oui, Kazumi. »

Elle rouvrit mon journal et le lut plus attentivement, pinçant les lèvres d'un air réprobateur. « J'ai été occupée ces derniers jours et je vois bien que j'ai négligé ton instruction. À ton arrivée, je t'ai encouragée à écrire tout ce que tu voulais, de toutes les manières que tu voulais, mais aujourd'hui je constate que tu en es restée à ce stade fantaisiste. Je peux même t'assurer que tu suis une mauvaise direction. Toutes ces histoires d'oiseaux et d'oiseleur, de tigre et de renard, de hiboux jumeaux, de fleurs qui parlent, de sorcières et de forêt – elles sont très en deçà de ce que j'attends de toi. »

Qu'allait-elle faire à présent ? Me dire que je n'avais pas réussi à gagner ma vie ?

« Ce qui rend ton premier livre remarquable, c'est ta façon de peindre ton village avec une honnêteté brutale. Et j'imagine que les gens diront la même chose à la parution de ton deuxième. Maintenant que le décor a changé, tu peux peut-être appliquer le même réalisme à ta nouvelle vie, au lieu de ces absurdités fantaisistes. Le but, pour toi, est de te servir de tes yeux et de tes oreilles plutôt que de ton imagination pauvre et puérile. »

Je la regardai sans savoir quelle expression s'imposait.

« J'ai un meilleur titre pour ton nouveau livre, reprit-elle. Que penses-tu d'*Agnès au paradis* ?

— Agnès... Moi ?

— Tu te rappelles ce que disait ton éditeur français ? Les gens sont curieux de connaître ton expérience dans une école anglaise, et ce livre devrait porter sur Woodsway. Tu n'es pas de cet avis ?

— Si, Kazumi. »

Je regrettais déjà d'avoir mentionné l'écriture de mon prochain livre.

« Tout de même, je suis contente de voir les progrès que tu as accomplis. »

Je m'aperçus qu'elle était aussi douée que moi pour le mensonge. Je la remerciai.

« Et je crois qu'il n'y a pas de meilleur moment pour commencer un nouveau livre. Tu t'es faite au rythme de la vie ici, mais tes impressions gardent encore toute leur fraîcheur.

Qu'en dis-tu ? Je serais plus qu'heureuse de t'aider à écrire ce livre. Ton postier, rappelle-moi son nom... Il avait un peu travaillé pour ton premier livre, n'est-ce pas ?

— M. Devaux. Oui, il m'a appris deux ou trois choses.

— Tu es restée en contact avec lui ? demanda-t-elle, l'air soudain soucieuse.

— Non, il est parti l'an dernier.

— Et il ne t'a pas laissé sa nouvelle adresse ?

— Non, répondis-je.

— Quel dommage. Il t'a aidée à lancer ta carrière. Est-ce qu'il te manque ?

— S'il me manque ? Oh, non. »

Mme Townsend étudia mon visage. Ma capacité à mentir facilement avait pour inconvénient que, quand je disais la vérité, cela passait pour un mensonge. « Tu sembles l'avoir oublié, malgré tout ce qu'il a fait pour toi.

— Non, dis-je. Mais vous m'aviez demandé de me préparer à ma nouvelle vie, Kazumi.

— Oui. Naturellement, ça ne se fait pas d'oublier ceux qui nous ont aidés, mais il faut savoir évoluer. »

Elle insista pour me dire que chaque fois que j'aurais besoin d'elle pour le livre elle se rendrait disponible.

Je me sentais comme le rat des champs dans la fable de La Fontaine que nous avions apprise à l'école. Que le monde est grand et spacieux, s'exclame-t-il en partant à l'aventure, ravi de ne plus être un rat des champs mais une créature sophistiquée. Et quand il voit une huître sur la plage, il se dit qu'un mangeur raffiné la savourera ; aussi enfonce-t-il la tête dans le coquillage béant. Comme le rat, j'étais prise. J'étais condamnée.

Ce soir-là, j'écrivis à Fabienne : « Je me demande s'il n'est pas temps pour moi de penser à écrire un nouveau livre. Tout le monde me dit que mon expérience à l'école serait intéressante pour mes lecteurs. Qu'en penses-tu ? »

« MME TOWNSEND m'a autorisée à rester dehors tant qu'il n'y a pas de leçon », dis-je à Meaker le lendemain, pendant qu'il arrachait les mauvaises herbes. C'était le début de l'après-midi ; les filles n'iraient au jardin qu'une heure plus tard.

« C'est bien, répondit-il.

— Je peux vous aider si vous avez besoin de moi.

— Je crains de n'avoir besoin de l'aide de personne, dit-il en ajustant les feuilles d'un pissenlit cueilli comme s'il peignait les cheveux fins d'un enfant.

— Mais je peux quand même rester et parler avec vous ? Je peux vous tenir compagnie ? »

Il posa sa truelle au bord du parterre de fleurs et leva les yeux vers moi. Je remarquai que, de près, ils étaient du même gris-vert que ceux de Mme Townsend.

« Le problème, c'est que je ne suis pas doué pour parler, dit-il.

— Oh. Pourtant, vous êtes en train de me parler.

— Il faut que j'interrompe mon travail pour vous parler. »

Je mis en place les mots dans ma tête avant de répondre : « Vous seriez *trop gentil d'une moitié* si vous m'obligiez. »

Dieu seul sait ce que Meaker pensa de ma phrase, car son visage, souvent fermé, se fendit d'un sourire enfantin.

(*D'une moitié* – cette expression, que j'avais apprise en écoutant les filles, est devenue une de mes préférées. D'une moitié, d'une moitié de cette moitié – encore aujourd'hui, j'aime me la répéter quand je suis d'humeur découpeuse. Divisez en deux la souffrance de la vie, et nous ne sommes pas délivrés de la souffrance. Divisez en deux la joie de la vie, il reste encore assez de joie pour qu'elle soit coupée en deux. Vraiment, la vie est parfois une drôle de chose, trop prodigue d'une moitié, et aussi trop radine d'une moitié. J'ai pour habitude de parler à mes oies comme à moi-même : Tu es trop bête d'une moitié. Tu es trop fière d'une moitié.)

Je voulus trouver une autre raison qui empêcherait Meaker de m'éconduire. Si je lui disais que ma fenêtre tremblait trop pendant l'orage, il serait obligé de proposer ses services. « Mme Townsend m'encourage à écrire un livre sur ma vie ici, dis-je. Vous pouvez peut-être m'aider.

— En quoi puis-je vous aider ? » demanda-t-il, visiblement intrigué.

Que pouvais-je inventer pour le convaincre ? Je n'étais pas Fabienne. Son cerveau était comme un oiseau. Le mien était comme un train : il fallait que quelqu'un pose les rails pour moi.

« Je ne sais pas lire ou écrire le français, insista Meaker.

— J'aime parler de choses et d'autres. Ça m'aide à réfléchir.

— De choses ? Quel genre de choses ? Vous ne pouvez pas parler avec les filles ? demanda-t-il, l'air sincèrement curieux. Ou avec Mme Townsend ?

— Mme Townsend est gentille. Les filles aussi. Mais voyez-vous, je suis différente. On me traite de gardeuse de cochons et de chèvres dans la presse. On m'appelle la petite paysanne écrivain. Il y a des choses que Mme Townsend et les filles ne comprennent pas. »

Meaker acquiesça gravement. Il avait l'air de compatir, et je m'en voulus. J'essayais de transformer mon cerveau en oiseau, mais il ne faisait que battre des ailes à la manière d'un gros bourdon.

« Je comprends ce que vous ressentez, dit-il.

— Vraiment ?

— Je trouve souvent les gens étranges.

— Quel genre de gens ? Et étranges comment ?

— La plupart des gens. Vous n'avez pas tort, Mme Townsend et les filles ne sont pas du même monde que le vôtre. Mais à mon avis ce n'est pas la seule raison pour laquelle les gens se trouvent étranges entre eux. Quand j'étais petit, dans ma petite ville, je me sentais différent de la plupart des autres.

— Où avez-vous grandi ? »

Il me donna le nom de sa ville natale. « Près de Brighton », précisa-t-il.

J'ignorais où se trouvait Brighton.

« Moi aussi, je serais incapable de situer votre village sur une carte, dit-il.

— Mais pourquoi vous sentez-vous différent ? Dans quel sens ?

— Je ne sais ni pourquoi ni comment. Dieu seul le sait, et je ne me pose pas de questions. »

Aux yeux de Meaker, mon voyage de Saint-Rémy à Woodsway relevait également de la volonté divine. Pourtant, c'était Fabienne qui l'avait orchestré. « Dans mon village, il y a une personne qui m'est chère, dis-je. Et nous avons toujours l'impression de ne pas être comme les autres.

— C'est ce postier dont tout le monde parlait ?

— Vous avez entendu parler de lui ? »

Je me demandai si M. Devaux n'était pas plus célèbre que moi.

Meaker parut gêné, comme si je l'avais surpris en train de commettre un larcin. « Je lis la presse, répondit-il. Avant votre arrivée, le journal du coin a publié un article sur vous et le postier.

— Et que disait cet article ? »

Meaker secoua la tête. « Rien d'important. Des conjectures en l'air. »

Je lui demandai de m'épeler le mot, afin de m'assurer que c'était le même qu'en français. « Quelles sont ces conjectures que vous avez lues dans le journal ?

— Que personne ne savait si le postier était, oui ou non, le véritable auteur de votre livre. »

Je posai mon menton sur mes genoux. Ce n'était pas faux. N'empêche, j'avais le moral en berne.

« Les gens aiment juger ce qu'ils ne comprennent pas, reprit Meaker.

— Le fait que j'aie pu écrire un livre, par exemple ?

— Ils sont rassurés quand ils peuvent prétendre tout savoir.

— Personne ici ne sait rien de moi », répondis-je d'une voix morose.

Il acquiesça. « Ce n'est pas grave. Tant mieux, d'ailleurs, s'ils ne savent rien de vous.

— Pourquoi ?

— Ça rend la solitude plus facile.

— Vous aimez être seul ?

— Oui.

— Mais moi aussi, je suis seule, dis-je. Et je n'aime pas ça.

— Vous vous y ferez. Voyez-vous, si une des filles se plaint de quelque chose... »

Il inclina la tête en direction de la maison. « Si elle se plaint de quelque chose, on ne peut pas se contenter de répondre : Vous vous y ferez. Vous, vous êtes différente. Vous savez une chose qu'elles ne sauront jamais. »

Jamais Meaker ne m'avait parlé aussi longuement. Jamais non plus il ne m'avait tenu des propos aussi gentils. Pourtant, ça ne m'était pas d'un grand secours. Je lui expliquai que la personne de mon village dont je lui avais parlé n'était pas le postier, mais une fille avec laquelle j'avais grandi. « Elle s'appelle Fabienne. » Je voulais entendre son nom prononcé à haute voix afin qu'elle soit aussi réelle que moi, dans ce magnifique jardin anglais. « Elle est plus intelligente que moi, ajoutai-je. C'est injuste que je sois ici et pas elle. »

Meaker me regarda. Fabienne aurait été furieuse d'être prise en pitié par un homme plus âgé. Elle aurait trouvé le moyen de se moquer de lui, comme elle s'était moquée de M. Devaux. Mais Meaker était différent – taciturne et doux, à la manière d'un arbre inoffensif ou d'un animal farouche. Je pensais lui dire que c'était en réalité Fabienne qui avait écrit les livres – un secret que je n'aurais partagé qu'avec lui. Les autres pouvaient toujours se creuser les méninges à propos du mystérieux postier. Seuls les êtres bons comme Meaker seraient récompensés. « Vous comprenez, Fabienne est la personne qui a rendu tout possible pour moi », repris-je.

Il hocha la tête. Il ne comprenait pas ce que j'essayais de lui dire. « Moi aussi, fit-il, quand j'avais votre âge, j'avais un grand ami.

— Comment s'appelait-il ?

— Wilfred.

— Et avec lui, vous parliez ?

— On ne parlait pas beaucoup, répondit-il. On était tous les deux du genre silencieux.

— Fabienne et moi, on parle. Tout le temps. Enfin, on parlait tout le temps. Aujourd'hui, on ne peut que s'écrire.

— Vous avez de la chance. Wilfred, lui, est mort à la guerre.

— La Grande Guerre ?

— Oui. »

Je lui dis que j'étais désolée d'entendre ça. « Mon frère est mort à cause de la dernière guerre, ajoutai-je. Non, il n'est pas mort à la guerre, mais d'après mes parents c'est la guerre qui l'a tué. »

Meaker hocha la tête.

« Et mon amie Fabienne, sa sœur aussi est morte. »

Je ne précisai pas qu'elle était morte pour une tout autre raison. Affirmer qu'elle était morte à cause de la guerre, elle aussi, n'aurait pas été loin de la vérité.

« La guerre tue beaucoup de gens, répondit Meaker. Les jeunes gens, surtout. On peut toujours expliquer que c'est injuste qu'ils soient morts et nous vivants, mais ce n'est la faute de personne.

— Les filles ici ont plus de chance, dis-je en penchant la tête vers la maison, comme j'avais vu Meaker le faire. Elles vivent au paradis.

— Rien n'est moins sûr.

— Pourtant, c'est ce que pense Mme Townsend. Elle veut que j'écrive un livre sur ma vie ici. Elle m'a dit de l'intituler *Agnès au paradis*.

— Et vous avez envie de l'écrire, ce livre ?

— Je ne sais pas. »

Puis, me rappelant l'art de la conversation tel qu'on nous l'enseignait, je lui demandai : « Qu'en pensez-vous ? »

Il secoua la tête. « Je ne suis pas bien placé pour en parler, mais si vous écrivez un livre sur votre vie ici, personne ne pourra prétendre que votre postier en est le véritable auteur. »

MEAKER VIVAIT seul, et je me demandais s'il avait jamais été marié. Peut-être qu'il n'avait jamais eu de femme ou que, comme M. Devaux, il était veuf. J'allais devoir trouver un prétexte pour entrer dans sa loge et y déceler les traces d'une femme. Chez M. Devaux, j'avais repéré mille preuves d'une présence féminine passée. Le napperon en dentelle avait été reprisé avec un tel soin, une telle précision qu'il fallait l'étudier de près pour déceler des accrocs. Dans la bibliothèque, un petit moule en forme de lis recueillait la cire de bougie fondue. Quand je l'avais montré à Fabienne, elle m'avait dit que, peut-être, chaque fois que M. Devaux voulait coucher avec sa femme, il allumait une bougie en forme de lis pour le lui faire comprendre. Je répondis que c'était peut-être elle qui s'en servait pour le lui faire comprendre, et Fabienne avait ricané, expliquant qu'aucune femme ne serait bête à ce point. Un jour, M. Devaux nous avait demandé de choisir chacune une écharpe laissée par sa femme. Il nous les avait offertes, mais Fabienne avait répondu que les cadeaux d'un vieil homme ne nous étaient d'aucune utilité. Avec le recul, je m'aperçus que nous l'avions gêné et blessé plus que nous ne le pensions. Si, comme Fabienne l'avait fait croire à tout le monde, y compris moi,

M. Devaux avait exprimé le désir de faire d'elle sa maîtresse, il ne pouvait pas avoir été si vieux que ça. Je me demandais à quel âge un homme arrêtait de penser aux femmes. Meaker devait le savoir, mais il fallait que je le connaisse un peu mieux avant de lui poser la question.

Je décidai de trouver un prétexte pour aller le voir dans sa loge. Je pouvais lui dire que c'était pour mon livre.

À Mme Townsend ou aux filles, je ne cachais pas que j'étais en train d'écrire un nouveau livre. Je ne fréquentais pas l'école en tant que cliente. J'étais plutôt comme une nouvelle rose que Meaker avait transplantée dans son jardin : je devais être surveillée jusqu'à mon éclosion. Mme Townsend n'aurait de cesse que je ne sois devenue un produit de sa conception. Peut-être devais-je y voir sa manière de s'intéresser à moi, plus qu'elle ne s'intéressait aux autres filles. Celles-ci s'en iraient bientôt, naturellement, et elles lui rapportaient de l'argent. Mais moi, je lui rapportais des photographes et des journalistes.

Elle me fournit cinq magnifiques cahiers. Ils avaient tous une couverture en cuir tendre, bleu clair comme l'intérieur d'une coquille, et ils étaient agréables en main. Elle m'offrit aussi son stylo à plume, dont le fût, si lisse au toucher, était d'un marron riche, orné de tourbillons marbrés et de rayures or. Il venait de son fabricant hollandais favori, me dit-elle en en dévissant le capuchon pour me montrer la plume, dorée et gravée d'un motif complexe. « Je t'en aurais bien acheté un neuf, mais un stylo à plume, c'est comme un chien ou une paire de souliers. Il faut se l'approprier. Celui-ci m'accompagne depuis dix ans. Il est parfait, maintenant. »

Je lui répondis que je ne pouvais pas accepter ce stylo, mais uniquement pour lui permettre de souligner sa générosité et de passer outre à ma volonté. Quand avais-je compris qu'il me fallait jouer ce petit jeu-là avec elle ? Aucune idée. Certes, les règles en étaient écrites noir sur blanc et les résultats prévisibles, néanmoins ça ne changeait rien au fait qu'il était de ma responsabilité de jouer mon rôle.

Quand le temps était clément, je passais une heure ou deux dans le jardin au moment où les filles travaillaient leur piano ou leur violon, écrivaient des lettres, étudiaient les revues de mode afin de perfectionner leur mise. Je n'allais pas toujours chercher Meaker, mais certains jours je m'asseyais à côté de lui pendant qu'il travaillait. Assez vite, il m'autorisa à exécuter une tâche ici et là – séparer les jeunes plants, émonder la haie à un endroit où, si je coupais de travers, personne ne le remarquerait vraiment. J'avais beau savoir qu'il préférait la solitude, si je restais assez sage, si je ne le dérangeais pas, n'aurait-il pas l'impression d'être seul, comme à son habitude ?

Mme Townsend passait de temps en temps et semblait satisfaite. Le jardinage, lui disais-je, était pour moi un bon moyen de réfléchir à mon livre. Elle ne proposait pas de cours de jardinage aux filles, m'expliqua-t-elle, à cause de ce qui les attendait plus tard, où l'art du bouquet convenait mieux. « Mais dans ton cas, jardiner me paraît un choix judicieux, dit-elle. Bien des écrivains sont aussi de bons jardiniers. Tu connais le dicton : derrière chaque grand écrivain se cache un grand jardin ? »

Quant au livre que je prétendais être en train d'écrire, je n'avais pas de mal à comprendre ce qu'on me demandait. On m'avait donné l'occasion de mener une vie que je n'avais même pas rêvé de connaître, et le monde voulait voir comment cette vie se déroulait. Je n'avais pas besoin d'inventer quoi que ce soit. Ma vie était déjà un conte de fées. Si le monde voulait recevoir de moi ce conte de fées, pourquoi ne pas le lui offrir ? Une fois le livre terminé, me disais-je, peut-être Mme Townsend ne verrait-elle plus l'intérêt de me retenir à Woodsway et me renverrait-elle chez moi.

Je n'étais pas la première à entrer au paradis sans y être autorisée. Mais contrairement aux autres contrevenants, je n'étais pas condamnée à l'exil. Au contraire, ma peine consistait à en attester les merveilles. J'en vins rapidement à penser que mon seul espoir de fuite était d'écrire le livre que tout le monde réclamait. Alors, et seulement alors, j'aurais le droit de retourner chez moi et de reprendre ma vie près de Fabienne.

Je fis commencer mon histoire au jour de mon départ de Paris, puis racontai ma traversée de la Manche jusqu'à

Londres. Dépeindre Harrods ne fut pas difficile : les robes et les chapeaux, les souliers vernis et les longs gants légers, les femmes en manteau de fourrure, les portiers en jaquette verte. Quand le livre suivit mon voyage à Woodsway, je décrivis tous les étages de la maison, les motifs des tapis, le verger devant ma fenêtre, les éventails japonais encadrés dans le couloir. Je ne modifiai aucun nom, même si je n'appelais pas Mme Townsend Kazumi, mais simplement Mme Townsend. Les filles y apparaissaient telles quelles, parfumées comme des violettes au printemps. Elles parlaient, riaient, dansaient et chantaient le soir avec les chanteurs de pop américains qui passaient dans le poste. Je décrivis leurs tenues, leurs coiffures, les conversations autour de la vraie vie qui les attendait, sur le point de commencer. Je m'arrêtai plus longtemps sur Catalina : ses yeux noirs, son rire facile, ses épaules rondes et ses membres forts, ses victoires aisées aux tournois de tennis qu'elle organisait souvent. Je ne lui dis pas qu'elle figurerait dans mon livre. Un jour, pensais-je, elle tomberait sur un exemplaire et pousserait un cri. Elle lirait des passages à voix haute à son mari et garderait le livre pour ses enfants. « Regardez, je suis célèbre, leur dirait-elle. J'ai eu autrefois une écrivain célèbre pour camarade de classe. »

Et bien sûr, Mme Townsend était de toutes les pages. Je la fis paraître un peu plus jeune (mais pas trop), moins trapue, aussi élégante que les orchidées orientales sur les photos qu'elle accrochait dans la classe. Elle n'était jamais fâchée contre personne, et même les filles les plus maussades voyaient en elle une confidente. J'évoquai les heures qu'elle consacrait à m'enseigner l'anglais et le français, ma gratitude à l'égard de sa patience sans bornes, et la douleur de devoir la décevoir par ma scolarité erratique, mon écriture maladroite, mon corps disgracieux sous les robes magnifiques qu'elle m'avait achetées.

Devais-je faire figurer Meaker dans mon livre, non pas comme l'homme roux qui avait un nid d'oiseau sur la tête, mais comme mon bon ami ? À son seul sujet, je pouvais écrire des paragraphes entiers, mais je pressentais que Mme Townsend ne serait pas d'accord. Je préférai donc raconter les moments passés à prendre le soleil dans le jardin avec mes camarades, quand nous nous sentions toutes aussi belles que les roses nouvelles.

Au bout d'une semaine, Mme Townsend me demanda de lui montrer ce que j'avais produit jusque-là. Je répondis que je lui préparerais une copie au propre. Elle refusa tout net, ce que j'avais prévu. Je prenais plaisir à anticiper ses réactions et à agir en fonction, plaisir similaire à celui que me donnait le fait de voir Catalina sur le court de tennis, échangeant des volées avec son adversaire.

Le lendemain soir, alors que les filles prenaient place dans le salon pour écouter la radio, Mme Townsend m'envoya chercher. Les deux chiens avaient pris leur poste à ses pieds. Elle me fit signe de m'asseoir sur une chaise droite, face au canapé. Ce n'était pas bon signe. Quand elle était de bonne humeur, elle demandait aux filles de s'installer près d'elle, sur le tapis.

« Bien, commença-t-elle. Dis-moi un peu ce que tu penses de ce que tu as écrit jusqu'à présent. »

Je ne décelai aucun signe de mécontentement dans son attitude. Mme Townsend n'était pas quelqu'un de patient, et j'avais remarqué qu'avec moi elle faisait moins d'efforts pour dissimuler son agacement sur son visage ou dans sa voix qu'avec les autres.

« Je ne sais pas, dis-je. J'y travaille encore.

— Ça, je le sais. Mais est-ce que tu aimes ce que tu as écrit ? »

Je réfléchis un instant. « Je crois que ça a bien commencé, dis-je prudemment. Mais il y a des choses que je voudrais améliorer.

— Quel genre de choses ? »

Je laissai mes yeux dériver vers les bibliothèques derrière elle en espérant paraître déconcertée et bouche bée, comme la presse m'avait décrite. « Je ne saurais pas vous dire, répondis-je. Je ne fais que les sentir.

— Très bien. Voilà ce que je pense, Agnès. Tu as bien travaillé.

— Vraiment ?

— Je ne dis pas que c'est parfait. Il y a encore beaucoup à faire, je suis bien de ton avis, mais pour l'instant tu as dépassé mes attentes. »

J'avais tellement l'habitude d'entendre ses critiques que, l'espace de quelques secondes, je ne sus comment réagir.

« Ce qui me frappe le plus, c'est que tu as surmonté la puérilité morbide de tes deux premiers livres. Tu as également surmonté ton attachement aux contes de fées. Rappelle-toi : encore très récemment, tu écrivais ces histoires fantastiques qu'on voit dans ton journal. Elles sont peut-être inoffensives pour la plupart des filles de ton âge, mais j'attends davantage de toi. Tu comprends ?

— Oui, Kazumi.

— Je suis contente de voir que tu as abandonné cette phase-là. Tu es plus confiante et tu as saisi quelque chose de fragile et d'étincelant, conforme à la jeune fille que tu es. »

Je regardai mes pieds. Les boucles d'argent de mes souliers en cuir brillaient.

« Mais encore une fois, il y a des choses que nous devons corriger. D'abord, malgré tes progrès, ta grammaire française est loin d'être parfaite.

— Je suis désolée.

— Pas besoin de t'excuser. C'est mon travail de te perfectionner et cela fait seulement quatre mois que tu reçois une éducation ici. En outre, c'est un problème facile à régler. C'est ce que faisait ton postier, n'est-ce pas ? Je n'aurai aucun mal à éclaircir deux ou trois choses pour toi. »

Tout le monde parlait de M. Devaux comme de « ton postier ». Il ne m'appartenait pas plus que mes livres.

« Il y a une autre chose que je trouve particulièrement intéressante, reprit Mme Townsend. Tu sembles ne pas vouloir trop parler de toi. Tu en conviens ? D'où vient cette réticence ? »

Je n'en revenais pas. Je pensais que tout ce que j'avais écrit parlait de moi. « Réticence ? demandai-je.

— Comment dire ? Dans ces chapitres, tu m'apparais la plus opaque de toutes.

— Opaque ? »

Je ne me rappelais pas que c'était un mot qu'avaient employé la presse et les critiques pour décrire *Les Enfants heureux*.

« Oui, opaque. » Mme Townsend prit un exemplaire des *Enfants heureux* qu'elle conservait sur sa table basse depuis mon arrivée et l'ouvrit à une page cornée. « Tu vois, si tu lis ce paragraphe, là, celui où tu regardes la fille plus âgée accoucher, ou celui-là, quand tu sépares les cochons en train de se battre entre eux... Bien que tu n'aies pas dit précisément ce que tu as ressenti à ces instants-là, ta prose était tendue, et on arrive à sentir ce que tu as toi-même senti. »

Je ne voyais pas ce qu'elle entendait par « tendue ».

« Il y a plein de moments féroces dans le livre, mais ton écriture possède une forme de clarté spéciale. Comme une œuvre en *do* majeur parfaite au piano. »

J'étais totalement perdue. Je me demandai si elle n'avait pas oublié que j'étais exemptée de leçons de musique.

Elle s'approcha du piano droit qui trônait dans le coin. La maison en comptait trois, pour les élèves, mais celui-ci, qui se trouvait dans le petit salon de Mme Townsend, lui était particulièrement cher. Elle appuya sur quelques touches à la suite. « Qu'en penses-tu ?

— C'est fort ?

— Ces notes sont comme tes deux premiers livres. Claires et pures. Ils ont été écrits par un esprit sans nuages. »

Elle joua d'autres notes. « Et celles-là ? »

Elles étaient tout aussi fortes, mais je me gardai bien de le dire.

Elle les rejoua. « Comment sonnent-elles à tes oreilles ?

— Nuageuses ? hasardai-je.

— Exactement. »

Elle joua alors un air que je ne connaissais pas. « Ça, ça paraît plus proche de ce que tu as écrit ces dernières semaines, un peu nébuleux, un peu brumeux, si tu vois ce que je veux dire. »

Je ne voyais pas la différence. Et je sentais mon cœur battre de plus en plus fort. Allais-je être démasquée comme une imitatrice d'écrivain ?

Mme Townsend retourna à son canapé. « Tu es toute pâle, dit-elle. Que se passe-t-il ? »

Je lui dis que je craignais de ne pas avoir fait ce qu'il fallait dans mon nouveau livre.

« Mais ce n'est pas ce que je voulais dire, répondit-elle. Je me contentais de faire quelques observations, voilà tout. Qui plus est, tu l'as dit toi-même, ce n'est que le début. »

Elle me fit signe de m'asseoir à ses côtés et passa un bras par-dessus mon épaule. « Je pense que tu m'as mal comprise. C'est un bon début, et nous ferons toutes les deux en sorte que ce soit exceptionnel. »

QUELQUES JOURS plus tard, Mme Townsend me tendit une enveloppe. Elle lut et relut ostensiblement le nom et l'adresse de l'expéditeur, puis pinça l'enveloppe pour en souligner l'épaisseur. « Ton amie Fabienne a beaucoup de choses à te confier, dit-elle.

— Oh... Elle me raconte souvent tout ce qui se passe au village.

— Est-ce qu'elle aide également son frère à te faire parvenir ses lettres ?

— Jacques ? Non, c'est impossible. Ils ne s'entendent pas.

— Et tu as écrit à Jacques pour lui demander de ne plus t'écrire, conformément à mes instructions ?

— Oui.

— Il t'a répondu ? »

Je fis signe que non. Mme Townsend gardant les yeux fixés sur moi, je lui expliquai que Fabienne et Jacques venaient d'une famille pauvre. « S'ils étaient proches, ils ne m'auraient jamais envoyé leurs lettres séparément, dis-je. Tout le monde raconterait qu'ils gaspillent leur argent en achetant deux fois des timbres pour m'écrire. Mais vous comprenez, ils ne peuvent pas se supporter.

— Et cela ne te dérange pas de mettre fin à ta relation avec Jacques ? »

Pendant une fraction de seconde, j'envisageai de faire encore la morte, de me pétrifier comme si je n'avais pas entendu sa question. Mais Mme Townsend serrait toujours la lettre de Fabienne dans sa main et je risquais de la perdre si je tenais un propos provocant. Je hochai la tête d'un air hésitant et répondis que j'essayais d'oublier Jacques, ce à quoi l'écriture de mon nouveau livre m'aidait.

Elle acquiesça et me tendit l'enveloppe. «Tu vas peut-être souffrir pendant quelques jours, mais que serait la vie sans quelques petites piqûres ?»

5 mai 1954

Agnès,

Comment ça, tu t'es lancée dans un nouveau livre ? C'est la chose la plus bête que je t'aie jamais entendue dire. De toute façon, tu n'es même pas si intelligente que ça.

Fabienne

6 mai 1954

Ma chère Agnès,*

J'ai l'impression que ça fait des années que nous sommes séparés, pourtant le calendrier indique seulement quatre mois. Je m'ennuie. J'ai bien sûr quelques amis avec qui sortir le soir, mais je les trouve inintéressants. Il leur suffit de quelques verres pour se sentir bien, ou assez fatigués pour aller se coucher, comme s'ils avaient de quoi être heureux. Quand ils ont de la chance, qu'ils arrivent à trouver une fille avec laquelle se promener ou danser, ils se comportent comme les rois du monde. Quelle vie pathétique et désespérée ils se préparent.

Sans toi j'aurais pu devenir comme eux, fréquenter une fille qui ne connaît pas grand-chose à la vie et finir par en épouser une qui n'est pas trop repoussante.

Pour moi, le mariage est une chose idiote. Agnès, j'espère que tu ne te méprends pas sur mon compte, mais je pense que ni toi ni moi n'avons envie de nous marier. Il y a forcément mieux à faire.

Fabienne est d'humeur sombre, comme d'habitude. Peut-être qu'elle aussi s'ennuie à mourir. Quel dommage que, quand on met ensemble deux personnes qui s'ennuient, elles ne trouvent jamais le moyen de s'amuser entre elles.

Jacques

7 mai 1954

Agnès,

J'ai décidé, une fois de plus, de gâcher une feuille de bon papier pour toi. Mais tu dois savoir aussi que je ne me ferai pas avoir indéfiniment.

Hier soir, j'ai dit à Jacques qu'il était bête de croire que son amour avait le moindre sens. Je ne lui ai pas laissé l'occasion de répéter sa phrase habituelle selon laquelle il te connaît, et te fait confiance, et que vous avez déjà planifié votre bel avenir ensemble. Je lui ai signalé que tu n'avais jamais dit oui à sa proposition d'aller te voir en Angleterre. Je lui ai demandé : Ça n'explique pas tout, à ton avis ? Tu ne vois donc pas qu'Agnès n'en a rien à faire de toi en ce moment ?

Qu'est-ce que tu me conseilles ? m'a-t-il répondu.

Je lui ai suggéré de s'engager dans l'armée.

Pourquoi ? a-t-il demandé.

Il n'y a pas que Saint-Rémy sur terre, ai-je dit. S'il ne trouve pas ici une fille assez intelligente ou assez intéressante à son goût, il devrait partir. Ne reste pas bloqué à Saint-Rémy, je l'ai prévenu. Ici, ce sont les filles qui restent bloquées.

Et Agnès ? a demandé Jacques. J'ai promis de l'attendre.

Elle ne reviendra pas, ai-je dit. On parie ?

Il a répondu qu'il pariait sa tête que tu reviendrais.

Mon Dieu, quel idiot.

Je lui ai dit qu'il ferait mieux d'aller au cimetière et de commencer à creuser sa propre tombe.

Fabienne

Ces lettres, lues et relues avant la cloche du dîner, furent comme des nuages noirs au-dessus de ma tête. Et Fabienne et Jacques étaient malheureux avec moi. J'avais expliqué à Fabienne, dans ma lettre, que la raison pour laquelle je devais commencer un nouveau livre tout de suite, plutôt que d'attendre mon retour au village, était qu'à mon avis sans cela on ne me laisserait jamais partir. Soit elle avait refusé de le comprendre, soit elle avait ses raisons d'être furieuse.

Que voulait-elle dire quand elle affirmait que Saint-Rémy était un endroit où les filles restaient bloquées ? Il y a longtemps de ça, nous avions décrété que seul comptait dans la vie ce que nous faisions ensemble. Saint-Rémy, selon l'humeur de Fabienne, pouvait être ennuyeux, ou bête, ou vaguement amusant. Jusqu'à ce que nous commencions à fréquenter M. Devaux, nous n'avions rien connu du monde, en dehors du village. Et c'était aussi pour ça qu'elle m'avait envoyée à Paris et en Angleterre. Je l'avais fait, et désormais je savais que le monde qu'elle voulait que je voie était pareil aux œuvres d'art que Mme Townsend nous avait fait admirer dans les musées : les paysages possédaient des atmosphères distinctes ; les hommes et les femmes dépeints portaient de beaux chapeaux et des bijoux somptueux ; les modèles parfois nus et souvent déformés, censés représenter des dieux grecs ou des figures bibliques, restaient nus et déformés même si on leur souhaitait un autre destin. Mais la nouveauté de ce monde s'émoussait. C'est au cours de ces quelques mois passés loin de Saint-Rémy que j'ai commencé à comprendre une chose : je me moquais pas mal de mon avenir, du moment que j'étais avec Fabienne.

Elle s'ennuyait. Moi aussi. Était-ce pour les mêmes raisons ? Je l'ignorais. Quand elle se sentait apathique, elle nous inventait des jeux, et elle y était incitée, je le savais, parce qu'elle ne supportait pas l'ennui, pas plus qu'elle ne supportait la plupart des gens qui peuplaient notre monde. Moi, l'ennui ne me faisait pas peur. En revanche je craignais que, si l'ennui avait raison d'elle, il ne se produise quelque chose de gigantesque, de mortel, quelque chose qui nous changerait, elle et moi, pour toujours. Je ferais donc tout ce qu'elle me demanderait, ne serait-ce que pour qu'elle trouve la vie intéressante.

Et là, dans ses lettres, je sentais comme une urgence. Je ne serais pas surprise si la semaine suivante elle m'écrivait une lettre m'annonçant que Jacques était mort, noyé ou victime d'une maladie soudaine. Cela me fournirait-il un prétexte pour rentrer à Saint-Rémy ?

Le jeu consistant à m'envoyer dans le monde en tant que jeune écrivain commençait à se faire vieux. Il était temps que ça cesse, et cette fois c'était à moi, et à moi seule, d'agir.

LE LENDEMAIN, Mme Townsend me fit chercher au moment où je m'apprêtais à sortir dans le jardin. J'avais l'intention de poser quelques questions à Meaker – savoir si par le passé des filles avaient quitté Woodsway pour raisons familiales, et comment organiser le voyage de Londres à Paris.

« Je crois qu'il est temps que tu apprennes quelque chose de nouveau, me dit Mme Townsend en désignant une machine à écrire sur son bureau. Je t'ai commandé cette machine à écrire française. Elle est d'occasion, mais en bon état. »

La dactylographie ne faisait pas partie du curriculum. La calligraphie, oui. Il y avait des tas de choses à écrire à Woodsway – des rédactions sur l'art, la littérature et la musique, des réflexions après les visites dans les théâtres, les musées. Mme Townsend les lisait davantage pour leur présentation que pour leur contenu. Nous les rédigions de notre plus belle écriture, et elle faisait circuler parmi nous un exemple particulièrement édifiant pour nous montrer ce qu'était le travail bien fait. Mes rédactions n'étaient jamais retenues. Il y avait une machine à écrire dans la salle de classe, mais personne ne s'en servait. Mme Townsend possédait la sienne, qu'elle utilisait pour la correspondance de l'école.

J'avais toujours voulu apprendre la dactylographie. Dans les bureaux de M. Chastain, à Paris, j'avais vu plusieurs jeunes femmes élégamment habillées marteler les claviers. C'était une de ces vies que je m'étais parfois imaginées pour moi-même. Travailler dans un bureau, c'était comme rester assise en classe, obéir aux ordres, être efficace, ne pas attirer l'attention. La seule différence était que je ramènerais à la maison non plus des devoirs, mais des sous. Ma vraie vie se déroulerait après le travail, avec Fabienne. Que ferait-elle pendant la journée ? J'essayai de me la figurer dans un bureau avec une machine à écrire, ou dans un grand magasin avec des tenues magnifiques, ou dans une boutique - une papeterie ou une pharmacie, comme celles où M. Bazin m'avait photographiée, à Paris. Mais rien de tout cela ne semblait lui correspondre. Peut-être jardinière ? Elle pouvait aisément accomplir la plupart des tâches de Meaker. Il lui suffisait d'apprendre à conduire.

Mme Townsend me dit d'essayer la machine à écrire. Je laissai mes doigts se poser sur quelques touches, sans appuyer.

« Tu sais pourquoi je veux que tu apprennes la dactylo ? demanda-t-elle.

— Parce que c'est utile ?

— En effet, oui. Mais plus important encore, tu es un auteur. La machine à écrire et le stylo à plume que je t'ai offert devraient être tes deux fidèles assistants. Assieds-toi. Tape quelques lignes. N'aie pas peur de te tromper de touche. Nous travaillerons ça plus tard. »

Une feuille de papier m'attendait déjà, mais je ne savais pas quoi écrire.

« Là », dit Mme Townsend. Elle posa un cahier à côté de moi, du même genre que ceux qu'elle m'avait donnés pour mon livre, mais de la taille au-dessus et avec une couverture en cuir d'un bleu profond. Elle l'ouvrit. La première phrase ne m'évoqua rien, la deuxième non plus. Deux ou trois lignes plus bas, je reconnus une description que j'avais faite de la gare d'Austerlitz, à ceci près que Mme Townsend avait modifié la plupart des mots. De sorte qu'au lieu de : « Les immeubles gris devant la gare paraissaient sévères, comme les Parisiens », on lisait: « Au moment de sortir de la gare, je fus effarée par le flot des Parisiens qui marchaient autour de moi, leurs visages d'une froide indifférence, et par les immeubles derrière eux, gris et impassibles ».

Mme Townsend, qui avait tiré une chaise pour s'asseoir près de moi, m'observait attentivement. J'essayai de ne montrer aucune émotion.

« Vois-tu, me dit-elle, le livre est plus ou moins le même que celui que tu as écrit. J'ai seulement lissé quelques plis. On va planifier une heure de dactylo pour toi chaque après-midi. Et bien sûr, tu continueras d'écrire dans ton cahier. »

Je n'avais jamais voulu l'écrire, ce livre. Et voilà que je devais taper à la machine ce que Mme Townsend avait écrit. J'aurais aimé lui répondre de s'en charger elle-même.

« Pourquoi est-ce que tu ne dis rien ? demanda-t-elle. Mon plan ne te plaît pas ?

— Pensez-vous, Kazumi... répondis-je en essayant de prendre une voix toute douce, toute docile. Pensez-vous qu'il est possible que je fasse un voyage en France ?

— Pourquoi donc ?

— Je me suis dit que j'aimerais bien discuter du livre avec M. Chastain.

— Tu lui as écrit à ce sujet ?

— Pas au sujet du livre en particulier. Nous correspondons de temps en temps.

— Donc tu veux parler avec lui de l'écriture de ce livre ? Tu peux lui envoyer une lettre.

— Mais c'est difficile d'expliquer les choses dans une lettre, vous ne pensez pas ?

— Explique-moi ce qu'il y a de si difficile. »

Je perçus de l'impatience dans sa voix. Elle n'aimait jamais être surprise. « Je t'écoute.

— On peut avancer beaucoup plus vite avec un rendez-vous qu'en échangeant des lettres. Si je rencontrais M. Chastain, il serait peut-être de bon conseil pour le livre.

— Je ne pense pas que tu aies besoin de ses conseils pour écrire. Tu as fait exactement ce qu'on t'a demandé de faire. Avec mon aide, on peut d'abord terminer le livre et ensuite organiser un rendez-vous avec lui, de préférence après la fin du semestre. En ce moment je n'ai pas une minute à moi.

— Je peux voyager seule.

— C'est impossible. Je suis ta tutrice, et tu es sous mon entière responsabilité. Qui plus est, je ne vois pas l'intérêt d'y aller.

— Et si moi, j'y vois un intérêt ? »

Ses yeux se plissèrent, rendus glaciaux par le mépris et l'impatience. « Toi ? Qu'est-ce que tu sais de ces choses-là ? »

Avant de répondre, je pris une longue inspiration. « Kazumi, puis-je avoir l'autorisation de me rendre à Paris ?

— Ça, je ne peux pas te l'accorder. Arrête de raconter n'importe quoi et au travail, dit-elle en relevant le menton pour désigner la machine à écrire.

— Je ne raconte pas n'importe quoi. J'ai suivi toutes vos instructions, Kazumi, mais ça ne veut pas dire que je ne peux pas savoir ce qui est bon pour moi ou ce dont j'ai besoin pour mon travail.

— Ce dont tu crois avoir besoin n'a aucune importance. Nous savons ce qui est bon pour toi, et nécessaire. »

Je me demandai ce qu'elle entendait par « nous ».

« N'oublie pas que tu es venue ici pour progresser, reprit-elle. Tu n'es pas là pour prendre des décisions qui dépassent tes compétences.

— Mais vous m'avez dit que je progressais.

— Calme-toi, Agnès. Pas besoin d'être hystérique.

— Je ne suis pas hystérique.

— Tu es émotive. »

À Woodsway, être hystérique faisait partie des fautes les plus graves. Être émotive aussi.

« Je ne peux pas accepter que toutes les décisions qui me concernent soient prises par d'autres, dis-je.

— Les filles de Woodsway, toutes les décisions qui les concernent sont prises par d'autres. En quoi est-ce que tu penses être si exceptionnelle et si différente d'elles ? »

Je réfléchis quelques secondes. « Aucune n'écrit de livres.

— Et c'est précisément pour ça que tu devrais t'estimer chanceuse que des gens comme M. Chastain et moi-même prenions la responsabilité de te chaperonner et de te conseiller. Allons, dit-elle d'une voix radoucie bien que toujours glaciale, j'ai bien peur que tu ne sois trop jeune pour comprendre le fonctionnement des choses. Ta scolarité ici est entièrement financée par la bourse que je t'ai décrochée. Tes parents et toi, vous avez accepté les termes de cette bourse. Tout ça n'est pas assez clair à tes yeux ? Non, je t'en prie, ne pleure pas. S'il y a bien une chose qui ne sert à rien, c'est ça. »

CE SOIR-LÀ, ma décision fut prise : je devais fuir Woodsway et ne jamais y retourner. J'enfilerais la tenue que je portais lors de mon voyage de Saint-Rémy à Paris. J'emporterais toutes les lettres que j'avais reçues. J'y ajouterais les cahiers que j'avais noircis : mon journal et ma version d'*Agnès au paradis*. Le livre n'était pas terminé, mais il comptait assez de pages pour que je puisse le montrer à M. Chastain. Je laisserais derrière moi les cahiers vierges, ainsi que la version d'*Agnès au paradis* que Mme Townsend avait réécrite, et son stylo à plume.

J'allais devoir prendre une des valises que Mme Townsend m'avait fournies, mais je comptais lui envoyer de l'argent en contrepartie – je saurais me débrouiller. M. Chastain pourrait m'accorder un prêt si j'allais le voir à Paris. Peut-être même qu'il aimerait ce que j'avais écrit et qu'il me rémunérerait.

C'était malheureux, naturellement, de devoir abandonner mes souliers de cuir avec leurs boucles d'argent brillantes, mes ballerines et mes chaussures de marche, qui auraient pu servir chez moi ; toutes les robes – celle de satin vert, celle de velours bleu, et le taffetas rose avec sa ceinture censée ressembler à une couronne de boutons de rose ; le chemisier blanc à boutons nacrés, la veste en tweed que Margareta trouvait chic, le chapeau de paille à rubans de dentelle que j'aimais tant et que je n'avais pas encore eu l'occasion de porter, enfin toutes les autres jolies choses que personne, à Saint-Rémy, n'avait jamais vues. Je posai sur le lit ma robe de nuit à l'ourlet festonné, l'étalant pour dessiner ma silhouette et repliant les deux manches vers l'avant, comme si c'était un ange. Elle était si douce, si belle, et pourtant je savais que si je faisais une exception pour elle, très vite j'en ferais d'autres. Non, je n'emporterais rien, sauf ce qui m'appartenait vraiment.

Comment m'enfuir sans me faire repérer ? À l'instant où je poserais le pied sur le sol français, je serais libre ; en attendant, j'allais devoir me creuser les méninges. Je pouvais m'échapper la prochaine fois que nous partirions en excursion à Londres, mais je ne pourrais pas prendre ma valise, et Mme Townsend risquait de prévenir la police si elle remarquait quoi que ce soit d'anormal. Je pouvais partir en pleine nuit, par la fenêtre – en ayant pris soin de cacher la valise dans le jardin avant le soir –, puis marcher toute la nuit le long de la voie ferrée et prendre le premier train pour Londres dans une gare où personne ne ferait le rapprochement entre moi et l'école. Malgré tout, est-ce que quelqu'un aurait des soupçons et me dénoncerait à la police ? Que dirais-je si je me faisais attraper ?

Je pouvais enfin demander à Meaker de m'aider en m'emmenant à la gare un jour que Mme Townsend irait à Londres toute seule. Je n'avais pas d'argent, mais il accepterait peut-être de m'en prêter un peu.

Au diable *Agnès au paradis*. Ce que je devais plutôt écrire, c'était un roman policier comme ceux que les filles lisaient en cachette de Mme Townsend. *Agnès en cavale. Agnès libérée. Agnès rentre chez elle.*

Je restai éveillée une bonne moitié de la nuit, échafaudant plusieurs plans, les peaufinant l'un après l'autre. Pour finir, je décidai que la meilleure solution était de m'assurer le concours de Meaker. Il me comprendrait. Il ferait tout son possible pour m'aider.

LE LENDEMAIN après-midi, c'était une belle journée, je trouvai Meaker au verger, en train de chauler les pommiers et les pommiers sauvages. Il y avait un pinceau en plus dans le bidon, et je savais qu'il m'était destiné. Je m'en saisis et commençai à travailler à ses côtés.

«Vous avez déjà été marié? lui demandai-je lorsque j'eus terminé de chauler un arbre.

— Moi? Non.

— Pourquoi?»

Il rangea son pinceau dans le bidon afin que la chaux ne coule pas sur l'herbe pendant qu'il réfléchissait. Je posai le mien juste à côté, m'assurant que le manche était propre. Je n'étais pas quelqu'un de soigneux mais j'avais commencé à prendre de bonnes habitudes auprès de Meaker.

«Il faut croire que je ne suis pas du genre à me marier.

— C'est quel genre, le genre à se marier?»

Jacques affirmait que le mariage était une ânerie, donc il n'était pas du genre à se marier non plus. Pourquoi, alors, Fabienne laissait-elle entendre qu'il était amoureux de moi? À quoi nous servait l'amour, à Jacques et à moi, sinon à nous marier?

Meaker me regarda bizarrement.

« Quoi ? dis-je.

— Ce n'est pas un sujet que vous devriez aborder avec moi.

— Avec qui, alors ? Avec les filles ? Avec Mme Townsend ? Vous savez bien que ce serait comme discuter de... »

Je cherchai mes mots. « Ce serait comme discuter garde de cochons avec elles.

— Je ne vois pas.

— Elles ne comprendraient rien de ce que je leur dirais. Pour elles, les cochons, c'est le bacon et le filet mignon.

— Je vois. »

Je n'en étais pas tout à fait sûre. « Cet ami dont vous parliez l'autre jour - Wilfred... Il était du genre à se marier ? »

Meaker secoua la tête. J'ignorais si cela signifiait qu'il n'en avait aucune idée ou que Wilfred, même s'il avait survécu, ne se serait pas marié. Il me fit signe qu'il retournait à sa tâche.

« L'amie dont je vous ai parlé, Fabienne. Elle et moi, nous ne sommes pas du genre à nous marier non plus. »

Il acquiesça, même si je ne savais pas s'il m'avait vraiment entendue, ni s'il avait compris ce que je lui disais. Il était en train de mesurer et de marquer le niveau maximum de la chaux, afin que tous les arbres aient une apparence uniforme une fois l'opération terminée.

« Meaker, je peux vous demander un service ? repris-je. C'est très sérieux. »

Il me regarda encore. Cette fois, il remit son pinceau dans le bidon et étala une bâche sous un des arbres pour que je m'asseye dessus. Lui-même s'installa sur un seau renversé.

« J'ai besoin de votre aide, mais il faut que ça reste un secret entre nous. »

Il inclina la tête, signe qu'il était tout ouïe. Je lui dis alors que j'avais décidé de repartir pour la France. Pouvait-il m'aider à savoir quels trains et bateaux prendre entre ici et Paris ? Et pouvait-il aussi me prêter un peu d'argent ? « L'essentiel, c'est que j'arrive à Paris. Une fois là-bas, je saurai retrouver mon chemin jusque chez moi. Et je pourrai vous rembourser depuis Paris. »

Meaker m'écouta d'un air impassible. Son visage avait quelque chose de rassurant, comme un tronc d'arbre qui ne changerait pas au gré du ciel ou des saisons.

« Vous en avez parlé à Mme Townsend ? me demanda-t-il.

— Bien sûr que non. C'est un secret entre vous et moi.

— Vous voulez vous enfuir, c'est bien ça ?

— Seulement rentrer chez moi », dis-je en essayant de paraître sûre de moi, afin qu'il ne s'inquiète pas outre mesure. Je lui expliquai que la semaine suivante Mme Townsend irait à Londres pour affaires et que ce serait le jour idéal pour partir. « Je lui laisserai un mot lui disant que je rentre chez moi. Je demanderai à mon éditeur parisien de lui envoyer un télégramme à mon arrivée. Comme ça, elle n'aura pas à s'inquiéter. Vous voyez, j'ai tout prévu.

— C'est loin, la France, toute seule.

— Mais si vous me montrez comment y aller, ce ne sera pas trop difficile. Je parle suffisamment l'anglais pour déchiffrer les horaires et demander mon chemin. Oh, au fait, vous pourrez aussi me conduire à la gare, ce jour-là ? Je vous promets que je ne le dirai à personne.

— Pourquoi voulez-vous rentrer chez vous ?

— Je déteste cet endroit. »

Meaker acquiesça comme s'il le savait depuis le début.

« Je suis très malheureuse. »

Il secoua la tête. « Ce n'est pas une raison pour s'enfuir. Parfois, il faut continuer même quand on est malheureux.

— Mais mon amie Fabienne, là-bas, elle ne continuera pas si elle est malheureuse.

— Comment ça ?

— Depuis que je suis ici, elle est très malheureuse. Voyez, elle n'a pas d'autres amis chez nous. Et sa mère et sa sœur sont mortes quand on était petites.

— Le monde est dur pour les orphelins. »

Était-il orphelin, lui aussi ? Cependant, je ne voulus pas détourner la conversation de son sujet principal.

« C'est pour elle que je veux rentrer, dis-je. J'ai peur qu'elle fasse quelque chose si je reste ici plus longtemps.

— Qu'elle fasse quoi ?

— Qu'elle se suicide, par exemple. »

Ma réponse nous surprit tous deux. Fabienne aurait bien été la dernière personne à se suicider. Néanmoins, je n'avais d'autre choix que d'en faire une hypothèse plausible. « Elle pourrait facilement le faire. »

Meaker baissa les yeux vers ses mains, qui pendaient entre ses genoux. « Vous devriez peut-être parler à Mme Townsend.

— Elle ne comprendra pas.

— Vous devriez essayer, au moins, dit-il avec un regard fuyant. Je ne pense pas pouvoir vous aider. »

Il disait cela uniquement parce que c'était ce qu'il convenait de dire. Souvent, les adultes éprouvaient le besoin de dire ce qu'il convenait. Cela leur permettait de ne pas se sentir coupables de rendre la vie difficile aux autres, notamment aux enfants. Je décroisai les jambes, m'approchai de Meaker et posai la main sur son genou énorme. « Bien sûr que si. Personne d'autre ne le fera. »

Il observa ma main, mais ne la retira pas. « Si vous voulez rentrer chez vous, vous devez en informer Mme Townsend. Vous êtes trop jeune pour prendre cette décision seule.

— Elle ne me laissera pas partir. En plus, je suis assez grande pour écrire des livres.

— Ce n'est pas pareil.

— Je suis assez grande pour me marier. »

Meaker leva les yeux. Enfin, pensai-je, j'attirais son attention.

« Par exemple, si vous me demandiez en mariage, là, tout de suite, je vous dirais oui. Et Mme Townsend ne pourrait plus prétendre être ma tutrice, puisque ce serait vous. Vous savez, mon ami postier m'avait demandé ma main, un jour, mais j'ai refusé. » Ce n'était pas un mensonge complet, pensai-je. M. Devaux avait demandé à Fabienne d'être sa maîtresse ; il aurait pu facilement faire de même avec moi. Et entre une maîtresse et une épouse, la distance n'était pas si grande.

Le visage hâlé de Meaker, couleur cuivre, devint tout rouge.

« Mais non, ajoutai-je aussitôt pour le rassurer, je ne veux pas dire que vous devriez me demander vraiment en mariage. Vous n'êtes pas du genre à vous marier. Moi non plus, d'ailleurs. En revanche, vous êtes mon seul ami ici, et j'ai besoin de votre aide. »

Il se leva brusquement. « Vous devriez vraiment retourner à l'intérieur. J'ai du travail.

— Vous m'aiderez ? »

Il fit non de la tête.

« Mais je suis tellement malheureuse ici que je préférerais encore être morte, dis-je. Pensez-y. Si votre ami vous demandait de faire une chose, une seule chose, pour lui sauver la vie, vous lui diriez non ? »

MEAKER POUVAIT encore changer d'avis, me dis-je lorsqu'il s'en retourna vers sa loge. Je ramassai mon pinceau et badigeonnai un autre arbre. Dès qu'il reviendrait, je le supplierais de nouveau. Or il ne revint pas et, au bout de quelques arbres, j'en eus assez d'attendre. Les filles commençaient à arriver dans le jardin. Je reniflai mes mains et décrétai que je n'avais pas besoin de me laver avant de les retrouver au bord de l'étang.

Un peu plus tard, je vis Meaker remonter le chemin vers la maison. Rose, qui était en train de me montrer le bracelet que sa mère lui avait envoyé pour le bal de fin d'année, par l'intermédiaire d'un joaillier londonien, fut surprise de me voir courir après Meaker. Je lui expliquai par la suite que j'avais dû m'entretenir avec lui d'une affaire urgente.

« Réfléchissez-y, s'il vous plaît, dis-je à Meaker lorsque je l'eus rattrapé. Vous êtes mon seul ami, ici. »

Il s'arrêta. « Ce n'est pas mon rôle d'avoir des amies ici. Je ne suis pas votre ami.

— Mais moi, je vous vois comme un ami. »

Il insista : il n'avait jamais été mon ami et ne m'avait jamais considérée comme telle. Ses paroles étaient si définitives que je grimaçai. Meaker, comme Jacques, était censé être doux, compréhensif, et ne jamais dire ou faire quoi que ce soit qui me fasse du mal. Je voulus hausser le ton en signe de protestation, mais il se contenta d'un hochement de tête contrit et me planta sur place, à côté des azalées.

Demain… pensai-je, demain je retenterai ma chance.

Or, le lendemain après-midi, Meaker n'était pas au jardin. Avant le dîner, Catalina entra dans ma chambre au prétexte qu'elle devait me donner une broche en cristal qui irait avec mon chemisier. « Au fait, Kazumi m'a chargée de te dire que Meaker ne travaillait plus à Woodsway. »

Devant le miroir, je fis brusquement volte-face : « Quoi ?

— Elle m'a dit que tant qu'elle n'aurait pas trouvé son remplaçant tu n'aurais pas le droit d'aller dans le jardin toute seule.

— Pourquoi ?

— Pourquoi quoi ?

— Pourquoi est-ce qu'elle a renvoyé Meaker ? »

Catalina haussa les épaules. « Elle doit avoir de bonnes raisons.

— Il est déjà parti ?

— Je n'en sais rien. Pourquoi ?

— Il faut que je le voie tout de suite.

— Oh, ne dis pas n'importe quoi. Le gong va sonner d'une minute à l'autre.

— Je sais pourquoi Kazumi ne l'aime pas. Elle ne supporte pas l'idée qu'il soit mon ami. »

Catalina éclata de rire comme si j'avais raconté une bonne blague. « Il ne faut pas que les autres t'entendent.

— Mais c'est la vérité. Meaker et moi, on est proches. D'ailleurs, on parlait de se marier.

— Non ! Tu rigoles ? C'est pour ça que tu t'es débrouillée pour le voir tous les après-midi ? »

Fabienne et moi avions fait en sorte d'être les meilleures illusionnistes. Le monde nous était souvent encombrant ou indifférent, et c'était notre ingéniosité qui rendait l'encombrant et l'indifférent intéressants : les orties piquantes laissaient des traces sanglantes sur nos jambes quand nous courions, mais nous faisions mine de croire que c'étaient les griffures des filles désireuses d'attirer notre attention ; les sangsues se collaient à notre peau quand nous entrions dans l'eau, petites créatures nécessiteuses dont nous trouvions qu'elles ressemblaient à la plupart des hommes – ils faisaient seulement semblant d'avoir une colonne vertébrale. Les baies qui emplissaient nos estomacs affamés pouvaient parfois devenir vénéneuses. Un jour, nous avions sept ans, après avoir mangé trop de ces fruits rouges, nous nous étions convaincues que nous allions mourir avant la fin de la journée – au lieu de nous effrayer, la perspective nous avait enthousiasmées, nous étions allées au cimetière pour trouver un espace entre les tombes et, au terme de longues recherches, avions déterminé le lieu où nous serions enterrées ensemble. Seulement, nous avions survécu. Nous avions toujours survécu, car d'autres étaient morts à notre place : la mère et la sœur de Fabienne, mon frère, un petit garçon que nous avions fait trébucher un jour dans l'allée et qui était mort de maladie le lendemain, les cochons, les vaches, les poulets, les lapins, les oisillons tombés du nid, les sauterelles et les criquets, la femme de M. Devaux, dont la disparition avait engendré chez lui une montée de désir pour Fabienne, M. Devaux lui-même, qui à n'en pas douter mourrait, lui aussi, bien avant nous. Contrairement à ce qu'on nous enseignait à l'école, une vie rude ne nous rendait pas vertueuses ; la vie la plus rude était la plus ennuyeuse, la plus ingrate. Comment pouvions-nous surmonter cet ennui autrement qu'en nous embarquant dans notre propre illusion, qui, à mesure que nous grandissions, était devenu plus sophistiquée, plus enthousiasmante et surtout plus proche du vrai ? La saleté fangeuse sous nos pieds, qu'avait-elle de mal si nous lui attribuions le pouvoir de signaler les traces des êtres invisibles qui rôdaient dans la nuit ? Qu'était-ce qu'une tombe froide, sinon une porte ouvrant sur notre propre chambre secrète et douillette ? Nous n'étions pas des menteuses, mais nous fabriquions nos propres vérités, aussi extravagantes que nous avions besoin qu'elles soient, aussi fantastiques que l'exigeaient nos humeurs. Faits avec trois fois rien comme nos livres, nos jeux avaient proscrit M. Devaux dès qu'il était devenu un problème pour nous, m'avaient catapultée dans cette école d'étiquette anglaise et avaient fait de Meaker mon seul véritable ami en cette terre étrangère. Nos illusions étaient nos alliées. Comment pourrions-nous nous épanouir sans elles : invisibles, anonymes, patientes, toujours avec nous ?

PARMI TOUS LES HUMAINS qui peuplent la terre, combien, sondant leur conscience, peuvent dire avec une absolue certitude qu'ils n'ont jamais trahi personne ? Dix ? Cinq ? Aucun ? Si c'est le cas, pourquoi faisons-nous souvent toute une histoire de la trahison ? Tous ces films et ces livres, tous ces mariages brisés et toutes ces amitiés détruites. Les poignards qu'on se plante dans le dos les uns aux autres – peut-être ont-ils leur propre volonté. Ils font un tour complet, trouvent ici une main, là un dos. On ne peut pas en vouloir aux mains, pas plus qu'on ne peut compatir avec les dos. Ils sont tous recrutés pour le bon plaisir des poignards. Le monde n'est jamais à court de poignards.

Il y a plusieurs manières de raconter ce qui est arrivé à Meaker. On peut dire qu'il m'a trahie en rapportant mon plan d'évasion à Mme Townsend. On peut dire aussi que je l'ai trahi en lui volant ce qui comptait le plus : son gagne-pain et sa solitude.

Le lendemain, à la fin des cours du matin, Mme Townsend nous annonça que Meaker était parti et que, d'ici quelques jours, son remplaçant arriverait. Elle ne donna aucune explication. Je la regardai fixement, elle me sourit. « Tu as des questions, Agnès ? » demanda-t-elle.

Je dus m'asseoir sur mes mains pour ne pas attraper l'encrier et le jeter sur elle. Les filles se tournèrent vers moi, attendant que je parle. Il n'y avait pas de secrets à Woodsway. Nous étions des créatures transparentes, au corps translucide, comme les petites crevettes dans le ruisseau au printemps. Deux doigts en tenaille pouvaient nous écrabouiller sans peine – les filles ne le savaient peut-être pas, mais moi oui. Margareta, la plus transparente de toutes, me regarda avec compassion, sidération et désarroi. Catalina secoua très légèrement la tête, me faisant comprendre que je ne devais pas me tracasser. Si je faisais une scène, ce serait gênant pour tout le monde. Mais n'était-ce pas assez gênant comme ça de nous retrouver dans ce lieu étrange, de vivre chaque jour comme si nos faits et gestes étaient mis en scène pour un photographe secret ? Je promenai mon regard sur toutes ces filles délicates. Une fois de plus, j'eus envie d'attraper l'encrier. Au lieu de le jeter sur Mme Townsend, je pourrais faire le tour de la salle et le vider dans les cheveux des filles, laisser l'encre ruisseler sur leurs visages, sur leurs cous.

« Agnès, tu as l'air d'avoir quelque chose à dire », insista Mme Townsend.

Je me concentrai quelques instants encore sur ma vision des filles couvertes d'encre.

« On attend, dit-elle.

— Je voulais vous demander, Kazumi, si vous aviez l'adresse de Meaker. »

Il régnait un tel silence dans la salle qu'on savait que les filles retenaient leur souffle. Elles avaient dû avoir eu vent de ma liaison honteuse avec Meaker et du fait que j'avais même parlé de l'épouser. Je ne pensais pas Catalina capable de garder pour elle un scandale aussi énorme.

« Pourquoi en aurais-tu besoin ? » demanda Mme Townsend. Puis, sans me laisser le temps de répondre, elle ajouta : « Nous pourrons en discuter plus tard.

— Je me demande simplement si ça ne vous dérangerait pas de me donner son adresse, insistai-je avec une espièglerie qui aurait rendu Fabienne fière. Je compte lui écrire. Il sera dans mon livre, vous savez ? »

Les élèves de Mme Townsend s'exprimèrent par une dilatation infime de leurs pupilles, un croisement et un décroisement de leurs mains, lentement, l'immobilité de leur dos.

« On ne va pas faire perdre du temps à tout le monde en parlant de tes affaires personnelles », dit-elle avant d'annoncer aux filles qu'elles devaient se préparer pour le déjeuner.

Je me levai aussi, mais elles semblèrent couler autour de moi comme si j'étais une branche cassée au milieu d'un ruisseau. Bien qu'aucune n'eût l'air pressée, elles réussirent toutes à me bloquer et à me précéder, faisant de moi la dernière à quitter la salle. Mme Townsend m'ordonna de rester.

« Tu t'es comportée d'une manière inacceptable, dit-elle. Je crois que tu me dois une explication. »

Je pouvais, comme je l'avais fait jusqu'à présent, préparer les phrases dans ma tête avant de répondre, mais j'en avais assez de chercher les mots justes. « Vous êtes horrible avec Meaker, dis-je.

— Je ne comprends pas. Meaker était employé par l'école, et il était nécessaire de mettre un terme à son contrat.

— Pourquoi ?

— Il a encouragé un attachement malsain chez une de mes élèves. Ce n'est pas professionnel, ce n'est pas responsable et ce n'est pas moral. »

Je me demandai dans quelle mesure Meaker lui avait parlé de mon projet d'évasion. Oh, Meaker, comment as-tu pu être assez bête pour tomber dans le piège de l'homme responsable et moral ?

« Il n'a rien fait pour m'encourager, répondis-je.

— Il n'exerçait pas une bonne influence. Le fait qu'il se soit mis dans une situation où tu as ne serait-ce qu'évoqué avec lui un projet d'évasion de l'école – rien que ça démontre assez qu'il ne devrait plus jamais être autorisé à travailler au sein d'une école.

— Il ne m'a pas aidée.

— Peu importe ce qu'il a fait ou n'a pas fait. Là n'est pas le sujet. J'ai pris ma décision, avec le bien-être de mes élèves en tête.

— Non, vous l'avez renvoyé parce que vous êtes jalouse. Vous vous êtes débarrassée de lui parce qu'il est mon ami.

Vous ne supportez pas le fait que j'aie un ami. Vous voulez m'avoir pour vous toute seule. »

La vraie colère aveugle est comme le vrai courage aveugle – si vous avez déjà vu un écureuil piégé dans une cage ou un oiseau entrer par inadvertance dans une pièce, vous savez de quoi je parle. Peu importe que les griffes de l'écureuil ne puissent pas ouvrir la cage ou que la vitre ne cède pas aux coups de l'oiseau. Chez certains – les animaux, les enfants –, le désespoir et la mort galvanisent.

« Il ne m'a pas aidée à m'enfuir, dis-je. Et je ne lui en veux pas. Il obéit aux règles. Mais vous, vous ne pouvez pas vous débarrasser de moi, alors vous me punissez en vous débarrassant de lui. Vous êtes... »

Avant même que je m'en aperçoive, Mme Townsend me faisait face, les mains sur mes épaules, et serrait tellement fort que je ne pus finir ma phrase. « Je suis quoi ? Dis-le. »

Je ne savais pas Mme Townsend capable de cracher comme une paysanne. « Vous... êtes... une... méchante... personne », dis-je dans mon meilleur anglais.

Les yeux toujours près des miens, elle serra encore plus fort mes épaules. Ses petites mains dodues étaient aussi dures que des pinces en acier. J'eus un hoquet, mais plus de stupeur que de douleur. Fabienne et moi nous étions entraînées à supporter toutes sortes de douleurs.

« Écoute-moi, cracha encore Mme Townsend. Je t'interdis d'éprouver ma patience comme ça. » Elle me secoua violemment. Je sentis ses ongles à travers mon chemisier, même si j'étais surtout effarée par son visage qui, vu d'aussi près, n'avait plus rien d'humain. Pour avoir grandi à la campagne, je savais que même la plus gentille des vaches pouvait devenir mauvaise sans raison, et un chien timide attraper la rage.

« Si tu ne sais pas comment m'obéir, tu finiras par ne plus rien avoir et n'être plus rien. Tu comprends ? »

Je ne répondis pas. Elle me secoua encore. « Tu comprends ?

— Je veux rentrer chez moi.

— C'est impossible. Permets-moi de te rappeler que l'accord entre tes parents et moi stipule que tu seras instruite sous ma conduite pendant une année entière.

— Je veux rentrer chez moi, répétai-je.

— Tais-toi.

— Dans ce cas, je dirai aux journalistes que je n'ai écrit aucun de mes livres. Que c'était le receveur des postes de mon village. Et je dirai aux journalistes que je hais ma vie d'écolière ici, mais que vous m'avez forcée à écrire un livre qui s'appelle *Agnès au paradis*. Et je leur dirai que vous êtes en train de l'écrire à ma place. »

Mme Townsend me regarda dans le blanc des yeux pendant un long moment puis lâcha mes épaules. Je la vis regagner son siège et ranger les cahiers et les papiers de la leçon du matin. Lorsqu'elle leva de nouveau la tête vers moi, son visage était aussi lisse qu'une assiette en porcelaine. « Je ne pense pas que tu gagnerais quoi que ce soit à mentir de la sorte à la presse.

— Ce ne serait pas un mensonge. Je dirais la vérité.

— Mais nous avons des tas d'éléments qui prouvent que tu es une menteuse patentée, n'est-ce pas ? Tu as raconté à Meaker que tu étais malheureuse ici, alors que les filles et moi-même avons tout fait pour t'accueillir et faire de toi un membre spécial de la famille Woodsway. Tu as raconté à Meaker que tu voulais retrouver ton amie, mais en réalité c'est son frère que tu as très envie de revoir, pas vrai ? Elle te sert uniquement de prétexte. Ce que tu n'arrives pas à abandonner, c'est un vague petit ami là-bas, chez toi, que tu estimes plus important que ta carrière.

— Je me moque de ma carrière. Je vous la laisse. »

Elle inspira bruyamment. Je me demandai si elle réprimait une envie de m'envoyer quelque chose de lourd au visage, la machine à écrire sur son bureau ou le presse-papier en bronze en forme de Bouddha. Lorsqu'elle reprit la parole, son ton avait quelque chose d'enjôleur, de froid et d'onctueux à la fois. « Je crois, Agnès, que tu ne comprends pas assez bien la situation pour pouvoir dire quoi que ce soit de ta carrière. Pourquoi détruire ce que tu as construit avec tant d'efforts ? Bientôt nous aurons terminé *Agnès au paradis* et tu recevras toute l'attention que tu mérites. Tu apprendras tellement de choses ici, et tu as la garantie d'un avenir brillant, que tu restes en Angleterre ou que tu retournes à Paris. Pense à tout ce que tu pourras accomplir à condition d'être bien cornaquée. Pense à tout ce que je peux faire pour toi. »

Quatre mois plus tôt, j'aurais trouvé cette perspective alléchante, car j'aurais cru Mme Townsend sur parole - mon ignorance me donnait alors le droit d'espérer.

« Je veux rentrer chez moi », dis-je. Si Mme Townsend ne me laissait pas partir, je répéterais sans cesse cette phrase, à toutes les personnes que je croiserais. Je serais comme ces enfants dans les contes de fées qui, privés de leur forme humaine et métamorphosés en autre chose - en oiseau, en renard ou en arbre -, ne renoncent jamais à vouloir prouver qu'ils avaient auparavant un cœur humain.

« Je me dois de te rappeler, ma chère Agnès, que tu es en train de te suicider professionnellement.

— Je m'en fiche.

— Tu vas être en retard pour le repas. Si tu me devançais ? Je vous retrouverai toutes bientôt au déjeuner.

— Je veux rentrer chez moi.

— Allez, va déjeuner, maintenant, dit-elle avec un sourire. On en reparlera plus tard. J'ai beaucoup à faire. »

« AUJOURD'HUI j'ai écrit à M. Chastain, m'annonça Mme Townsend le jour suivant, après m'avoir convoquée. Je pense que tu devrais lire ma lettre avant que je l'envoie. »

Elle me tendit ladite lettre. Elle était au regret d'informer M. Chastain que, malgré certains progrès, ma scolarité à Woodsway s'était révélée insatisfaisante. *Comme vous pouvez le comprendre, l'éducation qu'a reçue Agnès explique son apparence et ses manières, d'un manque de raffinement indescriptible. J'ai fait de mon mieux pour y remédier. Néanmoins, elle a montré bien peu de ce qui est censé être son intelligence et son talent innés, et tous mes efforts pour lui inculquer les connaissances et la sagesse dont elle aura besoin pour sa future carrière d'écrivain auront été vains. Elle a appris à parler un peu l'anglais, et son français s'est amélioré, mais après avoir passé près de cinq mois à ses côtés et lui avoir surtout consacré plus de temps qu'à toute autre élève, j'en suis arrivée à la conclusion, malheureuse, que son histoire de petite prodige issue d'un milieu misérable est à prendre avec circonspection. En particulier, elle a affirmé certaines choses qui éclairent d'un jour nouveau sa relation avec l'ancien postier du village, dont vous avez eu la grande gentillesse de mentionner le nom dans votre préface à son premier roman, ainsi que sur la couverture. Il se peut qu'elle se soit servie de M. Devaux bien plus que ce qu'on pourrait soupçonner. Comprenez bien, cher monsieur, que je vous écris aujourd'hui en toute confidentialité. Je crois savoir que son deuxième livre doit être publié à l'automne, puisque le premier continue de susciter l'intérêt. Je puis vous garantir que cet avis professionnel restera entre nous. Cependant, il apparaît que les heures de travail non récompensé que je lui ai consacrées ne feront pas avancer sa carrière d'écrivain. Pour ne rien arranger, il s'avère que son caractère, davantage encore que son allure ou ses manières, est devenu un obstacle pour moi, pour mes autres élèves et pour elle-même. Je me sens donc tenue de proposer que nous mettions fin à son parcours scolaire plus tôt que prévu.*

La lettre se poursuivait de la sorte sur quelques paragraphes, abordant les détails de mon retour à Saint-Rémy, esquissant les étapes du voyage. Mme Townsend ne laissait à M. Chastain aucune possibilité de contester sa proposition.

« Alors ? » me demanda-t-elle après que je lui eus rendu la lettre.

Je haussai les épaules.

« Il n'est pas trop tard pour revenir sur ta décision, ajouta-t-elle. Une fois cette lettre postée, tu ne pourras plus changer d'avis.

— Pourquoi est-ce que je voudrais changer d'avis ?

— Je me suis dit que la nuit pourrait te porter conseil. Tu ne peux pas être aussi bête que ça. Ou bien ai-je tort, une fois de plus, d'entretenir un tel espoir ? »

Je fis non de la tête. J'avais voulu rentrer chez moi, et à présent on allait me ramener chez moi. Il n'y avait rien de triomphal dans cette évasion, contrairement à ce que j'aurais ressenti si Meaker m'avait aidé. Cela n'en restait pas moins une évasion.

« Qu'as-tu à dire pour ta défense ? demanda Mme Townsend.

— Je crois que vous vous trompez sur mon compte.

— Comment ça ?

— Je ne me suis pas servie de M. Devaux.

— Tu as dit à Meaker que M. Devaux t'avait demandée en mariage. Rien que ça éclaire plus ta carrière que tout le reste. »

Comment Meaker n'avait-il pas vu que son honnêteté nous desservirait tous deux ? « Mais je n'ai pas épousé M. Devaux, n'est-ce pas ?

— Ça ne change rien. De toute façon, tu as raconté à Meaker que tu étais extrêmement malheureuse ici, à Woodsway. À ta place, moi aussi je serais malheureuse. Ce n'est pas l'endroit qu'il te faut. »

Sur ce point je ne pouvais pas lui donner tort.

« Je te conseille de ne rien dire de nos projets te concernant. J'expliquerai la situation aux filles quand tu seras partie. »

SOIGNEUSEMENT ORGANISÉS par Mme Townsend et le bureau de M. Chastain, mon départ de Woodsway et mon retour à Paris, puis à Saint-Rémy, ne furent couverts par aucun journaliste. À Paris, M. Chastain confirma que le deuxième livre écrit par Fabienne et moi serait publié à la date prévue et rappela une fois de plus le rôle de M. Devaux. Je voyais bien qu'il ne restait plus grand-chose de l'enthousiasme que je lui avais inspiré l'année précédente; je ne lui dis pas que M. Devaux n'était quasiment pour rien dans ce livre.

Il ne me posa aucune question sur mon séjour à Woodsway. Il ne me demanda pas si j'écrirais un livre ayant l'école pour cadre. Mme Townsend et lui avaient eu plusieurs conversations téléphoniques, m'expliqua-t-il. Même s'il avait d'abord été déçu par la décision de Mme Townsend, ils avaient fini par tomber d'accord: mon retour à Saint-Rémy était la meilleure solution pour tout le monde. Mon entretien avec lui dura un quart d'heure. Il me souhaita bonne chance et me remit entre les mains de son assistante, une nouvelle, une jeune femme beaucoup plus froide que Mlle Boverat. Elle m'accompagna à la gare mais, pendant tout le trajet, ne décrocha pas un mot de plus que le strict nécessaire.

Mon retour au bercail relevait-il de la défaite, voire de l'humiliation ? D'aucuns – ceux qui avaient suivi mes aventures, gardeuse de cochons à la campagne, puis écrivain publiée à Paris, enfin apprentie fille du monde en Angleterre – durent le penser. Peut-être furent-ils étonnés de constater que, au lieu de donner à voir un nouveau chapitre, mon histoire s'étiola – je disparus. Mon deuxième livre parut en toute discrétion et fut vite oublié.

Mais leur déception fut de courte durée. Cette année-là, une jeune fille nommée Françoise Sagan, qui avait quatre ans de plus que moi, se fit un nom dans l'histoire de la littérature. La célébrité d'Agnès Moreau, la petite paysanne qui n'avait pas réussi à être transformée en débutante, n'était qu'un feu de paille comparée à la splendeur météorique de Mlle Sagan.

L'année suivante, Minou Drouet, une poétesse de huit ans, attira l'attention du grand public, suffisamment pour reléguer Agnès Moreau au rang d'écrivain adulte, déjà hors sujet.

MES PARENTS m'accueillirent comme si j'étais partie pour un court voyage. On aurait dit que pendant tout ce temps ils s'étaient attendus à ce que je retrouve ma vie d'avant, inchangée. Ma mère s'émerveilla devant les vêtements que j'avais rapportés, aussi superbes que peu commodes – Mme Townsend avait insisté pour que j'accepte cette marque de sa générosité et garde ces tenues qui, soulignait-elle, ne serviraient à personne d'autre. « J'espère qu'un jour tu comprendras combien tu es redevable à Woodsway et à moi même de cette expérience, avait-elle dit avant mon départ. Parfois, la tâche du maître consiste à planter une graine, même si cette graine mettra beaucoup de temps à germer. »

Une heure après mon retour, j'avais déjà enfilé ma vieille combinaison de travail, devenue un peu trop petite. Les poulets, dont la moitié étaient nés après mon départ, ne me connaissaient pas, ce qui ne les empêcha pas de se précipiter vers moi en gloussant avidement : qu'elle vienne des mains de ma mère ou des miennes, leur nourriture avait le même goût. Notre chien passa un petit moment à renifler mes valises. Il éternua quelques fois – à cause, j'en étais sûre, des odeurs nouvelles venues d'Angleterre, savon parfumé et boules de camphre.

Saint-Rémy me semblait tellement étrange, mais étrange comme l'étaient mes vieilles bottes en caoutchouc. J'étais certaine que mes pieds, après les souliers en cuir aux boucles brillantes, après les ballerines en satin, ne rentreraient plus dedans. Et pourtant, aussitôt mes bottes mises, je redevins Agnès la petite paysanne. Les odeurs de la grange m'entouraient; les champs et les ruelles, les villageois, mes parents – tout était là. Le monde de Saint-Rémy était comme la boue chaude et informe après une pluie d'été; il attendait que j'y reprenne ma place.

Les mois passés me faisaient l'effet d'une rêverie. Certes, personne ne reste indéfiniment dans une rêverie, mais personne, une fois réveillé, ne continue de vivre sans ressentir un vide au-dedans de soi. Une rêverie est un déplacement. Une rêverie est une blessure.

Mes parents me dirent qu'ils étaient contents de me retrouver. J'allais bientôt fêter mes quinze ans, donc être assez grande pour commencer ma vie d'adulte, et ils estimaient que je n'aurais plus besoin d'aller à l'école après l'été. Si je voulais travailler à l'usine ou dans un magasin, expliqua mon père, ils verraient ce qu'ils pourraient faire. Mais leur véritable espoir, ajouta-t-il, était que je reste à la ferme pour les aider – jusqu'au jour où j'épouserais un homme capable d'assumer ces corvées agricoles. Cela, mes parents ne me le dirent pas. C'était l'évidence même.

Ils me respectaient un peu plus qu'avant, mais leur amour, qui m'avait toujours paru pauvre, n'avait pas changé. Je n'avais jamais été une enfant mal-aimée, cependant il n'y avait pas de quoi en être fière. Par bonheur, je n'avais pas envie, comme certains autres enfants, de répondre à leur amour insuffisant par un surcroît d'amour, en espérant que cela changerait la donne. Mon amour pour mes parents était tout aussi pauvre.

J'ai compris plus tard que parler d'eux en ces termes était injuste. Quand j'ai épousé Earl, il prenait souvent plaisir à m'apprendre des choses. Un jour, il m'expliqua l'échelle de Mohs, qui sert à mesurer la dureté des minéraux et des pierres précieuses. Le diamant est la plus dure de toutes, dit-il: il peut rayer n'importe quelle pierre. Les autres, en revanche, ne laissent qu'une égratignure sur les plus tendres qu'elles. Elles ne peuvent rien faire à un diamant.

Peut-être suis-je faite d'une autre matière que mes parents. Je suis née dure, plus que la plupart des êtres qui peuplent ma vie, de sorte que je ne peux m'en prendre qu'à moi-même si je n'arrive pas à ressentir l'amour des autres, dont mes parents. L'amour de ceux qui ne peuvent pas nous abîmer de manière irréparable paraît souvent insuffisant ; on pourrait croire, à tort ou à raison, que leur amour n'a aucune importance.

La seule personne capable de laisser une rayure sur moi – avant et aujourd'hui –, c'est Fabienne.

Vous ne pouvez pas couper une pomme avec une pomme. Vous ne pouvez pas couper une orange avec une orange. Pendant toutes ces années, nous nous étions persuadées d'être deux pommes accrochées à la même branche, l'une à côté de l'autre, ou d'être deux oranges blotties dans un cageot, voire d'être nées avec nos deux moi reliés, comme ces radis ou ces pommes de terre à la forme bizarre, deux corps en un. Mais ce n'était que notre jeu d'illusion. En vérité, Fabienne et moi étions deux êtres distincts. J'étais la meule, Fabienne la lame. Inutile de demander laquelle de nous deux était faite de la matière la plus dure.

« TU VIENS VOIR Jacques ? » demanda Fabienne en sortant de chez elle. C'était le jour de mon retour, tard le soir. Je lui avais écrit pour lui annoncer ma libération de Woodsway. Je m'étais posé la question de savoir si elle demanderait à mes parents de pouvoir les accompagner à la gare, mais seule ma mère m'avait attendue sur le quai. Comment avais-je pu être aussi bête ? Mon père n'aurait jamais perdu une demi-journée de travail pour une chose pareille. Et Jacques, s'il avait existé, aurait dû être celui qui m'attendait aux côtés de ma mère.

Je regardai les fenêtres sombres de la maison de Fabienne. Son père et ses frères devaient être sortis boire quelque part. « Jacques... Euh, il est à la maison ? »

Fabienne me fit signe de la suivre. Dans la ruelle, quelques villageois me saluèrent, même si, à l'instar de mes parents, ils avaient accepté mon retour sans grande curiosité. Une fille un peu plus âgée que nous me demanda si j'avais appris l'anglais, et je dis oui. Assez pour aller en Amérique ? insista-t-elle, mais en manière de blague, puisqu'elle n'attendit même pas ma réponse pour s'en aller pourchasser son petit frère au bas d'une pente.

Au cimetière, il y avait une tombe récente. Mes parents ne m'avaient pas beaucoup parlé des actualités du village. Je me demandai qui pouvait bien avoir été enterré ici. Fabienne désigna la tombe. « Le voilà, ton Jacques », dit-elle.

Je voulus protester, dire que c'était impossible. Jacques ne pouvait pas être mort, car nous n'étions pas mortes.

« Il s'est dit que tu ne l'aimerais jamais autant qu'il t'aimait, répondit Fabienne. Il s'est dit que tu ne reviendrais jamais. Et voilà où il a terminé, à force d'être impatient. »

Il n'y avait pas de Jacques, me dis-je, mais c'était comme affirmer que ma vie à Woodsway n'avait été qu'un rêve. On peut toujours se rassurer avec ces mots-là, le fait qu'on doive se les rappeler sans cesse signifie qu'on ne croit pas à ce qu'on dit. N'y avait-il pas de Jacques ? J'avais ses lettres dans ma valise, rédigées d'une écriture différente de celle de Fabienne, avec des mots plus tendres que les siens, et plus mélancoliques aussi. Je lui avais écrit des mots d'amour. « Quand est-ce qu'il est mort ? demandai-je.

— La semaine dernière. Vendredi soir. »

J'avais feint la normalité devant les filles de Woodsway afin qu'elles n'apprennent mon départ qu'après ma disparition de leur monde. Dieu seul savait ce que Mme Townsend leur avait dit – en tout état de cause, son propos ne servirait qu'à la rehausser, elle ainsi que son école. Je n'avais pas eu l'occasion de faire mes adieux à Catalina. Peut-être lui manquerais-je un jour ou deux. Mais comme toutes les autres filles de Woodsway, elle était cultivée pour fleurir. Moi, ma vie appartenait à la terre, aux vers, au fumier, à la pourriture au-dessous.

Fabienne m'observa. Il y avait quelque chose d'indéchiffrable dans son expression. C'était bien ma Fabienne, et pourtant c'était une inconnue. Nous nous tenions plus éloignées l'une de l'autre qu'à l'accoutumée. Peut-être qu'elle aussi voyait en moi une inconnue.

« Comment est-ce qu'il est mort ? demandai-je.

— Oh, tu comprends, il ne tenait plus en place. Je lui ai dit de partir de Saint-Rémy, de s'engager dans l'armée ou de trouver du travail à l'usine, mais il a pris le fusil de Papa et il s'est tué. »

Avec le poing, Fabienne se donna une tape sur le front. « Pan. Comme ça. Une balle. »

J'aurais aimé que Fabienne soit plus gentille avec la seule personne que nous avions laissée exister entre nous. La mort n'était pas le seul moyen d'éloigner Jacques, maintenant que sa présence n'était plus nécessaire. Elle aurait pu raconter qu'il menait une vie de soldat; elle aurait même pu raconter qu'il était tombé amoureux d'une femme dans le train et qu'il l'avait suivie jusqu'à une autre ville. Nous nous serions dit qu'il était parti au bon moment et que ses décisions, quelles qu'elles fussent, ne nous affecteraient pas. Fabienne et moi étions de nouveau ensemble. C'était la seule chose qui comptait.

«Ma foi, tu n'as pas l'air trop triste, fit-elle remarquer.

— Je devrais l'être?

— Je ne sais pas, à toi de me le dire. Tu sais qu'il était amoureux de toi. Et tu n'arrêtais pas de répéter que tu étais aussi amoureuse de lui.»

Je réfléchis quelques instants et répondis que j'étais triste, évidemment, mais que ce n'était pas le premier être humain à mourir.

«Tu as un cœur de pierre, dit Fabienne. Pauvre Jacques. Il est mort par amour. Tu parles d'une raison bête de mourir.»

Fabienne ne mourrait jamais par amour, et moi je n'oserais jamais. «C'est mieux comme ça, dis-je. Mon frère Jean est mort sans avoir connu l'amour.

— Oui, enfin, qu'est-ce que ça change? Ils sont tous les deux morts. Pourris.»

Quelques freux décrivaient des cercles dans le ciel du soir. Fabienne caqueta dans leur direction, pour se moquer.

«Il te manquera? demandai-je.

— La question, c'est: est-ce qu'il te manquera?»

Elle nous était donc revenue, cette joie à nous entraîner mutuellement dans un nouveau jeu: parler d'un garçon qui nous était cher sans gêne parce qu'il était conçu pour nous être cher à toutes les deux; parler d'un mort qui ne pouvait mourir qu'en théorie. «Oui, je crois qu'il me manquera, répondis-je. Beaucoup.

— Ça lui fait une belle jambe.»

Fabienne sauta sur la tombe récente et saisit une basse branche d'un chêne. Elle était toujours aussi agile. En deux temps, trois mouvements, elle se retrouva assise à califourchon sur une branche plus haute. « Viens là-haut », me dit-elle.

Je la regardai mais ne bougeai pas.

« Quoi ? Tu ne sais plus comment monter aux arbres ? »

Je m'approchai et tentai d'atteindre une branche basse mais, comme ma mère l'avait souligné un peu plus tôt devant mon père, la bonne nourriture anglaise m'avait joliment remplumée. Je renonçai et grimpai sur un parapet tout proche. Debout, je me retrouvais presque à la même hauteur que Fabienne. « Fais très attention, dit-elle. Ne va pas te casser le cou. »

C'est alors que je me dis que j'avais retrouvé la Fabienne d'avant. Cela ne me dérangeait pas qu'elle se moque de moi, de même que cela ne la dérangeait pas que je sois lente et maladroite. « Qu'est-ce qu'on va devenir, maintenant ? demandai-je.

— J'allais te poser la question. Qu'est-ce que *tu* vas devenir ? Tu écris toujours *Agnès au paradis* ?

— Non.

— Pourquoi ? »

Je ne lui avais pas exposé en détail les raisons de mon renvoi. Dans ma lettre, je lui avais dit que je n'aimais pas cette école et que la vie là-bas m'ennuyait. « Cette école n'a rien d'un paradis, répondis-je.

— Je veux bien le croire.

— Qu'est-ce qu'on va devenir ? répétai-je. Qu'est-ce qu'on fait, maintenant ?

— À ton avis ?

— On peut trouver un nouveau jeu.

— Je devrais nous inventer un nouveau jeu, tu veux dire ? »

Pourquoi, sinon, pensai-je, m'étais-je précipitée chez elle dès que j'avais pu me libérer de mes parents ?

« J'en ai marre des jeux, dit-elle. Aucun n'est vrai.

— Mais on n'aime pas ce qui est vrai. »

Elle se mit debout dans l'arbre, s'étira, puis sauta. Pendant cette fraction de seconde, je crus qu'elle allait s'envoler vers le ciel, mais aussi se casser la jambe sur une tombe. Or elle ne décolla pas plus qu'elle ne tomba par terre. Elle escalada le parapet et s'assit à côté de moi. « Tu ne comprends toujours pas ? »

Sa voix était trop gentille et trop patiente à mon goût. « Qu'est-ce que je ne comprends pas ?

— On s'est bien amusées avec nos jeux parce qu'ils nous faisaient nous sentir vraies.

— Mais est-ce qu'on n'est pas vraies, maintenant qu'on est de nouveau réunies ?

— Oui, mais c'est tout le problème. On est vraies dans la vie, pas pour jouer.

— Je ne comprends pas.

— Il faut sans cesse que je t'explique tout, dit Fabienne d'une voix toujours étrangement douce. Permets-moi de te demander : tu étais vraiment amoureuse de Jacques ? »

Je réfléchis. Je ne savais pas quelle réponse elle voulait entendre.

« Rappelle-toi, tu lui as écrit tous ces mots. Était-ce parce que c'était un garçon, et donc que tu pouvais facilement lui dire ces mots-là ?

— Ça faisait partie du jeu, non ? »

J'avais écrit ces mots à Jacques parce que c'était Fabienne et en même temps ce n'était pas Fabienne.

« Pourquoi l'aimer alors que tu aurais pu m'aimer, moi ? Qu'est-ce qu'il a que je n'ai pas, hormis le fait que c'est un garçon et moi une fille ? »

Pourtant, j'avais aimé Fabienne toute ma vie. Je l'avais aimée avant que nous sachions ce qu'était le monde, ce qu'était l'amour, ce que nous étions nous-mêmes. Mais je ne pouvais pas le dire.

« Donc quand tu écrivais tous ces mots à Jacques, ils semblaient vrais, n'est-ce pas ?

— Oui, mais... »

Elle m'interrompit. « Et Jacques aussi semblait vrai ? »

J'acquiesçai, alors que je ne la comprenais pas tout à fait.

« Et quand des choses de ce genre arrivent, la vie semble vraie, n'est-ce pas ? »

J'avais la boule au ventre, comme si elle me menait patiemment sur un chemin dangereux et que je ne voyais pas où était le piège.

« Mais tu ne comprends pas que tu ne peux pas toujours attendre de moi que je provoque les choses pour nous deux ?

— Je peux le faire avec toi, à condition que tu me dises comment faire. »

Elle me regarda avec de la pitié. « Tu te souviens de la fois où tu as cru que j'allais tuer M. Devaux ? Et si on l'avait tué ?

— Mais on ne voulait pas le tuer.

— On ne savait pas qu'on voudrait peut-être le faire un jour, répondit Fabienne.

— Comment ça ? »

Je n'aimais pas repenser à M. Devaux, tout comme je n'aimais pas m'attarder sur Meaker. C'étaient des hommes qui avaient momentanément fait irruption dans notre monde mais qui, à l'image de Jacques, avaient dû en être proscrits.

« Si on l'avait tué, on se sentirait peut-être plus vraies aujourd'hui. On souffrirait plus, on serait jugées, condamnées à la guillotine - que des ennuis, mais ils feraient partie d'une vraie vie aussi, tu ne crois pas ? Non, ne m'interromps pas. Tu vas me répondre qu'on n'est pas obligé d'assassiner quelqu'un pour se sentir vrai. Tu as raison. On a écrit les livres. On a eu ton nom et tes photos dans les journaux. On t'a fait intégrer une école anglaise. Et alors ? Toi et moi, on reste nous-mêmes - rien n'a changé pour nous.

— Mais je veux que rien ne change. Je veux seulement qu'on passe nos journées ensemble, comme on l'a toujours fait.

— Pendant combien de temps ?

— Aussi longtemps qu'on le voudra, dis-je. Pour toujours.

— Agnès, tu es une imbécile. On n'en a pas pour toujours. On n'en a même pas pour longtemps. Bientôt, il faudra nous marier. Et avoir des enfants.

— On n'est pas obligées de faire toutes ces choses. On peut attendre un an et s'installer à Paris toutes les deux.

— Et après ? Tu ne vois donc pas que ça ne va pas nous faire sentir vraies ?

— Je ne comprends pas ce que tu veux dire par vraies ou pas vraies. »

Le soir tombait vite. Une brume fraîche s'installait entre les tombes. Comment cela pouvait-il ne pas être vrai, alors que nous étions toutes deux assises sans que personne interfère entre nous ? Le monde ne nous interromprait plus jamais.

Fabienne se tourna vers moi. Son visage me parut plus tendre, comme toujours quand le jour déclinait. Avec ses deux mains, elle entoura mon cou. Ses pouces, qui serraient ma gorge, étaient froids. « Tu vois, si je t'étranglais maintenant, on me condamnerait à mort et on m'enverrait à la guillotine, dit-elle. Oh, ne me regarde pas comme ça. Tu sais bien que je ne vais pas te faire de mal. »

Je ne le savais pas. Et ça m'était égal.

« Et qu'est-ce qu'on dirait de nous ? On dirait que j'étais jalouse de ton succès, alors je t'ai tuée. Ou bien on dirait que j'ai toujours été folle et méchante, et que le plus étonnant c'est que je n'aie pas assassiné dix autres personnes. On parlerait de nous dans les journaux. Quelqu'un, à l'école, se souviendrait de toi comme d'une gentille fille, un habitant du village raconterait aux journalistes que tu étais intelligente et jolie, quelqu'un inventerait une histoire à ton sujet et pleurerait devant l'objectif. Et ensuite, on parlerait des livres que tu as écrits et on expliquerait que c'est malheureux que ta vie ait été écourtée et que tu ne puisses plus écrire d'autres livres. Mais ce serait inepte, pas vrai ? »

Je hochai la tête. Ses mains ne serraient pas mon cou et je n'avais aucun mal à respirer. Mais elle pouvait laisser ses mains là jusqu'à la fin des temps et parler de mon assassinat jusqu'à la fin des temps, je m'en fichais. Nous pouvions passer notre vie à mourir dans ce cimetière, je m'en fichais. Cependant, je ressentais une douleur en moi. Fabienne disait vrai : nous n'en avions pas pour toujours.

« Les gens peuvent se tromper sur tellement de choses. Comment est-ce qu'on peut être vraies, toi et moi, alors que le monde se trompe si lourdement sur nous ? »

Je prononçai une phrase, et elle retira ses mains. « Qu'est-ce que tu viens de dire ?

— J'ai dit : Qu'est-ce que ça peut faire si le monde se trompe ? On est là l'une pour l'autre. C'est tout ce dont on a besoin. »

Ses yeux brillèrent d'un drôle d'éclat. C'étaient peut-être ses larmes. Ou peut-être était-ce à cela que ressemblait un loup avant de fondre sur un lièvre. « Tu peux toujours rêver, Agnès, dit-elle, et j'entendis quelque chose d'inhabituel dans sa voix

– comme un sanglot qui n'arrivait pas à devenir sanglot. Mais tu sais que ce n'est pas possible.

— Pourquoi ?

— Parce que tu connais le monde mieux que moi. Tu le connais si bien que tu peux me mentir en disant qu'on pourra vivre toujours ensemble, comme dans un conte de fées. Tu le sais, que tu mens, oui ? Tu es allée à Paris. Tu es allée en Angleterre. Tu as souri comme les photographes le voulaient. Tu as dit les mots qu'il fallait aux journalistes. Un jour, ce pauvre vieux M. Devaux m'a expliqué que lui et moi, nous étions trop intelligents pour le monde, mais que nous n'aurions rien réussi sans une imbécile comme toi. »

Je grimaçai. Je n'avais jamais souffert d'entendre Fabienne me traiter d'imbécile. En revanche, savoir que M. Devaux et elle avaient partagé quelque chose, où je n'avais pas ma place... Comme elle, il avait voulu agir par vengeance. Ils s'étaient servis l'un de l'autre et ils s'étaient tous deux servis de moi. Mais vengeance de quoi ? « Je n'ai fait que ce que tu m'as demandé », dis-je. J'essayais d'apaiser une douleur chez Fabienne, même si je ne voyais pas où était sa blessure.

« Mais tu sais toujours ce que le monde veut de toi et tu sais toujours comment le lui donner, répondit-elle. Non, ne le nie pas. Aujourd'hui, on peut dire, toi et moi : "Au diable le monde", mais ça changera. D'ici un ou deux ans, tu changeras, et tu voudras que je change avec toi. Ou alors tu changeras sans te soucier de moi. »

Je voulus lui crier qu'elle avait tort. Pourtant je restai silencieuse, à sentir le froid de la pierre sous moi envahir mon corps. Je savais ce que le monde voulait de moi, mais pas ce que Fabienne voulait. Si je me retenais de le dire tout haut, peut-être ne découvrirait-elle jamais la vérité.

Elle lâcha mon cou. « Tu ne vois donc pas qu'on a déjà vécu la plus belle période de notre vie ? »

À l'instant où elle dit cela, je compris qu'elle avait raison. Elle avait trouvé un jeu pour tromper le monde ; nous y étions parvenues et désormais le jeu touchait à sa fin. Je sentais mes yeux remplis de larmes qui ne changeraient rien pour nous. Être vraies, c'était comme être folles, comme s'agiter en proie aux rêves les plus fiévreux, comme être mortes tout en étant vivantes, ou survivre sans fin après que le monde nous eut tenues pour mortes et enterrées. Mais nous étions trop jeunes pour mourir; nous étions trop saines d'esprit pour nous abandonner à la folie.

« Qu'est-ce qu'on fait, alors ? » demandai-je. Il me revenait encore de poser les questions, et à elle de me répondre.

Fabienne plaqua, fort, les mains sur mes oreilles. Je me figeai, puis j'entendis son hurlement, non pas dans l'air, mais dans nos corps. Même avec les oreilles bouchées, je sus que c'était un cri terrifiant, plus animal qu'humain. Si un enfant appelait à l'aide, quelqu'un l'entendrait. En revanche, personne ne viendrait nous aider, car Fabienne n'était qu'une bête blessée. Quelque part dans une maison, un bébé serait arraché à son sommeil et pleurerait. Un chien qui rôdait dans la ruelle rentrerait chez lui en courant, apeuré, la queue entre les jambes.

Fabienne hurla une deuxième fois, puis éloigna ses mains de mes oreilles. D'une voix presque inaudible, elle dit : « À partir de maintenant, ce seront des souffrances, des souffrances, et encore des souffrances. Tu ne le vois donc pas, Agnès ?

— Il y a bien quelque chose que tu peux faire, non - qu'on peut faire ensemble ? »

C'était vain, mais je devais quand même essayer de dire tout ce qui pouvait être dit.

Elle sortit de sa poche son couteau et le déplia. « Tu pourrais me tuer, dit-elle. Ensuite, on te condamnerait et tu serais guillotinée. On pourrait écrire une histoire sur toi. Et qui sait ? Les gens pourraient même trouver des choses gentilles à dire à mon sujet quand je serais morte. »

N'y avait-il aucun autre moyen pour nous d'échapper à cette terrible souffrance ?

« Mais tu ne veux pas me tuer. Tu veux qu'on vive ensemble, heureuses, jusqu'à nos cent ans.

— Il y a des gens qui vivent jusqu'à cent ans.

— Pas nous, dit-elle. Allez, tu devrais rentrer chez toi. Tes parents se demandent sans doute où tu es.

— Ils savent que je suis avec toi.

— Mais j'ai envie d'être seule, maintenant. »

Elle plaça la lame entre ses dents et, avant que je puisse l'en empêcher, sauta du parapet. En un éclair, elle remonta tout en haut du chêne.

Si elle ratait une branche et tombait, si le couteau se plantait dans sa gorge, je dirais que je l'avais tuée. Or Fabienne était une bonne grimpeuse. Lorsqu'elle eut atteint une branche plus haute qu'avant – et à présent je la voyais à peine –, elle retira le couteau de sa bouche pour me parler. « Rentre chez toi, Agnès. Il n'y a plus rien qu'on puisse faire l'une pour l'autre. »

Je lui obéis. Je rentrai chez moi en prenant le chemin le plus long.

IL Y A QUELQUES ANNÉES de ça, deux lycéennes qui habitaient la petite ville voisine ont fait l'école buissonnière pour aller se promener dans la campagne et ont fini par s'allonger sur la voie ferrée. Elles ont raconté qu'elles s'étaient ennuyées en classe ; elles avaient eu une longue conversation et s'étaient endormies. Un train leur est passé dessus, les réveillant pour le reste de leur vie : elles ont perdu quatre jambes à elles deux, et pourtant elles ont survécu.

Elles ont nié avoir eu des idées suicidaires. Elles n'avaient fait que discuter et s'assoupir à cause de la fatigue. C'était une douce journée de printemps. Ce n'était pas la première fois qu'elles séchaient les cours, toujours à cause de l'ennui. D'autres jours, elles s'étaient déjà endormies dans la campagne. Une des deux filles expliquera au journaliste : « Oui, on peut nous traiter d'idiotes, mais on est encore là l'une pour l'autre. Et vous savez quoi ? Personne sur terre ne nous comprendra jamais autant que je la comprends et réciproquement. »

J'avais repensé à Fabienne en lisant cette histoire dans un article de journal que j'avais découpé. Hier soir, je l'ai ressorti et je l'ai relu. Il y avait des photos des filles, déjà jaunies, datant de l'époque de l'accident. J'ai bien observé leurs visages et je n'y ai pas retrouvé grand-chose de Fabienne et de moi. C'étaient des Américaines, avec de longs cheveux blonds, des épaules larges, des dents blanches éclatantes, une peau saine – robustes malgré la tragédie qui les avait frappées. Il y avait une photo de leurs béquilles, deux paires posées l'une à côté de l'autre, couvertes d'autocollants de BD assortis.

Aujourd'hui, ce sont deux jeunes femmes, et elles portent peut-être des pantalons assortis pour dissimuler leurs prothèses. J'envie les filles qu'elles ont été, et j'envie les jeunes femmes qu'elles sont devenues. Il s'agit peut-être de la chose la plus illogique jamais dite à leur propos ; la plus gentille, aussi. La vie a été vraie pour elles – et le sera toujours, j'espère – d'une manière que Fabienne avait jadis voulue pour nous : et pourtant, ni elle ni moi n'avons pu nous inventer une vraie vie. Nous n'aurions pas pu réussir ce que ces deux filles ont fait en laissant le monde leur prendre quelque chose, les marquer l'une et l'autre. Malgré tout, par cette perte colossale, par cette perte qui inspirera toujours la pitié chez autrui, elles ont gagné le droit de rire à la face du monde, de ses habitants, qui ne peuvent comprendre.

Je sais maintenant qu'en grande partie notre histoire a commencé par la jubilation et le désespoir de Fabienne, tous deux hors de ma portée. Car tant que j'ai pu être l'exutoire à sa jubilation et à son désespoir, la vie lui est apparue supportable, et même intéressante. J'étais la meule qui affûtait la lame de son esprit ; j'étais l'orange qu'elle découpait sans peine. Pour autant, je ne pouvais pas nous sauver. Ce n'est pas l'ennui qui nous a vaincues, ce n'est pas la défaite qui nous a éloignées l'une de l'autre. Tous les enfants ne naissent pas avec une force indomptable en eux. C'est au monde qu'il revient de détourner le regard, de congédier cette force comme une colère puérile, comme de l'immaturité. C'est à l'enfant qu'il revient de renoncer à cette force jusqu'à ce que lui aussi puisse la congédier et voguer vers un âge adulte plus sûr. Fabienne n'avait pas les mots pour décrire sa jubilation et son désespoir, et je n'avais pas les moyens de les comprendre. Mais elle n'était pas seule dans ses extrêmes. Les chanceux ont attendu que les orages passent. Les vraiment chanceux qui ont appris quelques astuces pour dompter l'indomptable – fût-ce momentanément – se sont fait un nom. Je ne suis pas assez raffinée pour prétendre comprendre ces génies, mais je sais que ce qu'ils ont mis dans leurs symphonies et leurs concertos, ce qu'ils ont mis sur leurs toiles ou dans leurs livres, c'est cela même qui a fait hurler Fabienne au cimetière. À travers ses mains, j'avais entendu sa douleur : il y avait quelque chose en elle d'immense, de plus grand, de plus tranchant, de plus permanent que la vie que nous vivions. Elle ne pouvait ni trouver, ni créer un monde qui accueillerait cet être immense.

FABIENNE ET MOI ne nous sommes pas éloignées l'une de l'autre du jour au lendemain. Mais tout l'été et l'automne, alors même que nous continuions de passer du temps ensemble, nous savions que c'était inutile. Le silence s'est installé – non pas le silence que nous partagions jusqu'alors, la quiétude de deux tourterelles perchées sur une clôture, ne faisant aucun bruit mais attentives, chacune prête à répondre au roucoulement de l'autre. Nous ne parlions jamais de Jacques et faisions rarement allusion à l'Angleterre ou aux livres que nous avions écrits.

Vous pouvez grimper tout en haut d'un arbre et, si vous êtes agile comme Fabienne, sauter sans vous faire mal. Cependant, à l'époque, nous n'étions pas au sommet d'un arbre, plutôt au bord d'un gouffre. Aurions-nous décidé de sauter ensemble, main dans la main, que nous n'aurions pas survécu. Nous ne nous serions pas séparées non plus. Mais comme tant d'autres avant et après nous, j'ai décidé de reculer, et pour la première fois j'ai montré la voie : Fabienne n'avait d'autre choix que de me suivre. Dans cette retraite, il nous devenait impossible de rester ensemble.

Aux yeux du monde, nous étions deux filles de plus en plus grandes, de plus en plus falotes, de plus en plus proches du mariage, de la maternité et des autres labeurs de l'existence.

L'année suivante, quand ma sœur Rosemarie, qui vivait dans les Deux-Sèvres, m'a parlé d'un apprentissage dans un magasin de couture, j'ai décidé de quitter Saint-Rémy. J'ai demandé à Fabienne si elle voulait chercher du travail dans les environs, tout en sachant qu'elle refuserait. Mes parents se sont dit que j'abandonnais enfin une amitié qu'ils n'avaient jamais approuvée. Mais ils préféraient, comme tout le monde, la version la moins dérangeante de la vérité.

Peu de temps après mon installation dans les Deux-Sèvres, un cirque de campagne est passé à Saint-Rémy. Quand il est reparti, Fabienne a disparu, m'a-t-on dit. On racontait au village qu'elle avait rejoint le cirque – pas le pire des choix pour cette gamine, racontaient les gens. Même moi, j'ai fini par le croire : elle était douée avec les animaux, elle était douée aussi pour la voltige.

À dix-sept ans, j'ai rencontré un apprenti cordonnier. Pendant quelque temps, j'ai pu m'imaginer vivre avec lui. Un an plus tard, nous nous sommes fiancés et, pour des raisons qui m'échappent, nos fiançailles ont été relatées par un journal du soir : Agnès Moreau, qui connut jadis une gloire éphémère en tant que jeune écrivain, aujourd'hui couturière, s'est fiancée à Jules Gagnon, ouvrier dans une fabrique de chaussures. Le journaliste plaisantait en disant qu'un cordonnier était le prince idéal pour Cendrillon.

En lisant cela, j'ai compris que je ne pourrais pas épouser Jules. Car après tout la rêverie du bonheur est une des plus fragiles de toutes. J'ai donc rompu les fiançailles et je me suis installée à Paris. J'ai d'abord travaillé pour un magasin de couture, avant de trouver, quelques mois plus tard, une place dans un grand magasin, au rayon des vêtements de nuit pour dames. C'est là que j'ai rencontré Earl, un ingénieur américain qui, dans son mauvais français, m'a demandé des conseils pour des cadeaux à toutes les femmes de sa famille : sa mère, ses tantes et ses deux belles-sœurs. Épouser Earl, partir pour l'Amérique, n'être plus jamais connue sous le nom d'Agnès Moreau, laquelle n'avait pas su être à la hauteur d'un conte de fées – tout cela, j'y suis parvenue, avec détermination, sans sentiments.

Dans ma vie américaine, je n'ai rencontré mon passé qu'une fois – ou, devrais-je dire, mon passé est venu me débusquer une fois seulement, sous la forme d'un historien de la littérature. Cet homme, dont j'ai oublié le nom, m'a contactée il y a deux ans pour me dire qu'il travaillait à un livre sur les enfants prodiges des années 1950 et qu'il lui avait fallu de longs mois pour me retrouver. Je n'aurais pas répondu à sa lettre s'il n'avait fait mention d'une certaine Mme Antonia Townsend, dont les mémoires, à l'en croire, comportaient un chapitre consacré à une ancienne élève nommée Agnès Moreau.

J'ai accepté de rencontrer cet historien, qui s'est présenté avec un dossier complet : des coupures de presse en français et en anglais, que je découvrais pour la plupart ; des copies de portraits de moi agrandis, fournis par une agence de photos d'archives, Agnès Moreau, petite paysanne, jeune écrivain et débutante en herbe ; les éditions françaises des deux livres à mon nom. Seul le premier, *Les Enfants heureux*, avait été traduit en anglais, et l'historien a attiré mon attention sur le nom de la traductrice : elle était devenue depuis une figure littéraire célèbre à Londres. Il pensait que cela m'impressionnerait et m'inciterait à me confier à lui. Enfin, les fameux mémoires de Mme Townsend, publiés à compte d'auteur. D'après lui, l'ouvrage n'avait pas beaucoup d'intérêt historique ou littéraire. Il s'agissait principalement d'une description de la carrière professionnelle de Mme Townsend en tant que fondatrice et directrice d'une école d'étiquette, même si dans les premiers chapitres on trouvait quelques histoires intéressantes à propos de son enfance dans un pensionnat suisse qu'avait dirigé son père, de son mariage précoce avec un Anglais envoyé au Japon pour enseigner dans une école d'agronomie, enfin de leurs voyages en Asie au début des années 1930. L'historien n'avait rien d'autre à ajouter concernant ce M. Townsend, sinon que Mme Townsend, après avoir vécu avec lui au Japon pendant vingt mois, l'avait quitté.

Toutes ces années plus tard, Mme Townsend avait enfin réalisé son rêve d'écriture. L'espace d'un instant, j'ai pensé demander à l'historien si je pouvais garder le livre. Une fois que je l'aurais lu, je la connaîtrais un peu mieux, plus que je ne pouvais en dire de M. Devaux, de Meaker et de tous ces professionnels – éditeurs, journalistes, photographes – qui un jour étaient entrés dans ma vie par inadvertance, comme si, ayant poussé la mauvaise porte, ils s'étaient retrouvés sur une scène oubliée. Tous en étaient vite repartis.

Mais si je lui demandais le livre, l'historien de la littérature me demanderait quelque chose en échange. Aussi n'ai-je fait que survoler le chapitre qu'il m'avait signalé, intitulé « Un faux prodige ». Dans ce chapitre, Mme Townsend racontait mon séjour dans son établissement. J'y étais décrite comme une enfant à l'esprit primitif et à l'apparence sauvage, presque illettrée, avec une propension aux crises de colère. Tout en se gardant d'établir une conclusion définitive sur mon parcours, elle écrivait que la fille qu'elle avait connue jetait une lumière intéressante sur les rumeurs voulant que, contrairement à Françoise Sagan et à Minou Drouet, Agnès Moreau ne fût qu'une supercherie. Comment expliquer autrement sa disparition totale du paysage littéraire ?

J'ai expliqué à l'historien qu'il semblait avoir réuni plus d'éléments sur ma vie que je n'en possédais moi-même. J'ai refusé de répondre à la moindre question, d'argumenter en faveur ou à l'encontre de mon passé.

L'ANNÉE DERNIÈRE, ma mère m'a écrit pour m'annoncer que Fabienne était revenue à Saint-Rémy. Elle disait avoir épousé un célèbre clown, lequel était mort récemment en lui laissant un peu d'argent. Peut-être y avait-il une part de vérité dans son récit, m'écrivait ma mère, puisque ces derniers temps elle était courtisée par quelques hommes intéressés. Elle se remarierait sans doute.

Il est possible qu'un de ces hommes soit le père de l'enfant dont la naissance l'a tuée.

Pourquoi était-elle revenue à Saint-Rémy qui, comme tous les endroits sur terre, ne nous a jamais connues et ne nous connaîtra jamais? Je n'ai pas songé à écrire à Fabienne à ce moment-là. Aujourd'hui, je le regrette.

Il y a bien longtemps, quand le jeu de l'écriture n'était qu'une idée, comme celle de faire pousser le bonheur, Fabienne m'avait dit que nous devrions écrire des livres ensemble afin que les gens sachent ce que ça faisait d'être nous. Ce fut là, je le sais maintenant, sa seule erreur. Ce que nous écrivions parlait de mille choses, mais pas de nous. Lorsque les livres furent lus par d'autres, nous ne nous y trouvions nulle part.

L'histoire vraie, nous n'étions pas capables de la raconter: notre enfance, notre amitié, notre amour – tous monumentaux, tous dérisoires. Le monde n'avait pas de place pour deux filles comme nous, même si, avec ma lenteur d'esprit de l'époque, j'ignorais que Fabienne, froissée, contrariée, voire mortellement blessée, essayait de le ridiculiser, en notre nom. La vengeance est une histoire qui commence souvent avec plus de promesses que sa fin ne peut en offrir.

La voilà donc aujourd'hui dans une tombe, à Saint-Rémy, et ses souffrances sont terminées. Ce soir j'aurais aimé qu'elle soit ici, pour que je lui dise qu'une fois de plus j'ai écrit un livre, et une fois de plus avec son aide. Quelque part, je le crois, quelque part elle rit. Tu es toujours cette oie idiote, dit-elle. Tu peux toujours rêver, Agnès.

Mais elle se méprend sur moi, de même que le monde se méprenait sur nous. Si mes oies rêvent, elles seules savent que le monde n'aura jamais droit à ne serait-ce qu'un aperçu de ces rêves, et elles seules savent que le monde n'a pas le droit de les juger. Je vis comme mes oies.

J'ai interrompu cette vie pour écrire : l'histoire d'un faux prodige, qui est l'histoire vraie de Fabienne et Agnès, aussi vraie que le jour où nous étions dans le cimetière, chacune voulant, et ne pouvant pas, tuer l'autre ; chacune voulant, et ne pouvant pas, sauver l'autre.

Remerciements

Ma gratitude la plus profonde à la Guggenheim Foundation, aux Windham-Campbell Prizes et à l'American Academy of Arts and Letters, pour leur soutien généreux pendant l'écriture de ce roman.

Sarah Chalfant : ta clairvoyance et ta ténacité m'encouragent. Jacqueline Ko, Charles Buchan et tous ceux de la Wylie Agency : merci de prendre extraordinairement soin de moi et de mon travail.

Mitzi Angel : ta vision éditoriale m'enthousiasme, m'enchante et me sauve la vie. Molly Walls, Na Kim, Lauren Roberts et toute l'équipe de FSG ; Kishani Widyaratna et l'ensemble de l'équipe Fourth Escape : merci d'avoir œuvré pour que le livre vienne au monde.

Edmund White, le Rupert de mon Eglantine : à quoi auraient ressemblé ces deux dernières années sans notre club « livres et fous rires » de 17 heures ?

Mona Simpson : LMWM – il n'existe pas de vérité plus grande quant à la vie d'un écrivain, et merci d'en faire partie avec moi.

Elizabeth McCracken : merci pour les oies et les oisons, les *Scotch eggs* et les *pork pies* ; merci pour l'amour, dicible et indicible, communiqué pour de vrai et communiqué en imagination.

Brigid Hughes : merci pour les soucis et les navets, pour les roucoulades, et pour tous les éléments de substitution.

Composition et mise en pages
Soft Office à Eybens

#lisez! engagé
www.lisez.com

CET OUVRAGE
A ÉTÉ ACHEVÉ D'IMPRIMER
SUR ROTO-PAGE
PAR L'IMPRIMERIE FLOCH
À MAYENNE EN MAI 2025

N° d'éditeur : B40361/01 – N° d'imprimeur : 107058
Imprimé en France